Emma Berquist

Nex

Die letzte Nacht

EMMA
BERQUIST

NEX

DIE LETZTE NACHT

Roman

Aus dem amerikanischen Englisch
von Britt Somann-Jung

dtv

Deutsche Erstausgabe

Titel der amerikanischen Originalausgabe:
›Missing, Presumed Dead‹, 2019 erschienen bei Greenwillow Books,
einem Imprint von HarperCollins Publishers

Schnitt-Gestaltung: dtv/Aleandra Bowien unter Verwendung von Motiven
von Khius/Shutterstock; kjpargenter/Freepik; milano83/Freepik
Umschlaggestaltung: Mi Ha | Guter Punkt, München
Umschlagmotive: Kiuikson/ iStock/Getty Images Plus;
Image Source/iStock/Getty Images Plus; Siempreverde22/
iStock/Getty Images Plus
Gesetzt aus der Garamond
Satz: Gaby Michel, Hamburg
Druck und Bindung: CPI books GmbH, Leck
Printed in Germany · ISBN 978-3-423-74094-4

Denen, die vorausgingen,
und denen, die zurückblieben

1

Ich schlucke die Tabletten, die ich gereicht bekomme; nicht die Haldol, nur die Lorazepam. Ich brauche keine Antipsychotika, ich brauche bloß Ruhe. Ich bin nicht krank. Oder jedenfalls nicht auf eine Art krank, die man mit Medikamenten wieder loswird. Das weiß ich, weil ich wirklich alle Pillen probiert habe; sie können es nicht stoppen. Nichts kann es stoppen.

Ich habe noch ungefähr zwölf von meinen zweiundsiebzig Stunden übrig. Ich habe mich freiwillig in die Psychiatrie eingewiesen, deshalb können sie mich nicht einfach länger dabehalten, es sei denn, sie sind bereit, großen Aufwand zu betreiben. Ich komme nur her, wenn mir alles zu viel wird, wenn ich nicht noch einen Tod ertragen kann, der mich streift. Die psychiatrische Abteilung des L. A. County ist nicht besonders schön, nicht einmal besonders sauber, aber sie ist ruhig. Ruhig und weiß, und niemand versucht mich zu berühren. Zweiundsiebzig Stunden lang kann ich den Schlaf der Betäubten auf der Geschlossenen schlafen, mein ganz persönliches Becken für sensorische Deprivation. Unser Tastsinn wird von einem komplexen System aus Neuronen und Nervenbahnen kontrolliert, das somatosensorisches System heißt. Rezeptorzellen in unserer Haut reagieren auf Reize und schicken Signale an das Rückenmark und das Gehirn. Wenn man alles spürt, ist es manchmal besser, überhaupt nichts mehr zu spüren.

Ich strecke mich auf den kratzigen Krankenhauslaken aus, das Lorazepam macht sich langsam bemerkbar. Die anderen Tabletten habe ich unter meiner Zunge und dann in meiner Jeans versteckt. Ich brauche sie nicht, aber vielleicht jemand anders im Club.

»Guten Abend, Lexi«, sagt eine Stimme und ich drehe mich auf die Seite und blinzele mit schweren Lidern. Es ist dunkel, aber ich kann die Gestalt, die über dem Bett thront, so gerade eben erkennen.

»Oh«, sage ich zu dem älteren Mann in weißem Kittel. »Hey, Dr. Ted.«

»Ich habe nicht erwartet, dich so schnell wiederzusehen.«

Ich habe Mühe, mich aufzusetzen. »Es war eine harte Woche. Beim letzten Mal ... war es ein Kind.«

Es ist furchtbar, wenn es Kinder sind. Sie kapieren nicht, dass sie tot sind. Und ich kann ihnen nicht erklären, dass ihre Trotzanfälle zu auffällig sind, dass die Leute anfangen, das flackernde Licht zu bemerken. Ich kann ihnen nur sagen, dass alles gut wird, bevor ich sie auf die andere Seite stoße. Es fühlt sich an, als würden sie noch einmal sterben.

»Tut mir leid, das zu hören.« Dr. Ted klingt so, als würde er es ehrlich meinen. Er ist zu gut für diese Welt, jemand, der glaubt, wenn man nur freundlich genug ist, kann man den Menschen vertrauen. Man sollte meinen, dieser Ort würde ihn vom Gegenteil überzeugen, aber er ist immer noch hier, probiert es immer weiter.

»Sie können nichts dafür«, sage ich. »Ich brauchte eine Pause. Morgen verschwinde ich wieder.«

»Wie geht es deinem Großvater?«, fragt er.

Ich zucke mit den Achseln. »Deda bleibt Deda.«

Dr. Ted nickt. »Und du? Wie geht es dir, Lexi?«

Ich reibe mir das Gesicht. Die Medikamente rauschen durch meine Blutbahnen und verlangsamen meinen Herzschlag, es fällt mir schwer, klar zu denken.

»Ich ... komme durch«, sage ich.

Dr. Ted bleibt einen Moment still. »Das ist immerhin ein Anfang.«

Mit einem Klicken öffnet sich die Tür zu meinem Zimmer und ein Lichtstrahl fällt herein. Eine Schwester steht im Gegenlicht, strahlend wie eine Heilige in einem bunten Kirchenfenster.

»Mit wem redest du da?«, fragt sie misstrauisch, während ihr Blick durch den Raum huscht.

»Mit niemandem«, sage ich kopfschüttelnd. »Ich ... bete.«

Sie verzieht einen Mundwinkel, aber sie wird zu schlecht bezahlt, um viel mehr zu tun, als sicherzustellen, dass die Patienten noch atmen. Die Tür schließt sich und ich bin wieder in Dunkelheit gehüllt.

»Ich will dich nicht länger wachhalten«, sagt Dr. Ted. »Schlaf gut, Lexi.«

»Sie auch, Doc«, sage ich, aber nur aus Höflichkeit. Geister schlafen nicht.

Die Stunden vergehen zu schnell, die meisten verschlafe ich. Die Ärzte lassen mich überwiegend in Ruhe. Gratiskliniken sind eine Zuflucht für Arme, Drogensüchtige und Ausreißer. Es gibt zu viele von uns, als dass die Mitarbeiter eine enge Bindung entwickeln könnten, und sie spenden ihre Fürsorge in kleinen Dosen, damit wir sie nicht mit Haut und Haar verschlingen.

Gegen Mittag entlasse ich mich selbst und blinzele draußen gegen die Sonne an. Es gibt nicht genug Bäume in L. A., nicht genug Schatten. Die Palmen tun nichts, außer sich unter den Santa-Ana-Winden zu biegen und riesige Palmwedel auf die Straßen zu werfen, um die die Leute herumfahren müssen.

Ich gehe zur Bushaltestelle und ziehe mir die Kapuzenjacke bis oben hin zu, obwohl es schon recht warm ist. Ich hasse Busfahren – zu viele Leute, zu viele Berührungsmöglichkeiten –, aber ich wollte den Buick meines Großvaters nicht drei Tage hier stehen lassen.

Ein Mann lehnt am Wartehäuschen und ich vergewissere mich, dass meine Kapuze sitzt, bevor ich mich abwende und die Hände in die Taschen schiebe. Er sieht kaum zu mir hin, schreibt mich bestimmt als mürrischen Teenager ab. Ich trage das dunkle Haar kurz geschoren, nur ein paar Zentimeter Flaum, der meinen Schädel bedeckt. Zusammen mit einigen Tattoos und ziemlich flachen Kurven lässt das eher auf einen Jungen schließen. Und Jungs werden nicht so belästigt wie Mädchen, werden nicht bedrängt oder berührt. Aus der Nähe funktioniert die Illusion nicht mehr, aber ich lasse die Leute gar nicht erst so nah heran.

Als der Bus kommt, gehe ich nach hinten durch, so weit weg von den anderen wie möglich. Ich presse die Arme an die Seiten, um gut durchzukommen. Aber dann fährt der Bus ruckartig los, die Frau hinter mir stolpert und klammert sich mit einer Hand an meine Schulter.

Mir stockt der Atem, als ihr Tod zu mir singt; zweiundsechzig, Brustkrebs. Sie murmelt eine Entschuldigung, aber ihre Hand ruht immer noch auf mir und je länger es dauert, desto schlimmer wird es. Der Geruch von Eisen verstopft mir die Nase, während sich das Bild ihres bleichen, verfallenen Körpers vor mein geistiges Auge schiebt. Ich mache mich los, ignoriere ihren verletzten Blick und lasse mich auf den nächstgelegenen freien Platz fallen. Schauer überrollen mich und ich verschränke die Arme fest vor der Brust, bis es vorüber ist. Dann lasse ich den Kopf an die Lehne sinken, schließe die Augen und wünsche mir, ich hätte ewig in dem weißen Zimmer bleiben können.

Der Bus fährt nach Van Nuys, das faktisch zu Los Angeles gehört, aber definitiv nicht Los Angeles ist. Es liegt nicht am Strand, es ist nicht hübsch und die einzigen Schauspieler, die hier wohnen, spielen im Fernsehen die Rolle der Leiche.

Nach L. A. kommen Träume, um zu sterben. Wir tun so, als wäre es perfekt, Schwitz-Yoga, grüne Säfte und Strände, aber darunter lauert schiere Verzweiflung. Dass unsere Sonnenuntergänge so schön sind, liegt nur an der Luftverschmutzung durch all die Autos, die den Freeway 405 verstopfen. Hollywood ist verdreckt, nichts als Ladenzeilen, Müll und Touristen, die enttäuschte Selfies schießen. In Santa Monica pinkeln Obdachlose mitten auf den Gehweg, weil sie nirgendwo anders hinkönnen. Venice Beach ist übersät von Spritzen und reichen Kids, die sich für Hippies halten.

Alle kommen mit demselben bescheuerten Traum hierher und alle werden von seiner Last erdrückt. Es ist ein Ort für Leute, die versuchen, sich hochzukämpfen, oder die sich schon aufgegeben haben. Man muss nur durch Skid Row fahren, um zu kapieren, dass die Leute in dieser Stadt sich einen Scheiß für andere interessieren. Einschließlich mir.

Ich steige nicht weit von meiner Wohnung aus, aber ich will noch nicht gleich dorthin. Das Pflegeheim meines Großvaters ist nur ein paar Blocks entfernt, nah genug, dass ich jeden Tag vorbeikommen kann, sofern ich nicht gerade in der Psychiatrie sitze.

»Guten Morgen, Lexi«, sagt Nancy, als ich durch die Tür trete.

»Hey«, sage ich und atme den Geruch von Desinfektionsmitteln und Pisse ein. »Wie geht's ihm?«

»Er hat beim Poker Mr Hardins Pudding gewonnen.«

Ich schüttele den Kopf. »Das war geschummelt. Er schummelt immer.«

Nancy lächelt. »Er hat sich Sorgen um dich gemacht«, sagt sie sanft. »Vielleicht kannst du ihm nächstes Mal Bescheid sagen, wenn du es nicht schaffst?«

Ich winde mich. »Ja. Tut mir leid, das mache ich.«

»Er guckt fern, geh einfach rein.«

»Danke.«

Das Sherman-Heim für betreutes Wohnen ist nicht schrecklich, aber auch nicht toll. Die Angestellten sind in Ordnung, aber das Gebäude ist alt, der Aufenthaltsraum ist mit Sofas von der Heilsarmee vollgestopft und das Essen schmeckt nach nichts.

Im Aufenthaltsraum riecht es immer noch nach Pisse, aber wenigstens hat sich der Geruch nach verbranntem Popcorn darübergelegt. Ich finde Deda vor dem Fernseher, den langen Körper in einen zerschlissenen Sessel gefaltet, die Sauerstoffflasche an seiner Seite.

»Deda«, sage ich und ziehe einen Klappstuhl heran, um mich neben ihn zu setzen. »Ich bin wieder da.«

»Alexandra.« Deda zieht die buschigen Augenbrauen zusammen. »Hast du die Nachrichten nicht gesehen? Wo warst du denn?« Er weist auf den Fernseher, wo der Nachrichtensprecher über den neuesten Vermisstenfall berichtet. In dieser Stadt gehen die Leute wie Socken verloren, zusammengeknüllt und liegen gelassen, aber normalerweise nicht so wie jetzt. Vier hintereinander, junge Männer und Frauen, die wie vom Erdboden verschluckt sind. Mindestens einer von denen hätte mittlerweile vor Uries Tür auftauchen müssen, aber das ist bisher nicht geschehen.

»Es tut mir leid«, sage ich leise. »Ich war in der Klinik. Ich hätte es dir sagen sollen.«

Er seufzt und lehnt sich im Sessel zurück. »Ich wünschte, du würdest da nicht immer hingehen.«

Mein Großvater sieht aus wie ein Filmstar aus dem Goldenen Zeitalter, der seine besten Tage hinter sich hat, ein russischer Errol Flynn, wenn der älter als fünfzig geworden und kein totaler Arsch gewesen wäre. Er kleidet sich immer makellos, elegante Hosen und glänzende Herrenschuhe. Ich glaube, ich habe ihn noch nie in Jeans gesehen oder in einem Hemd, das nicht ordentlich in der Hose steckte. Und weil er so hart daran gearbeitet hat, ihn loszuwerden, würde ich ihm nie verraten, wie sehr ich den letzten Hauch seines Akzents liebe, genauso wie seine Angewohnheit, Wortzusammenziehungen zu vermeiden.

»Manchmal …«, ich schlucke schwer, »komme ich einfach nicht damit klar, Deda. Ich kann keinen weiteren Tod mit ansehen, ohne zu schreien.«

»Wegen unserer Gabe sind wir anders, Alexandra«, sagt Deda. »Aber du musst dich nicht isolieren. Wenn du wieder zur Schule gingest – «

»Nein«, sage ich und schneide ihm das Wort ab. Diese Diskussion werde ich nicht wieder führen, nicht jetzt. »Deda, bitte, können wir nicht ... können wir nicht einfach ein bisschen fernsehen?«

Deda presst die Lippen zusammen, nickt aber einen Moment später. Ich schiebe seine Sauerstoffflasche zur Seite, lehne mich an seinen Sessel und eine Stunde lang tun wir so, als wären wir ganz normale Leute, jedenfalls solange wir den älteren Geist ignorieren, der auf dem Sofa hinter uns zusammengesackt ist.

Ich weiß nicht, warum wir tun können, was wir tun können, warum ich den Tod eines Menschen wie ein Brandzeichen auf meiner Haut spüren und Dinge sehen kann, die niemand mit ansehen sollte. Deda nennt es eine Gabe. Aber wenn ich frage: »Von wem?«, bekomme ich jedes Mal eine andere Antwort. Einmal hat er mir erzählt, wir wären Nachfahren von Rasputin und hätten seine magische Kraft im Blut. Dann sagte er, wir wären von Baba Jaga verhext worden, nachdem wir sie um ihre beste Kuh betrogen hatten. Und dann wieder war es mein Ururgroßvater, der versucht habe, den Tod bei einer Partie Schach zu besiegen.

Ich glaube nicht, dass es eine Gabe ist. Jedenfalls nicht im Sinne eines Geschenks. Sie hat meiner Mutter Angst gemacht. Sie hat sich wirklich Mühe gegeben, aber sie konnte mit einem Kind, das mit dem Nichts redete, das ihren Tod vorhersah, bevor es laufen konnte, nicht umgehen. Es war schon schlimm genug, dass ihr eigener Vater sie nicht in den Arm nehmen konnte. Als dann ihr Kind vor ihren Umarmungen zurückschreckte, zerbrach wohl etwas in ihr. Aber sie blieb da und dafür werde ich ihr ewig dankbar sein. Sie blieb, bis es zu spät war zu gehen. Bis sie erfuhr, dass ihre Angst begründet war.

Ich bezweifle, dass Deda die Wahrheit überhaupt kennt. Sein Großvater und sein älterer Bruder blieben verschont, sein Vater nicht. Ein paar Cousins in Russland traf es auch. Meine Mutter erwischte es nicht, mich aber schon. Vielleicht ist es eine Gabe, vielleicht ist es ein Fluch, vielleicht ist es nur eine Genmutation. Was auch immer, wir haben es.

Mein Apartment ist ein Drecksloch. Eine Einzimmerwohnung, kaum groß genug für mein Bett und eine Kommode, doch Achtzehnjährige ohne Kohle haben keine große Wahl. Ich könnte in einen größeren Wohnkomplex in Echo Park ziehen, wo die meisten Leute leben, die für Urie arbeiten, aber ich bin schon immer gern für mich geblieben. Es ist mir egal, dass es klein ist, der Wasserdruck schwach und dass das Fenster klemmt. Es reicht, dass ich einen Ort für mich habe.

Ich dusche und wasche mir den Krankenhausgestank von drei Tagen ab. Ich bin zu groß für den uralten Duschkopf, aber aus kurzen Haaren ist das Shampoo schnell rausgewaschen. Dann ziehe ich mir meine sauberste schwarze Hose und einen grauen Kapuzenpulli an, sodass nur noch die Tattoos auf meinen Händen sichtbar sind. Fingerknochen und Mittelhandknochen, die sich mit den Handwurzelknochen verbinden. Die Umrisse ziehen sich meine Arme hoch. Sie gehören zu den ersten Tätowierungen, die Theo mir gemacht hat, Schutzzauber für Stärke und Gesundheit. Aber für mich sind sie mehr als das. Die Knochen erinnern mich an das, was innen ist, was direkt unter der Oberfläche lauert. Man muss nur die Haut ablösen und schon sind wir alle gleich. Asche zu scheiß Asche, alles wird wieder zu Staub.

Ich werde wieder zu spät zur Arbeit kommen, vor allem, wenn viel Verkehr ist. Und es ist immer viel Verkehr. Ich ziehe mir gerade die Stiefel an, als es links von mir flackert. Ich kann mir einen Aufschrei gerade noch verkneifen.

»Scheiße noch mal, Trevor, mach das nicht direkt neben meinem *Gesicht*«, brülle ich.

»Wo warst du?«, fragt er fordernd und funkelt mich finster an. »Du weißt, dass es in den Nachrichten heißt, die Leute würden von Außerirdischen entführt, oder?«

»Heißt es nicht.«

»Du hast mir nicht gesagt, dass du schon *wieder* verschwindest.«

»Ja, und zwar, weil ich nicht wollte, dass du mir folgst.«

Trevor tritt verletzt einen Schritt zurück und ich seufze. Er ist nur ein Kind; keine sechzehn, jedenfalls als er starb. Ich weiß nicht, wann genau das war, aber angesichts seiner ausgeblichenen Jeans und der längeren Tolle muss es wohl irgendwann in den Neunzigern passiert sein.

»Es tut mir leid«, sage ich und setze mich aufs Bett. »Ich brauchte eine Auszeit.«

Trevor setzt sich neben mich und stupst mich mit der Schulter an. Ich glaube, er sieht so aus wie zu Lebzeiten, aber damals kannte ich ihn nicht. Vielleicht ist seine bronzefarbene Haut ein bisschen bleicher, sind seine dunklen Wimpern ein bisschen undefinierter. Er fühlt sich warm und fest an.

Da liegen die Leute bei Geistern immer falsch. Sie sind

nicht kalt. Sie lassen dir nicht den Atem gefrieren oder machen dir Gänsehaut. Sie bedeuten Hitze und Gewicht und einen metallischen Geschmack im Mund. Sie sind Energie, reine Energie, durch die deine Haut kribbelt und sich dir die Haare aufstellen. Wenn Menschen sterben, verschwindet ihre Lebenskraft nicht; sie verändert sich nur. Das ist der erste Hauptsatz der Thermodynamik: Energie kann nicht geschaffen oder zerstört werden, sie kann nur von einer Form in eine andere überführt werden.

»Hey«, sagt Trevor. »Mir tut's auch leid.«

»Du kannst nichts dafür«, sage ich und lehne meinen Kopf an ihn. Es ist schön, jemanden berühren zu können, ohne dass mir schlecht wird. Auch wenn ich immer noch einen Kupfergeschmack im Mund habe. Auch wenn dieser Jemand nicht mehr wirklich ein Jemand ist.

»Hast du überhaupt jemandem erzählt, dass du dich einweist?«, fragt Trevor mit hochgezogenen Augenbrauen.

Ich schüttele den Kopf und er wirkt etwas besänftigt.

»Nicht mal Phillip?«

Ich schiebe Trevor weg und stehe auf. »Okay, genug gelöchert. Ich bin sowieso schon spät dran.«

Er streckt sich auf meinem Bett aus und ich versuche den roten Streifen zu ignorieren, der sich quer über seine Brust zieht. Er hatte einen üblen Autounfall.

»Trevor«, sage ich, mit dem Kinn auf sein Hemd weisend.

»Oh«, sagt er und blickt an sich hinunter. Er schließt einen Moment die Augen und über uns flackert die Lampe.

»Ganz ruhig«, murmele ich. Wenn sie sich stark konzentrieren, können Geister manchmal elektromagnetische Strahlen beeinflussen: Lampen, Radios, einmal sogar meine Mikrowelle. Ich habe da so eine Theorie, die noch zu überprüfen wäre, derzufolge gewaltsame Tode die stärksten Geister hervorbringen, weil sie so sehr darum ringen, am Leben zu bleiben, dass sich die kinetische Energie aufstaut und auf die andere Seite rüberschwappt.

»Tut mir leid«, murmelt Trevor. Er schlägt die Augen auf und das Blut verflüchtigt sich. Er ist ein alter Geist, verfügt über die Art von Kontrolle, die sich Übung verdankt. Aber seine Kleider wechselt er trotzdem nicht.

»Wehe, du liegst in meinem Bett, wenn ich nach Hause komme«, sage ich.

»Mm-hmm«, entgegnet er und wedelt mich fort. »Grüß Phillip von mir.«

Ich zeige ihm den Mittelfinger, als ich die Tür hinter mir zuziehe.

Nach Einbruch der Dunkelheit gefällt mir L. A. besser. Die Nacht verbirgt das Hässliche, verwischt scharfe Kanten zu sanften Rändern. Die flachen Häuser verschmelzen miteinander, bis man nur noch die Palmen im Schein der Ampeln schimmern sieht.

Niemand hier kennt echte Dunkelheit. Selbst ohne Autoscheinwerfer, ohne Straßenlaternen wäre es nicht richtig dunkel. Nicht so, wie es früher war, so, wie es sein sollte. Wir können die Milchstraße nicht mehr sehen, weil auf dem ganzen Kontinent Lichtverschmutzung herrscht. Die Leute schlafen nicht mehr so, wie sie sollten, sehen die Sterne nicht mehr so, wie sie sollten. Wir errichten diese Städte, füllen sie mit Licht und Müll und Menschen und fragen uns dann, warum wir so unglücklich sind.

Ich fahre langsam vom Freeway ab und fädele mich in den normalen Verkehr ein, als ich mich Hollywood nähere. Am Abend kommen sie alle raus zum Spielen, die Bars spucken schon Musik und Betrunkene auf die Straße. Mein Ziel ist noch etwas entfernt, aber nach einem näher gelegenen Parkplatz zu suchen ist Zeitverschwendung. Ich komme an zwei vollen Parkplätzen vorbei, bis ich auf ein Parkhaus stoße, in dem ich drei Stockwerke hochfahren muss, bevor ich einen Stellplatz finde.

Es ist zu heiß für einen Kapuzenpulli, aber ich ziehe ihn nicht aus. Ich brauche etwas, das mich von den Frauen in aufreizenden Kleidchen unterscheidet, von den Männern in engen Jeans. Ich gehöre nicht zu euch, ich existiere nicht für euch. Der Trick besteht darin, stur geradeaus zu gucken, böse und wütend auf die Welt zu blicken. Dafür muss ich mich nicht besonders anstrengen. Ich stapfe die Straße entlang, aber die Menschenmenge ist dicht und betrunken und ich kann nicht allen ausweichen. Schultern stoßen gegen meine und ich knirsche mit den Zähnen, als mich eine klebrige, graue Welle von Toden überschwemmt. Es sind nur kurze Blitze, aber das reicht schon. Bei all diesen vollen Wangen mit Grübchen, dem dicken Haar und den lackierten Nägeln erhasche ich einen Blick auf das Ende. Kehlkopfkrebs, Aneurysma, Lungenentzündung. Sie strahlen mit ebenmäßigen weißen Zähnen und ich sehe nur die grinsenden Schädel darunter.

Das Nex befindet sich an einer Ecke, ein hohes, graues Steingebäude mit einer aufwendig verzierten Fassade. Ich verabscheue es zutiefst, aber Arbeit ist Arbeit. Der Club hat vier Ebenen, alle gleichermaßen laut und schrecklich, trotzdem zieht sich eine Schlange die Straße entlang. Aber so ist das eben, wenn man die Drinks der Leute verzaubert. Nicht so stark, dass sie es bemerken würden, nur so, dass es ihnen ein bisschen in die Chemie funkt und sie glücklicher macht als sonst, unbeschwerter, eher bereit zu tanzen und die schmerzenden Füße zu ignorieren. Kein anderer Laden befriedigt dich so wie das Nex und deshalb ist da immer eine Schlange.

Der Türsteher nickt mir zu, als ich an der Eingangstür vorbeitauche und in die dunkle Gasse einbiege. Der Seiteneingang ist abgeschlossen, aber ich hämmere mit der Faust an die Tür. Dann trete ich zur Sicherheit auch noch dagegen.

Eine Sekunde später wird die Tür aufgestoßen und ein kahler, wütender Kopf späht hinaus.

»Schon gut, schon gut, ich – oh, hey, Lex.« Georgies Miene hellt sich auf, als er mich erkennt. »Arbeitest du heute?«

»Ja«, sage ich und er macht die Tür weit auf, damit ich ohne Kontakt hineinschlüpfen kann. Ich bin schon so lange dabei, dass die Sicherheitsleute wissen, dass ich Berührungen nicht mag.

»Hab dich ein paar Tage nicht gesehen«, sagt Georgie, als er die Tür hinter uns zuknallen lässt.

»Hatte zu tun.« Ich gehe schnell in Richtung der Angestellten-Fahrstühle, die viel schlichter und leerer sind als die glitzernden Aufzüge in der Lobby.

»Phillip ist da«, sagt Georgie viel zu beiläufig. »Er hat nach dir gefragt. Soll ich ihn hochschicken?«

Ich stapfe in den Fahrstuhl und haue auf die Vier.

»Nein«, sage ich entschieden und die Tür schließt sich vor Georgies Nase.

Ich lehne mich an die Wand und schließe die Augen, während der Fahrstuhl sich in Bewegung setzt. Ich habe es definitiv nicht darauf *angelegt*, mich mit Uries Sohn einzulassen. Na ja, zumindest nicht beim ersten Mal.

Vielleicht hätte ich Phillip sagen sollen, dass ich heute Nacht arbeite. Und vielleicht hätte ich eine seiner vielen Nachrichten beantworten sollen. Ich bin es ihm schuldig, ordentlich Schluss zu machen, aber ich wusste nicht, was ich sagen sollte. Wie sagt man jemandem, dass es schwer ist, ihn zu küssen, weil man dabei seinen Tod vor Augen hat?

Phillip würde es nicht verstehen. Er ist nicht wie ich. Er hat eine heilende Gabe, die er von seiner Mutter geerbt hat, etwas Kleines und Hilfreiches. Vor Außenstehenden muss er seine Fähigkeit trotzdem verbergen – das müssen wir alle –, aber es ist nicht das Gleiche. Er kann unter Leuten sein, zur Schule gehen, im Hellen leben. Er hat ein Leben.

Der Fahrstuhl macht *Ping* und ich gehe leise den Flur entlang, meine Schritte vom Teppich gedämpft. Hinter der Wand dröhnt Musik, der Bass wummert in meiner Brust. Ich wappne mich, öffne die Tür, die in den Club führt, und sofort ist der Lärm in meinem Kopf.

Es ist noch so früh, dass kaum Leute da sind. In ein paar Stunden wird es sich gefüllt haben, aber nicht annähernd so wie auf den unteren zwei Etagen. Deshalb bleibe ich oben. Die Menschen sind meistens zu abgelenkt vom Stroboskoplicht oder von den DJs, um es bis hier rauf zu schaffen.

Ich bahne mir einen Weg über den glatten Holzboden, vermeide die Leute, die auf den Ledersofas an den Wänden sitzen. Die Bar ist lang und von hinten beleuchtet und ich winke dem Mädchen mit der goldenen Haut und dem feuerroten Haar hinter dem Tresen zu.

»Lexi!«, ruft sie mit einem erleichterten Lächeln. »Da bist du ja.«

Ich schlüpfe hinter die Bar und ziehe den Kapuzenpulli aus, verstaue ihn unter dem Tresen.

»Danke, dass du für mich eingesprungen bist, Nic«, sage ich. »Ich weiß das wirklich zu schätzen.«

Nicole ist nett zu mir. Wenn ich es mir erlauben würde, lebendige Freunde zu haben, käme sie einer echten Freundin am nächsten. Sie verfügt selbst über gewisse hellseherische Fähigkeiten, zumindest weiß sie, welche Leute sie rausschmeißen muss, wenn die Stimmung im Club zu kippen droht. Alle, die hier arbeiten, haben einen Fuß in der Tür zum Unbekannten. Deshalb sind wir hier. Urie hat uns gefunden und uns einen Ort gegeben. Er beschützt uns magisch Begabte, die Zauberer und die Fälscher, die Hellseher und die Hexen und solche wie mich, was immer ich sein mag. Wer einen Heiler braucht, geht zu Urie. Wer einen Kredit braucht, geht zu Urie. Ohne ihn würde die Hälfte von uns auf der Straße leben, noch mehr vermisste Kids aus den Nachrichten. Er hält uns in Lohn und Brot, hält uns verborgen, hält uns aus den Gefängnissen oder Schlimmerem heraus.

»Kein Problem«, sagt sie. »Ich brauchte das Geld. Urie hat allerdings nach dir gesucht.«

Ich fahre mir mit der Hand über mein Pfirsichflaumhaar. »Oh, Mist. Was hat er gesagt?«

Bislang hat Urie mich nie gebraucht, wenn ich weg war, aber irgendwann musste es ja passieren. Überall tauchen plötzlich Geister auf, als wenn sich die unterschwellige Unruhe in der Stadt auch auf die Untoten überträgt. Die Bezahlung ist nicht schlecht und ich bin Urie was schuldig, aber je mehr Aufträge er mir erteilt, desto stärker zieht es mich in die Klinik.

»Er hat sich Sorgen gemacht«, sagt Nicole. »Hast du das mit Marcus nicht gehört?«

Ich schüttele den Kopf. »Nein. Wer ist Marcus?«

Nicole lässt die Mundwinkel hängen. »Ein Fünfzehnjähriger mit einem Talent für Schlösser. Ein guter Junge, total offen, hört nie auf zu reden. Irgendwo beim Lagerhaus ist er verschwunden.«

Scheiße. Urie hat seine Leute eigentlich gut im Blick. Wir gehen nicht einfach verloren.

»Wann war das?«, frage ich.

»Vor ein paar Tagen. Alle sind ziemlich durch den Wind.«

»Vielleicht taucht er wieder auf«, sage ich, doch daran glaube ich selbst nicht.

»Ja«, sagt Nicole. »Vielleicht.«

Jemand ruft uns von der anderen Seite des Tresens und das Gespräch verebbt, als wir die Drinks einschenken. Ich versuche mich zu erinnern, wie Marcus aussieht, und muss an einen ausgemergelten Jungen mit wirrem Haar denken. Ich hänge nicht mit den anderen rum, solange es sich vermeiden lässt. Jetzt habe ich erst recht ein schlechtes Gewissen, weil ich nicht auf Phillips Nachrichten reagiert habe.

Ich konzentriere mich auf die gebrüllten Getränkebestellungen und versuche, alles andere auszublenden. Ich bin eine erbärmliche Barkeeperin. Ich bekomme keine ordentlichen Manhattans hin, ich versaue jeden Martini und meistens habe ich keine Ahnung, was in einen Old Fashioned gehört. Aber das kümmert niemanden. Die Leute kommen nicht wegen der Drinks her. Sie kommen für das Gefühl, das sie erfüllt. Es ist eigentlich ein einfacher Zauber, der sich mit jeder Art von Alkohol verbindet.

Ich schenke Whiskey für drei Typen in Button-down-Hemden ein, bin mir aber nicht sicher, ob es die richtige Sorte ist.

»Bist du nicht ein bisschen jung, um hinter der Bar zu stehen?«, brüllt mir einer über die Musik zu.

»Nein«, lüge ich und schiebe die Drinks rüber. Urie ist es egal, aber ich besitze einen magischen falschen Führerschein, den einer der Fälscher für mich gemacht hat. Nicht mal Bundespolizisten würden die Fälschung erkennen, wobei jeder von ihnen etwas anderes sehen würde.

Der Mann zuckt mit den Achseln und nimmt die Drinks, während er Nicole zuzwinkert. Sie strahlt ihn an – deshalb bekommt sie Trinkgeld und ich nicht, aber sie wird auch angegraben und ich nicht.

»Er wird dich nach deiner Nummer fragen«, prophezeie ich. »Wag es ja nicht, wieder meine rauszugeben.«

Nicole lacht, ein unbefangener, vergnügter Laut, der mich fast zum Lächeln bringt. Doch sie bricht abrupt ab, als sie etwas hinter meiner Schulter entdeckt.

»Oh-oh«, sagt sie, »Schluss mit lustig.«

Der Gestank eines schweren Aftershaves hüllt mich ein, bevor ich mich mit bösem Blick umdrehe.

»Hey, sexy Lexi«, sagt Ilia gedehnt.

»Was willst du, Ilia?«

Er grinst nur und fasst über den Tresen, um sich eine Cocktailkirsche zu schnappen. Uries Neffe ist einundzwanzig und sein Stellvertreter, außerdem manchmal mein Partner und eine Art Freund. Jedenfalls wenn er mir nicht auf die Nerven geht.

»Nett von dir, dass du dich mal blicken lässt«, sagt er und wirft sich die Kirsche in den Mund. »Wo zum Teufel hast du gesteckt?«

»Ich hatte frei«, sage ich und verschränke die Arme vor der Brust. »Ich muss nicht ans Telefon gehen, wenn ich frei habe.«

»Tja, also, Urie ist die Wände hochgegangen, als er versucht hat, alle ausfindig zu machen. Beim nächsten Mal wäre eine Vorwarnung echt nett.«

»Ja«, sage ich widerwillig. »Verstanden.«

»Gut. Er will dich sehen.«

»Jetzt? Ich bin gerade erst gekommen.«

»Dann sag ihm das.« Ilia zuckt mit den Achseln.

Ich seufze und blicke über die Schulter zu Nicole.

»Tut mir leid«, sage ich, als ich mir den Kapuzenpulli wieder überziehe.

»Schon gut«, sagt sie mit einem mitfühlenden Lächeln. »Bis später.«

»Ist er sauer auf mich?«, frage ich, als ich Ilia von der Bar weg folge.

Ilia sieht mich kurz an. Häufig geht er mir auf den Geist, aber er ist immer ehrlich zu mir.

»Eher besorgt als sauer«, sagt er. »Ich würde allerdings so schnell nicht wieder verschwinden.«

»Geht klar«, sage ich. »Gibt's was Neues zu Marcus?«

Ilia schüttelt kurz den Kopf. »Nichts. Wo warst du denn eigentlich?«

Ich beiße mir auf die Lippe. Leute wie wir gehen nicht zu Ärzten. Wenn wir krank sind, gehen wir zu Heilern. Wenn wir nicht weiterwissen, lassen wir uns aus der Hand lesen.

Wir vertrauen uns keinen Außenstehenden an und wir weisen uns definitiv nicht selbst in Kliniken ein.

»Nirgends«, sage ich. »Hab einfach mein Telefon ausgestellt. Der letzte Auftrag …«

»Ja«, sagt Ilia und fährt sich mit der Hand übers Gesicht. »Ich erinnere mich daran.«

Für ihn war es auch nicht leicht. Meine Aufgabe war der Geist, aber er musste sich um die Mutter kümmern, die ihr Kind verloren hatte.

Wir gehen schweigend durch den Korridor, beide von schlechten Erinnerungen geplagt. Als wir um die Ecke biegen, stoßen wir auf einen schlaksigen jungen Mann, der vor einer geschlossenen Tür an der Wand lehnt.

»Hey Jordan«, sagt Ilia. »Er erwartet uns.«

Ich nicke und Jordan erwidert mein Nicken. Wenn er nicht den Wachhund gibt, ist er ein begnadeter Hexer, der darauf spezialisiert ist, Flüche abzuwehren.

»Moment«, sagt Jordan, stößt sich von der Wand ab und klopft vorsichtig an. Eine gedämpfte Stimme sagt etwas, Jordan dreht vorsichtig den Türgriff und steckt den Kopf hinein.

»… sind hier für Mr Porch …«

Ich schnappe nur Bruchstücke seiner leisen Stimme auf, bevor er sich zu uns umdreht.

»Nur herein«, sagt er und macht die Tür mit einer spielerischen Geste weiter auf.

Ich nehme die Hände aus den Taschen und fahre mir nervös übers Haar, bevor ich das Büro betrete.

2

Urie Porchowsky hat mich schon immer nervös gemacht. Er erinnert mich an Deda, so ein ernster, hart arbeitender Einwanderertyp. Aber während Deda scharf und fordernd sein kann, ist Urie höflich und distanziert, die Sorte Mann, bei der man ständig auf Bestätigung aus ist. Ich kenne ihn seit meiner Kindheit und habe immer noch Angst, ihn zu enttäuschen. Nicht, dass es darauf ankäme. Wenn Urie dich einmal aufgenommen hat, gilt sein Schutz für den Rest deines Lebens. Mit ihm zu brechen hieße, die Community zu gefährden, und Gnade dir Gott, wenn du das wagen solltest. Leute mit Zauberkräften sollte man nie gegen sich aufbringen.

Das Büro ist dunkel und kühl. Auf Bildschirmen an einer Wand ist zu sehen, was die Überwachungskameras im Club aufzeichnen. Uries andere Unternehmungen werden ebenfalls überwacht: das Lagerhaus mit den Vorräten, das Büro des Wohnkomplexes, sogar der Lebensmittelladen, bei dem wir alle einkaufen. Zwei Männer mit Kopfhörern verfolgen aufmerksam das Geschehen auf den Monitoren. Urie steht mit verschränkten Armen hinter ihnen. Er ist nicht so groß wie ich, aber stämmig. Sein blondes Haar färbt sich hier und da gerade erst weiß.

»Alexandra«, sagt er und seine blauen Augen strahlen. »Ich habe mir ernsthaft Sorgen gemacht.«

Ich schlucke. »Es tut mir leid, dass ich weg war.«

»Es werden immer mehr Leute vermisst«, sagt Urie. »Und du findest, das sei eine gute Zeit, um abzuhauen?«

»Ich musste mich um ein paar persönliche Angelegenheiten kümmern.«

Er runzelt die Stirn. »Um deinen Großvater?«

Ich weiß nicht, ob Deda Urie als Freund bezeichnen würde, aber wenn man sein Leben lang für jemanden gearbeitet hat, existiert wohl eine Art von Beziehung. Urie hat ihn bislang nicht besucht, aber er bezahlt das Heim und erkundigt sich nach ihm.

»Es geht ihm gut«, sage ich, aber meine Hand ballt sich zur Faust, zur Feigenhand, die Böses abwehrt.

»Das freut mich zu hören«, sagt er. »Darf ich annehmen, dass deine persönlichen Angelegenheiten geregelt sind?«

Ich nicke kurz. »Ja.«

»Gut. Dann habe ich einen Auftrag für dich.«

Ich wusste, was kommt, aber lasse trotzdem die Schultern hängen. Hinter dem Tresen zu stehen ist nicht mein eigentlicher Job, sondern nur ein Zeitvertreib, während ich auf die wahren Aufträge warte. Urie nimmt ein Blatt Papier von seinem Schreibtisch, aber statt es mir zu geben, reicht er es Ilia. In den zwei Jahren, seit ich für Urie arbeite, ist ihm nicht ein einziges Mal der Fehler unterlaufen, mich zu berühren. Zuerst dachte ich, es läge an seiner eigenen Gabe, aber Uries Fähigkeit, seine Pyrokinese zu kontrollieren, ist legendär. Er tut es mir zuliebe, nicht um seinetwillen – er will mich nicht mit dem Wissen um seinen Tod belasten. Ich weiß nicht, ob er Deda gegenüber auch so höflich war, und ich traue mich nicht zu fragen.

»Ich hole den Wagen«, sagt Ilia, faltet den Zettel und steckt ihn ein. »Wir treffen uns hinten.«

Er geht und dann stehe ich Urie allein gegenüber.

»Geht es um Marcus?«, frage ich.

»Irgendjemand hat uns verraten«, sagt Urie mit funkelnden Augen. »Und jetzt wird Marcus vermisst.«

»Sein Zeichen?« Ich reibe mir gedankenverloren über das Tattoo im Nacken. Jeder, der im Club arbeitet, bekommt von Theo Uries Symbol, ein slawisches Donnerzeichen, in den Nacken tätowiert. Es signalisiert, dass wir unter Uries Schutz stehen, verrät uns, wem wir vertrauen können, und im schlimmsten Fall kann man damit jemanden aufspüren.

Urie schüttelt den Kopf. »Keine Reaktion.«

Unsere Blicke treffen sich. Wir wissen beide, was das bedeutet. Es ist denkbar, dass der Zauber blockiert wird, wahrscheinlicher aber ist, dass der Junge tot ist.

»Findet so viel wie möglich heraus«, sagt er.

»In Ordnung«, sage ich leise und wende mich zum Gehen.

»Oh, und Alexandra?«, ruft Urie mir nach.

Ich bleibe stehen und drehe mich um. Er sieht mich aus seinen blassblauen Augen an, wie Wasser in einem flachen Pool.

»Nächstes Mal besprichst du deine Pläne mit mir, verstanden?«

Ich nicke.

»Verstanden?«, fragt er noch einmal, lauter diesmal.

»Ja«, sage ich und räuspere mich. »Verstanden. Es wird nicht wieder vorkommen.«

»Spasibo«, sagt er nickend. »Schick Jordan ins Erdgeschoss, wenn du rausgehst. Sag ihm, dass er Iwan suchen soll.«

Ich husche ohne ein weiteres Wort aus dem Raum und schließe die Tür hinter mir.

»Geht's raus?«

Ich zucke zusammen. Jordan steht direkt neben mir. Er hat einen blauen Fleck am Kinn, genau da, wo eine Faust landen würde. Ich starre hin und er verzieht den Mund zu einer Seite.

»Du müsstest den anderen Typen sehen«, sagt er.

»Bestimmt. Der Boss braucht dich unten«, sage ich. »Du sollst Iwan finden.«

»Hätte ich mir denken können«, sagt er. »Seit Marcus ist er besonders vorsichtig.«

»Meinst du, das hilft?«, frage ich.

»Kann jedenfalls nicht schaden.« Jordan zuckt mit den Achseln. »Bring dich nicht in Schwierigkeiten, Lex.«

»Zu spät«, murmele ich.

Ich setze mir die Kapuze auf und trotte durch den Flur zurück zum Fahrstuhl. Gähnend drücke ich den Knopf. Das Polster meiner friedlichen, betäubten Nächte schwindet schon.

Der Fahrstuhl hält mit einem *Ping* im Erdgeschoss und die Türen gleiten auf.

»Echt jetzt?«, sagt Phillip. »Du wolltest einfach gehen, ohne Hallo zu sagen?«

Scheiß Georgie.

Ich schiebe die Hände in die Hosentaschen und trete aus dem Fahrstuhl. »Das war der Plan, ja.«

Er sieht aus wie immer, langes, blondes Haar, das seine feinen Gesichtszüge umspielt. Haut- und Haarfarbe ähneln Uries, aber er ist schlank und langgliedrig. »Wo warst du? Du hast keine meiner Nachrichten beantwortet. Ich dachte schon, dir wäre was passiert.«

»Es tut mir leid«, sage ich und habe es langsam satt, mich zu entschuldigen. »Ich wollte dir keine Angst machen, mir geht's gut.«

Ich schlüpfe an ihm vorbei und gehe den Flur hinunter. Er geht mit. Wir sind genau gleich groß und gehen im Gleichschritt. Das mochte ich mal.

»Also wie, du redest nicht mehr mit mir, oder was?«

»Es gibt nichts zu sagen, Phillip.«

»Oh, ich glaube, es gibt eine Menge zu sagen.«

Er bleibt stehen und greift nach der Tasche meines Kapuzenpullis, damit ich mich zu ihm umdrehe.

»Was habe ich falsch gemacht? Habe ich irgendwas getan? Sag es mir doch einfach – «

»Du hast nichts falsch gemacht. Es liegt an mir«, sage ich. »Ich kann das nicht mehr.«

Es ist grausam von mir. Ich weiß, dass es grausam ist, aber es ist besser so. Ich versuche mich zurückzuziehen, aber er packt meine Hand und ich zucke vor der Berührung zurück. Haut an Haut ist das Schlimmste; ungedämpft von Kleidungsstücken stürzen die Bilder auf mich ein.

»Erspar mir den Scheiß, Lex. Ich will wissen, warum.«

Weil ich mit dir einsamer bin als alleine. Weil ich nicht aufhören kann, deinen Körper auf einem kalten Metalltisch zu sehen.

»Bitte«, sagt Phillip sanft. »Red mit mir.«

Er sieht mich an, als wäre ich ein Gemälde, das er noch nie aus der Nähe betrachtet hat. Als wäre ich unbezahlbar, etwas, das man bewundert und genau studiert.

»Lex«, sagt er. Er schiebt seine Finger zwischen meine und

ich zucke zusammen. »Ich habe mir wirklich Sorgen gemacht. Ich habe die ganze Zeit gedacht, dass etwas Schlimmes passiert ist und ich dir nie sagen konnte –«

Ich will es nicht wissen. Ich will nicht, dass er den Gedanken zu Ende bringt. Also packe ich sein Gesicht und küsse ihn ungestüm, obwohl es wehtut, obwohl ich es nicht tun sollte. Er öffnet bereitwillig den Mund, seine Zunge berührt meine Zähne und er drückt mich an die Wand. Der Ansturm der Begierde verdrängt den Ansturm des Todes und das fühlt sich fast normal an. Meine Hände umfassen seinen Hals und streichen über seine Schultern, während Phillip die Finger unter mein T-Shirt schiebt.

»Sollen wir hier verschwinden?«, flüstert er in meinen Mund und beinahe nicke ich, weil es so leicht und vertraut ist.

Aber nach diesem Teil, nach Zungen und Zähnen und Laken, kommt der andere Teil. Der Teil, bei dem er versucht, mich in den Arm zu nehmen, bei dem sein Tod um mich herumschleicht, bis mir ganz schlecht wird davon, wie seine Haut sich auf meiner Haut anfühlt.

»Nein«, sage ich und ziehe mich zurück.

Phillip blinzelt mich mit schweren Lidern an. »Willst du denn nicht?«

»Ich muss los«, sage ich und trete von seinen Armen weg. Ich zittere, friere plötzlich ohne seine Körperwärme. »Ilia wartet.«

»Lexi –« Verwirrt und verletzt starrt er mich an und ich schüttele den Kopf.

»Ich kann dir nicht geben, was du willst, Phillip. Es tut mir leid.«

Und weil ich ein Feigling bin, renne ich weg. Er ruft mir

nach, aber ich bin schon in der Gasse, schlängele mich an den Müllcontainern vorbei, bis ich die Scheinwerfer von Ilias schnittigem Wagen sehe. Ich schlüpfe auf den Beifahrersitz und versuche wieder zu Atem zu kommen.

»Was ist denn mit dir passiert?«, fragt er stirnrunzelnd.

»Fahr einfach«, sage ich und schließe die Augen.

»Ooooh«, sagt er, als der Wagen losrollt. »Phillip, hm?«

Ich gebe keine Antwort und er kichert.

»Meinen Cousin hat's voll erwischt. Ich weiß ja nicht, was du mit ihm gemacht hast, aber – «

»Halt's Maul«, presse ich hervor.

»Ich habe ihm gesagt, er soll es gut sein lassen. Aber hat er jemals auf mich gehört? Nein.«

»Ich schwöre – «, sage ich und funkele ihn an.

»Mann, Lex, ich mache nur Spaß«, sagt Ilia und hebt in gespielter Kapitulation die Hände. »Lachst du denn nie?«

»Würde ich vielleicht, wenn was lustig wäre.«

»Autsch. Ich muss wohl noch an meinen Pointen feilen.«

Ich lehne mich in dem kühlen Ledersitz zurück, schlinge die Arme um mich und sehe den Club im Seitenspiegel kleiner und kleiner werden. *Objekte im Spiegel sind näher, als sie erscheinen.* Der konvexe Spiegel erlaubt ein größeres Sichtfeld, aber dafür opfern wir Perspektive. Ist das nicht immer so? Irgendwas geht immer verloren, irgendwas wird immer eingetauscht. Mehr zu sehen hat stets seinen Preis.

»Herzinfarkt?«, fragt Ilia und durchbricht meine Gedanken.

Ich starre ihn wütend an.

»Schon gut, zu langweilig«, sagt er kopfschüttelnd. »Und ich bin bestens in Form.«

»Ich mache das nicht, Ilia«, entgegne ich düster.

»Krebs ist es nicht, oder? Bloß kein Krebs – ich darf diese Haare nicht verlieren.«

Ich beiße die Zähne zusammen, versuche ihn zu ignorieren.

»Ich hab's!«, sagt Ilia mit einem Fingerschnippen. »Friedlich entschlafen, umgeben von nackten Models.«

»Ich werde dich umbringen, Ilia. So wirst du sterben. Ich werde dich mit einer Gabel erstechen, weil du dein verdammtes Maul nicht halten kannst.«

»Du würdest mich nicht erstechen«, sagt Ilia zuversichtlich. »Vergiften vielleicht, aber nicht erstechen.«

»Wo fahren wir hin?«, frage ich, weil ich genug habe von seinen Spielchen.

Das Verschmitzte weicht aus seiner Miene und kurz bekomme ich ein schlechtes Gewissen. Er macht das ja genauso ungern wie ich. Ich kümmere mich um die Toten, Ilia um die Lebenden, aber so oder so tut es immer weh, wenn die Menschen einen voller Angst ansehen.

»Hierhin«, sagt er und rutscht herum, damit er den Zettel aus seiner Hosentasche fischen kann.

Ich nehme ihn entgegen und falte ihn langsam auseinander. Oben steht in schrägen Buchstaben ein Name, gefolgt von einer Adresse in der Nähe des Olympic Boulevard.

»Was ist mit ihm passiert?«, frage ich.

Ilia sieht kurz zu mir, dann wieder auf die Straße. »Willst du das wirklich wissen?«

Ich zucke mit den Achseln. »Lieber nicht.« Ich werd's noch früh genug erfahren.

Ilias Wagen schnurrt so schnell die Straße entlang, dass es mich in den Ledersitz drückt. Die Lichter am Straßenrand verschwimmen, die Tankstellen, Barbecue-Läden und Hotels, bis die Nacht zu einem einzigen langen Neonstreifen gerinnt. Er wird erst langsamer, als wir in die Wohnviertel kommen, wo er routiniert eine Abzweigung nach der anderen nimmt. Schließlich halten wir vor einem Apartmentkomplex, dessen gelber Anstrich und kümmerlicher Rasen schon bessere Tage gesehen haben. Eine schickere Adresse als meine, aber nur so gerade eben.

»Bereit?«, fragt Ilia.

Ich hole tief Luft. Dunkle Vorahnung lässt meine Haut kribbeln.

»Ja«, sage ich und steige aus.

3

Ilia hat Schlüssel zu dem Gebäude und ich frage lieber nicht, wie er daran gekommen ist. Wir gehen die Treppe hoch, das Echo meiner Schritte klingt hohl. Im ersten Stock hält Ilia mir die Zwischentür auf, wobei er darauf achtet, mir nicht zu nahe zu kommen.

Ich zögere, als er vor der ersten Tür links stehen bleibt. Er schließt auf und sieht sich dann nach mir um.

»Lexi«, sagt er. »Komm schon.«

Ich beiße mir auf die Wange, woraufhin er mich schmallippig ansieht.

»Wir müssen das machen«, sagt er knapp. »Bitte.«

Es ist nicht das *Bitte*, das mich in Bewegung setzt, sondern der Ausdruck in seinen Augen. Wenn ich es nicht besser wüsste, würde ich Sorge darin lesen, und da fällt mir wieder ein, warum wir hier sind.

Ilia öffnet die Wohnungstür und ich trete ein, innerlich gewappnet. Die Luft riecht abgestanden, nach altem Zigarettenrauch und Öl und darunter etwas süßlich Verdorbenem. Die Wohnung ist kahl bis auf ein Kabel, das aus einer Wand ragt, und eine Rolle Küchenpapier auf dem Tresen. Der Teppich ist stumpf und fleckig und ich gehe weiter, konzentriere mich auf das Schlafzimmer im hinteren Teil der Wohnung.

»Spürst du irgendwas?«, fragt Ilia über meine Schulter.

Ich könnte lügen. Es wäre einfach, Nein zu sagen, wieder ins Auto zu steigen und wegzufahren.

»Ja«, sage ich tonlos. »Er ist hier.«

Das Ding ist: Nicht alle bleiben. Manche müssen es tatsächlich nicht. Manche lieben so gut, leben so intensiv, dass bei ihrem Tod nichts mehr übrig ist, das sie noch an diese Welt binden würde. Sie scheiden schnell dahin, ohne einen Blick zurück. Andere Geister sind zu schwach, um sich zu materialisieren, weshalb sie im Dazwischen hängen bleiben und weder Gestalt annehmen noch weiterziehen.

Und auch die, die bleiben, sind nicht immer ganz menschlich. Manchmal sind sie schon so lange tot, dass sich ihre Seele langsam auflöst, bis sie sich nicht mehr ans Menschsein erinnern können, bis sie keine Wörter mehr verstehen. Sie werden etwas anderes, eine Präsenz im Haus, ein warmer Fleck zwischen deinen Schulterblättern.

Und dann sind da noch die, die immer bleiben, die Rachsüchtigen, die Ermordeten und die Mörder. Diese Geister sind unberechenbar und verätzen den Todessinn wie Säure. Sie verlassen das Diesseits nie, sind getrieben von einer Wut, die noch den letzten Atemzug dieser Welt überdauern wird.

»Gut«, sagt Ilia erleichtert. »Beschaffen wir uns die Infos und dann können wir hier weg.«

Er sagt *wir*, als würde er nicht einfach nur dastehen und mir zusehen. Es gibt kein Wir. Es gab noch nie ein Wir, was mich angeht.

»Sei still«, sage ich, während ich mich an die Wand lehne. Ich schließe die Augen, lasse den Todessinn anschwellen und sich entfalten.

»James.« Ich flüstere den Namen vom Zettel, mit beinahe reglosen Lippen. »James Eliot Sanderson.«

Innerlich treibe ich in trägen Spiralen abwärts, warte, beobachte. Ganz allmählich wird das Rotschwarz hinter meinen Lidern dunkler und tiefer. Meine Magie streift etwas, etwas Warmes, Weiches, Nahes.

»James. Da bist du ja.«

Ich öffne die Augen und gehe geradewegs ins Schlafzimmer. Hitze schlägt mir entgegen und ein kleiner, schmächtiger Mann starrt mich an. Sein Gesicht und seine Arme sind mit blauen Flecken übersät und ein dunkler Ring zieht sich um seinen Hals.

»Es tut mir leid«, sage ich, denn so ist es. Es tut mir leid, was ihm widerfahren ist, und es tut mir leid, was ich gleich tun werde.

»Was willst du?«, fragt er mit heiserer Stimme.

»Du weißt, was ich will. Du weißt, wer mich geschickt hat. Sag mir den Namen.«

Er schüttelt schnell den Kopf. »Nein. Seine Jungs haben es schon versucht, aber ich habe ihnen nichts verraten. Und ich habe dafür gesorgt, dass mich nie wieder jemand fragen kann.«

»Sag uns, wem du es erzählt hast, Sanderson«, sagt Ilia, während seine Augen die Stelle zu fixieren suchen, die ich ansehe. »Wir wissen, dass du nebenbei etwas verkauft hast. Das bringt uns alle in Gefahr.«

»Ich bin tot, du dummer Arsch«, schnaubt Sanderson ihn an, obwohl Ilia ihn nicht hören kann. »Es gibt nichts, was du mir noch antun könntest.«

»Gibt es wohl«, sage ich und balle die Hände zu Fäusten.

Ich beiße die Zähne zusammen und beginne zu schieben, drücke meine Magie gegen den Geist, bis meine Muskeln brennen.

Sanderson reißt die Augen auf, öffnet den Mund wie ein Fisch und seine Gestalt wird noch blasser und flackert an den Rändern.

»Was machst du?«, presst er heraus.

»Verrat uns den Namen, oder ich schicke dich auf die andere Seite«, sage ich.

»Das kannst du nicht – bitte«, sagt er und wird immer kleiner. »Ich habe eine Tochter. Sie werden es auf sie absehen.«

Mir dreht sich der Magen um, aber ich ignoriere es, mache unnachgiebig weiter. Wenn man Uries Schutz will, hält man die Klappe. Die Geschichte kennt zahllose Fälle von Leuten, die Magie begehren, und Leuten, die sie fürchten, aber immer gilt: Wenn andere von Menschen wie mir erfahren, sind wir früher oder später tot. Wir beschützen einander, weil es sonst niemand tut, und unsere Community zu gefährden ist der schlimmstmögliche Verrat. Urie wird immer einige wenige opfern, um die vielen zu schützen.

»Du wusstest, welches Risiko du eingehst«, sage ich und schiebe jegliches Mitgefühl beiseite. »Du kanntest den Preis dafür. Nenn mir den Namen, wenn du sie aufwachsen sehen willst.«

»Nein«, fleht Sanderson. Er wehrt sich, stemmt sich mit allem, was er zu bieten hat, gegen meine Magie. Aber es reicht nicht. Mir läuft der Schweiß den Nacken hinunter und in meinem Rücken krampft etwas.

»Das lasse ich nicht zu«, brüllt er und stürzt sich auf mich, seine Finger greifen nach meinem Gesicht, der Blick verzweifelt und wild. Ich packe ihn an den Handgelenken und schleudere ihm meine Magie entgegen, stopfe sie ihm in den Hals und in die Poren.

»Ein Junge wird vermisst, Arschloch«, keuche ich. »Wahrscheinlich deinetwegen. Also sag mir den Namen oder wir besuchen als Nächstes deine Tochter. Du hast die Wahl.«

Er schreit laut auf, voller Schmerz und Verzweiflung. Eigentlich hat er keine Wahl. Er ist nicht bereit zu gehen. Obwohl er sich das Leben genommen hat, obwohl er nie wieder mit seiner Tochter sprechen wird, will er bleiben. Denn so gibt es zumindest noch einen Anschein von Leben, ein letztes bisschen Bewusstsein, eine Chance, das Mädchen aufwachsen zu sehen, es zu beschützen. Ich weiß nicht, was auf der anderen Seite ist, der Himmel, die Hölle oder überhaupt nichts. Ich weiß nur, dass die meisten Geister die andere Seite fürchten wie wir den Tod. Wenn man sie zwingt, entscheiden sie sich immer zu bleiben. Und für den Zwang bin ich zuständig.

Sanderson nennt mir den Namen und ich gebe ihn Ilia weiter, der ihn sorgfältig notiert. Wessen Name auch immer das ist, er ist nicht zu beneiden.

»Halt dich bedeckt und verschreck die Leute nicht«, sage ich, als wir fertig sind. Ich glaube nicht, dass er noch genug Energie hat, um Unruhe zu stiften, aber man weiß nie. »Zwing mich nicht wiederzukommen.«

»Fahr zur Hölle«, sagt Sanderson tonlos. Er sieht mich mit so leeren Augen an, dass ich mir fast wünsche, stattdessen Hass zu sehen. Sein Geist verschwindet flackernd, vielleicht, um nach seiner Tochter zu sehen, vielleicht, um von mir fortzukommen. Zurück bleibt nur der verbrannte Geschmack seines Schmerzes.

»Alles okay?«, fragt Ilia und macht einen Schritt auf mich zu.

»Bestens«, sage ich mit gereckter Hand, um ihn aufzuhalten. »Können wir los?«

»Ja«, sagt er, ohne mich anzusehen. »Ja, wir können los.«

»Toll.« Wir verlassen die Wohnung und ich fasse mir mit einem Finger an die Wange. Sanderson hat mich bei unserem Gerangel im Gesicht erwischt, aber der Zauber auf meinen Armen hat verhindert, dass meine Haut einreißt. Es ist nur ein kleiner Kratzer, gerade tief genug, dass es brennt, gerade tief genug, dass es schmerzt.

Wir fahren schweigend zurück zum Club, jeder mit seinem eigenen schlechten Gewissen. Wir müssen hart bleiben, sage ich mir immer, sagt Urie immer. Wir machen das, damit niemand entdeckt wird, damit die anderen angstfrei leben können, ohne sich ständig umzusehen. Aber es ist schwer, Sandersons Blick abzuschütteln, schwer, sich nicht wie ein Monster zu fühlen, wenn ich widerwillige Geister auf die andere Seite stoße. Sind ja bloß Geister, denken die meisten, aber für mich sind sie real. Sie sind Haut, Wärme und feste Masse. Die Trennlinie zwischen den Lebenden und den Toten ist so hauchdünn, dass sie sich fast verflüchtigt. Worin unterscheidet sich Schmerz von eingebildetem Schmerz? Worin unterscheidet sich die Idee eines Dings vom tatsächlichen Ding?

Nach einer Gliedmaßenamputation berichten über 90 Prozent der Patienten von Phantomempfindungen. Manchmal sind sie harmlos, manchmal ausgesprochen schmerzhaft. Die Mediziner kennen die genaue Ursache für Phantomschmerzen nicht, sie wissen nur, dass das Fehlen einer Gliedmaße den Schmerz nicht weniger real macht.

Der Wagen gleitet auf einen reservierten Parkplatz vor dem Club und Ilia stellt den Motor ab. Unser Schweigen hallt mir in den Ohren. Er hat andere Gründe dafür als ich, aber sie sind nicht weniger kompliziert. Familie bleibt Familie und Blut ist dicker als Schuld.

»Brauchst du irgendwas?«, fragt er mich schließlich.

Ich schüttele den Kopf und steige aus. Die Nacht ist warm und unvermittelt laut. Ich will hier nicht mehr sein, ich will keine Drinks servieren und zusehen, wie Nic lächelt und normalen Leuten zuhört, die aus ihrem unkomplizierten Leben erzählen. Ich will nach Hause, ich will wieder ins Krankenhaus mit seinen kratzigen Laken und der Stille.

»Lexi, warte, ich – «

Die Eingangstür fliegt auf, als ich gerade vorbeigehe, und eine Gruppe strahlender Mädchen und lachender Jungs quillt heraus. Ich bleibe wie angewurzelt stehen, aber es ist zu spät. Metall und Tod schreien mich von überall an. Krebs, Lungenentzündung, Herzinfarkt, überall nur noch Zähne, Schweiß und Tod. Es sticht so, dass mir die Augen tränen. Parfüm mischt sich mit Eisen.

Mein Magen macht einen Satz, meine Schultern schieben sich vor und dann ... prallt eine Stirn gegen mein Kinn und ich stolpere zurück.

»Tut mir leid!«, ruft eine Stimme lachend aus.

Zierliche Hände fassen meine Arme und es fühlt sich an, als ob ein Stein meine Brust trifft, mir den Atem raubt. *Lass mich los*, will ich sagen, *lass mich los*, aber mir fehlt die Luft zum Sprechen. Das Mädchen ist wunderschön. Ihre Lippen sind geschminkt und wie ein Herz geformt und ihre Wangenknochen schimmern. Aber das ist nicht der Grund, warum ich nicht atmen kann.

»Alles okay?« Ihre Hände greifen fester zu, die dunklen Augen blicken besorgt, aber im Geiste sehe ich ihr offenes Gesicht mit starrem Blick, blutverschmiert.

Sie wird sterben. Heute Nacht. Schmerzhaft und brutal, und danach wird ihr Schwanenhals nicht mehr derselbe sein.

Mir kommt die Galle hoch und ich reiße mich los.

»Hey, hey, sachte«, sagt sie und hält mir ihre Hand hin, als wäre ich ein Wildtier. »Geht es dir gut? Soll ich jemanden anrufen?«

Sie macht einen Schritt auf mich zu, woraufhin ich rückwärts stolpere und versuche die Wahrheit abzuschütteln. Sie sollte nach Hause gehen, rennen, sich retten. Aber das sage ich ihr nicht. Es würde nichts ändern. Der Tod findet dich immer.

»Was ist denn los?«, fragt sie.

»Es geht ihr gut.« Ilia steht direkt neben mir, lässt nur ein paar Zentimeter Abstand. »Ich passe auf sie auf.«

Das Mädchen sieht von mir zu Ilia und wieder zu mir. »Bist du sicher?«, fragt sie mich.

»Ich – ich komm schon klar«, presse ich heraus.

Sie sieht mich skeptisch aus schmalen Augen an, aber ich halte es nicht länger aus.

»Danke«, sage ich und schlüpfe an ihr vorbei, stürze durch die offene Tür in den Club, während mir blutige Bilder in den Kopf schießen.

Ich renne den Korridor hinunter, bleibe schließlich stehen und drücke den Rücken an die Wand. Mir brennt die Kehle vor unterdrückten Schreien. Meine Arme hören nicht auf zu zittern, also presse ich sie gegen den Knoten im Magen und versuche zu atmen.

»Himmel, Lexi«, sagt Ilia, als er mich einholt. »Alles in Ordnung?«

Ich schüttele den Kopf, vor Übelkeit kann ich nicht antworten. *Nein, nichts ist in Ordnung. Für mich wird nichts je in Ordnung sein.*

»Kann ich …« Er hebt nervös eine Hand und ich zucke zurück.

»Fass mich nicht an«, stoße ich keuchend hervor. Mehr ertrage ich nicht, nicht jetzt.

»Das hatte ich nicht vor«, sagt Ilia. »Scheiße.« Er seufzt und fährt sich mit den Händen übers Gesicht. »Was hast du gesehen?«

Ich schließe die Augen, als wenn das helfen würde. »Dieses Mädchen … stirbt einen schlimmen Tod. Richtig schlimm.«

Als er mich ansieht, sehe ich kein Mitleid in seinen Augen, nur eine Art Traurigkeit.

»Komm«, sagt er. »Ich fahre dich nach Hause.«

»Meine Schicht ist noch nicht vorbei. Und mein Auto – «

»So kannst du nicht fahren«, sagt er. »Mach dir keinen Kopf. Ich kümmere mich darum.«

Ein Schauer der Erleichterung durchläuft mich.

»Bist du sicher?«

»Ja. Komm schon. Ich muss nur noch kurz beim Lagerhaus vorbei.«

Ich stoße mich von der Wand ab und kann mich kaum auf den Beinen halten. Ilia bietet mir nicht seine Hand an.

Uries Grenzen ziehen sich vom Club bis nach Echo Park im Norden und nach Koreatown im Westen. In diesem Dreieck bewegen sich die meisten von uns. Das Lagerhaus liegt um die Ecke vom Wilshire Boulevard, ein massiver Gebäudeblock ohne Fenster oder erkennbaren Eingang. Auf den Regalen im Inneren lagern alle nur erdenklichen magischen Zutaten. Das hält unsere Hexen und den Club am Laufen, aber Urie liefert seltene Ingredienzen auch in andere magische Winkel überall im Land – Salem, New Orleans, Cleveland.

»Warte kurz«, sagt Ilia, der unerlaubterweise an der Bordsteinkante hält. »Ich bin gleich wieder da.«

Ich nicke mit zurückgelegtem Kopf, während ich versuche mir stechende Kopfschmerzen wegzumassieren. Ilia macht seine Tür ganz sanft zu und diese kleine Freundlichkeit rührt mich irgendwie.

Doch ich bekomme das Bild nicht aus dem Kopf: das Mädchen, dem ein glänzendes rotes Lächeln in die Kehle geschlitzt wurde. Mit einem Mal kommt mir das Auto zu eng vor. Ich öffne die Tür und stolpere hinaus, hole tief Luft. Es riecht nach frittierten Speisen und Zigarettenrauch. Meine Lunge füllt sich mit einem vertrauten Stechen. Ich sehe nach oben, zu den Telefondrähten, die sich über den Nachthimmel ziehen, und ersetze das Bild des Todes durch die Umrisse von Palmen.

Dann spüre ich ein Kribbeln im Nacken und drehe mich um. Da ist nichts, nur eine ruhige Straße mit parkenden Autos. Ich runzele die Stirn und strecke tastend meine Magie aus.

»Marcus?«, frage ich leise. »Bist du da?«

Ich taste weiter in die Nacht und könnte schwören, dass

ich *fast* etwas spüre. Es ist, als würden meine Fingerspitzen jemanden streifen, der sich gerade wegbewegt, sodass nur ein leichter Luftzug zurückbleibt.

»Marcus?«

Es kommt keine Antwort, keine Bewegung, und das Kribbeln im Nacken verschwindet so schnell, dass ich glaube, es mir vielleicht nur eingebildet zu haben.

»Lex?«

Ilia geht auf mich zu, mit einem kleinen Karton in den Händen.

»Was machst du?«, fragt er, als er näher kommt.

»Nichts«, sage ich und steige wieder ins Auto. »Ich brauchte nur frische Luft.«

Ich starre aus dem Fenster, während Ilia den Motor anlässt, aber alles bleibt ruhig. Die einzige Regung kommt von einer flackernden Straßenlaterne, die einen weißen Lichtkegel auf den Boden wirft.

Der Himmel färbt sich leuchtend pink, als Ilia mich zu Hause absetzt. Ich schleppe mich die Stufen hoch und breche quer über dem Bett zusammen, ohne mir die Schuhe auszuziehen. Mein Kopf pocht immer noch und Krämpfe durchzucken meine Rückenmuskeln. Ich sollte etwas essen, aber mir sind die Augen schon zugefallen, bevor ich den Gedanken zu Ende gedacht habe.

Ich weiß nicht, wie lange ich besinnungslos war, als ich Wärme und ein sanftes Ziehen am Ohr spüre.

»Du siehst schrecklich aus«, sagt Trevor ganz nah an meinem Kopf. »Hast du heute irgendwas gegessen?«

Ich gebe einen Laut von mir, den man als Ja oder als Beleidigung verstehen könnte, und grabe mich tiefer in meine Decke.

Es folgt ein Seufzer und dann drückt sich etwas an meine Seite, das sehr viel wärmer ist als ein menschlicher Körper. Das Atmen fällt mir leichter, in meiner Brust löst sich ein Knoten. Nur die Geister wissen, wie einsam es werden kann, wie sehr ich mich nach einer Berührung sehne. Ich überlasse mich wieder dem Schlaf, lasse mich in die Wärme und den Druck an meiner Seite sinken. An Geborgenheit nehme ich, was ich kriegen kann.

4

Ich träume von dem Mädchen. Ich sehe, wie ihr die Kehle aufgeschlitzt wird, wie das Fleisch sich teilt und weißen Knochen freigibt, und als ich nach unten blicke, sehe ich ein blutiges Messer in meiner Faust.

Ich wache schweißgebadet auf, mein T-Shirt ist völlig durchnässt. Trevor ist weg und ich bin wieder allein, immer noch in meinen Klamotten und völlig ausgehungert.

Sonnenlicht fällt durch mein kleines Fenster und ich schiebe den Vorhang ganz beiseite, damit etwas frische Luft hereinkommt. Laut meinem Telefon ist es fast eins und ich habe mehrere Nachrichten von Phillip verpasst, die ich ignoriere. Ich ziehe mir das nasse T-Shirt aus und steige schnell unter die Dusche, wo ich die fleckigen Kacheln und den bröckelnden Fugenkitt anstarre, während ich auf heißes Wasser warte.

Ich verteile Seife zwischen meinen Fingern, aber die Konsistenz fühlt sich unangenehm an, wie Blut. Ich blicke nach unten und rechne fast damit, rot verschmierte Hände zu sehen. Warum auch nicht? Es spielt keine Rolle, dass ich nicht diejenige bin, die sie getötet hat. Ich fühle mich trotzdem schuldig. Ich habe mich rausgehalten und es geschehen lassen, habe sie allein und voller Angst sterben lassen. Eine Wahl hatte ich nicht – wenn man versucht, den Tod zu überlisten, wird er einen bestrafen, er nimmt sich, was ihm zusteht und noch ein bisschen mehr. Aber für die Toten ist das wohl nur eine faule Ausrede.

Mein Telefon klingelt, als ich aus der Dusche trete. Ich schnappe mir ein steifes altes Handtuch und binde es mir hastig um.

»Was?«

»Und dir ebenfalls einen wunderschönen guten Morgen«, sagt Ilia.

»Verschon mich«, sage ich. »Ich bin gerade erst wach geworden.«

»Hast du gut geschlafen?«

»Ilia«, knurre ich.

»Dein Auto steht vor dem Haus«, sagt er unbeeindruckt. »Ich habe es von Theo rüberbringen lassen.«

»Oh«, sage ich schuldbewusst, weil ich ihn angeblafft habe. »Okay. Danke.«

»Kein Problem. Hast du heute frei?«

»Ja. Warum, soll ich reinkommen?«

»Nein, wollte mich nur vergewissern. Kommst du denn klar?«

»Mir geht's gut.« Ich halte plötzlich misstrauisch inne. »Hast du angerufen, um dich nach mir zu *erkundigen*?«

»Würde mir im Traum nicht einfallen«, sagt Ilia trocken. »Aber vielleicht ruhst du dich heute mal aus.«

»Ich lege jetzt auf.«

Ich werfe das Telefon aufs Bett und starre es einen Moment an. Versucht er etwa *nett* zu sein? Falls ja, kann er sich das sparen. Mit Nettsein erreicht man gar nichts und ich werde es garantiert nicht erwidern.

Mein Magen knurrt und erinnert mich daran, dass ich ausgehungert bin und auf den Boden tropfe. Ich wickele das Handtuch fester um mich und wühle in einem Haufen schmutziger Wäsche, bis ich ein T-Shirt finde, das noch halbwegs annehmbar riecht. Ich bin spät dran für meinen Besuch bei Deda, dabei kann ich im Pflegeheim zu Mittag essen. Es schmeckt zwar nicht besonders, aber in meinem kleinen Kühlschrank habe ich gerade nur noch Senf und Milch, die bestimmt sauer ist. Ich muss Lebensmittel einkaufen und Wäsche waschen, was beides Geld kostet, das ich nicht habe – ich seufze und lasse mich auf die Bettkante sinken, während hinter meinen Augen Kopfschmerzen aufwallen. Ich weiß nicht, ob sie von den schlechten Träumen kommen oder von der unmöglichen Last des Lebens. Es ist wahrscheinlich egal; die Lösung ist immer die gleiche. Ich stöbere eine eingestaubte Dose Schmerztabletten auf, schlucke zwei Pillen und mache weiter.

Dem Makkaroni-Auflauf fehlt es an Salz. Ich schaufele ihn trotzdem in mich rein, während Deda mit Argusaugen beobachtet, ob ich auch ja genug esse.

»Möchtest du auch was?«, frage ich.

»Ich habe schon gegessen«, sagt er. »Nur junge Leute essen so spät zu Mittag.«

»Es ist noch nicht mal zwei.«

»Genau«, sagt er. »Wo hast du gesteckt?«

»Ich habe geschlafen«, sage ich. »Gestern ist es spät geworden.«

»Warst du wieder ... an diesem Ort?«, fragt Deda stirnrunzelnd. Er sagt nicht gerne *Klinik*, als würde ich sie vergessen, wenn er das Wort nicht erwähnt.

»Nein«, sage ich, lasse den Makkaroni-Auflauf stehen und verlege mich auf die Schweinekoteletts. »Ich musste arbeiten.«

Deda stößt einen kehligen Laut aus. »Lass hören.«

Ich picke mit der Gabel am Fleisch herum, drücke mich vor einer Antwort.

»Alexandra.«

»Jemand hat was ausgeplaudert. Urie hat mich losgeschickt, um sicherzugehen, dass die Infos sich nicht weiterverbreiten.«

Die tiefen Falten um seinen Mund werden noch tiefer. »Gab es Ärger?«

Ich schüttele den Kopf. »Er war nicht stark. Und er hat eine Tochter.«

»Dummer Kerl«, sagt Deda. »Du hast das Richtige getan.«

»Ich habe meinen Job gemacht.«

Ich versuche mir die Bitterkeit nicht anmerken zu lassen. Es war ja nicht so, dass ich Lehrerin, Ärztin oder Anwältin hätte werden wollen. Ich habe nie ein College besucht. Die Schule brach ich im vorletzten Jahr ab. Deda hat versucht mich davon abzuhalten, aber es hatte keinen Zweck mehr. Es war furchtbar, im Unterricht zu sitzen und so zu tun, als wäre alles normal, während der Junge, der sich umgebracht hatte, die Klasse heimsuchte und zu weinen anfing. Es war furchtbar, die Flure entlangzugehen und ständig angerempelt zu werden, wobei sich eine solche Düsternis auf mich herabsenkte, dass ich Nasenbluten bekam. Ich hatte keine Freunde, konnte keine Freunde haben, und die Vertrauenslehrer wussten nichts mit mir anzufangen und gaben schließlich auf. Dann wurde Deda krank, die Bremsen des Autos gingen kaputt und die Miete war fällig. Es war einfach an der Zeit.

Ich machte noch einen alternativen Abschluss, übernahm bei Urie, wo Deda aufgehört hatte, und dann gab es kein Zurück mehr.

Eine knotige Hand legt sich auf meinen Arm und ich blicke zu Deda hoch, der zu viel sieht. Aber zwischen uns beiden ist es anders. Was auch immer die Magie ausmacht, uns beide schirmt sie voneinander ab, wie zwei Magnete, die sich abstoßen. Ich kann Dedas Tod nicht sehen und er meinen nicht. Vielleicht weiß die Magie, dass es zu schwer wäre, überhaupt niemanden zu haben.

»Es tut mir leid«, sagt er und seine Stimme ist voller Reue.

Deda hat das nie für mich gewollt. Es ist nicht die Art von Gabe, die Dankbarkeit hervorruft. Er war so froh, dass Mom nicht über sie verfügte, obwohl es die beiden trennte. Doch dann kam ich. Und ich war wie er und es brach ihm das Herz. Es bricht ihm immer noch jeden verdammten Tag das Herz.

»Es ist nicht deine Schuld, Deda«, sage ich. »Mir geht's gut. Lass mich einfach essen.«

Ich schiebe mir ein zähes Stück Schweinefleisch in den Mund und kaue.

Im Aufenthaltsraum spielen wir Gin Rummy, während der Fernseher im Hintergrund dröhnt. Ich sortiere meine Karten, bin aber nur halb bei der Sache. Ich gewinne sowieso nie. Wer schlägt schon einen alten Mann beim Kartenspielen.

Müde bin ich auch immer noch und der dünne Kaffee aus dem Automaten ist keine große Hilfe. Ich gebe mehr Zucker hinzu, damit er zumindest nach irgendwas schmeckt.

»Arbeitest du heute Nacht?«, fragt Deda mit Blick auf seine Karten.

»Nein«, sage ich. »Ich habe frei bis …« Ich breche ab. Mir will nicht einfallen, welcher Tag es ist. Vielleicht Samstag? Es verschwimmt alles, die schlaflosen Nächte, die grellen Tage. Mir fehlen Markierungen, Anker, die Stunden verrinnen, ohne dass ich es bemerke. »Die nächsten Tage«, schließe ich kraftlos. »Ich komme vorbei und dann machen wir was zusammen. Wir können ins Kino gehen.«

Deda schnaubt und sortiert seine Karten neu. »Du verbringst schon genug Zeit mit mir. Ich kann hier mit meinen Freunden Karten spielen und du gehst mit deinen aus.«

»Du hast keine Freunde, Deda«, sage ich schonungslos. »Genau wie ich.«

»Du könntest welche finden. Du könntest wieder zur Schule gehen. Du bist so klug und du verschwendest …«

»Dieses Gespräch werde ich nicht schon wieder führen.«

Deda hat mich mal gefragt, was ich später werden wolle. Molekularbiologin lautete meine Antwort. Ich wollte Zellen studieren, sie so vergrößert sehen, dass sie wie Mosaiken aus Buntglas wirken, bis ich erkennen könnte, was den Menschen im Innersten zum Menschen macht. Warum, fragte Deda. Um uns beide zu reparieren, sagte ich. Ich war noch jung und wusste nicht, dass man manchmal lieber lügt.

»Du musst unter Leute, Alexandra«, beharrt Deda. »Unter die Lebenden, nicht die Toten. Und auch nicht die fast Toten.«

»Wenn es so leicht ist, dann finde du doch Freunde«, entgegne ich. Ich nicke dem schlurfenden Geist eines älteren Herrn zu, der unser Spiel interessiert verfolgt.

»Er redet nicht mit mir«, sagt der Geist schmollend, sein Mund verschwindet in lauter Falten.

»Ich rede nicht mit dir, weil du nichts Interessantes zu sagen hast, Edgar«, sagt Deda, ohne ihn anzusehen.

»Tut mir leid, Ed«, sage ich zu ihm.

»Für mich ist es zu spät«, sagt Deda, »aber nicht für dich.«

Ich schüttele den Kopf, klopfe auf den Tisch und lege meine Karten aus.

Deda sieht sie sich an und schnieft.

»Ach, komm«, sage ich, als er anfängt, meine abgelegten Karten zu zerpflücken. »Wie ist das überhaupt – «

Dann stockt mir der Atem.

»Was ist?«, fragt Deda stirnrunzelnd, aber meine Aufmerksamkeit gilt etwas hinter ihm, dem Fernseher. Oder *ihr.*

Auf dem Bild, das gezeigt wird, trägt sie weniger Make-up und mehr Kleidung als das Mädchen, mit dem ich zusammengestoßen bin, aber trotzdem ist sie unverwechselbar.

»... das Verschwinden der achtzehnjährigen Schülerin der Culver City High School, Jane Morris. Wer über Informationen zu ihrem Aufenthaltsort verfügt, kontaktiere bitte ...«

Die Nachrichtensprecherin fährt mit ihrem monotonen Vortrag fort. *Jane*, denke ich, *sie heißt Jane.* Es klingt nicht richtig; es passt nicht. Das ist ein Name für die Namenlosen, für die verlorenen Mädchen und die Toten, die niemand haben will. Sie ist zu lebendig für so einen Namen. *War.* Sie war zu lebendig.

Der menschliche Körper verfügt über fünf Liter Blut. Mit jedem Herzschlag verteilt das Herz ungefähr siebzig Milliliter Blut und es schlägt rund siebzig Mal die Minute. Wenn die Halsschlagader verletzt ist, kann sich der Tod aufgrund von massivem Blutverlust in weniger als drei Minuten einstellen.

Ich frage mich, wie lang sich diese drei Minuten angefühlt haben mögen. Hat sie gebetet, hat sie um Hilfe gerufen? Hat sie jemand gehört? Ich wette, die drei Minuten haben sich viel länger angefühlt.

»Alexandra?«

Ich reiße mich vom Fernseher los, mir ist schwindelig und schlecht und ich fühle mich schuldig.

»Alles in Ordnung?«, fragt Deda und beugt sich zu mir.

»Nein«, sage ich. »Ich glaube, es ist für uns beide zu spät, Deda.«

Einen Tag nach dem anderen. Das sagen die Therapeuten in der Klinik immer, selbst wenn sie nicht mehr wissen, zu wem sie es sagen. Immer einen Tag nach dem anderen, eine Stunde nach der anderen, eine Minute nach der anderen. Die Atemfrequenz eines Erwachsenen im Ruhezustand beträgt zwölf bis zwanzig Atemzüge pro Minute. Manchmal genügt es schon zu wissen, dass man es von einem Atemzug zum nächsten geschafft hat. Ich bin nicht krank, nicht wie die anderen Patienten in der Klinik. Aber ich bin beschädigt.

Ich nehme zwei Schlaftabletten, strecke mich auf dem Bett aus und warte darauf, dass die Wirkung einsetzt. Sie sind nicht stark, anders als die, die die Ärzte mir gegeben haben, aber es reicht mir schon, wenn sie die blutigen Träume fernhalten.

»Hast du keinen Harry Potter oder so?«, fragt Trevor, der vor meinem kleinen Bücherstapel kauert. »Nicht mal einen?«

»Du kannst doch gar nicht umblättern«, erinnere ich ihn.

»Ich könnte so tun als ob. *Tausend spannende Fakten der Naturwissenschaften? Moderne Biologie?*« Er liest die Titel der gebraucht gekauften Lehrbücher und Lexika. »Wer liest denn den Scheiß?«

»Ich«, sage ich und schließe die Augen.

Ich hatte schon immer Spaß an den Naturwissenschaften. Ich suche zwar nicht mehr nach einer Antwort, nach einem verborgenen Gendefekt, der erklären könnte, warum ich bin, wie ich bin, aber ich lerne immer noch. Nicht nur Biologie, auch Astronomie, Geologie, Ökologie. Ich werde vielleicht aus mir selbst nicht schlau, aber die Welt um mich herum lässt sich verstehen. Mein Kopf ist voll mit Zufallsfunden aus alten Lehrbüchern, die ich in Trödelläden aufstöbere. Wasserstoff ist das am weitesten verbreitete Element des Universums, Beschleunigung ist die zeitliche Änderungsrate der Geschwindigkeit, schwarze Stoffe wirken schwarz, weil sie alle Lichtwellen absorbieren statt sie zu abzustrahlen – mein Wissen ist unvollständig, nur grobe Form ohne Details, ein Skelett ohne Fleisch. Ich habe immer noch so viele Fragen.

»Du bist langweilig«, sagt Trevor und springt aufs Bett.

»Dann such dir jemand anderen, den du heimsuchen kannst.«

»Sehr witzig«, schnaubt er. »Sind dir schon mal berühmte Geister begegnet? Wie James Dean? Oder die schwarze Dahlie?«

»Leider nein.«

»Was ist mit Walt Disney? Aber Moment, kann man überhaupt zum Geist werden, wenn man kryokonserviert ist?«

»Das ist eine Legende«, murmele ich.

»Was?«

»Das ist eine moderne Legende«, wiederhole ich. »Disney liegt in Glendale begraben.«

Ich rolle mich auf die Seite, weg von seiner Hitze und dem Geruch nach heißem Teer.

»Hey«, sagt Trevor und stupst mich in den Rücken. »Ich versuche mich zu unterhalten. Warum hast du so schlechte Laune?«

Ich bin zu müde, um irgendwas außer ehrlich zu sein. »Weil ich unglücklich bin. Und ich weiß nicht, wie ich es nicht sein könnte.«

»Oh.« Er verstummt, dann spüre ich eine dünne, warme Hand auf meiner Schulter. »Es tut mir leid, dass du unglücklich bist, Lexi.«

Meine Glieder fühlen sich schwer und unbeweglich an, aber ich drehe mich zu ihm um und wir liegen mit einander zugewandten Gesichtern da. Seine Augen sind hellbraun, ein bisschen glasig, und ich frage ihn, auch wenn ich kein Recht dazu habe.

»Hat es wehgetan?«

Seine Lippen spannen sich und blaue Flecken fegen über sein Gesicht wie Sturmwolken.

»Das mit dem Sterben?« Seine Stimme ist so leise, dass ich den Atem anhalte, um nichts zu verpassen. »Nein. Aber das davor. Ich hätte alles dafür gegeben, dass es aufhört wehzutun. Zu sterben … war eine Erleichterung.«

Am liebsten würde ich sagen: *Es tut mir leid.* Und: *Ich wünschte, ich hätte dich retten können.* Stattdessen schließe ich die Augen und versuche auszublenden, was ihm ins Gesicht geschrieben steht.

»Lexi?«

»Mmmh?«

»Nenn mir einen spannenden Fakt.«

Ich seufze, aber gebe Antwort. »Babys kommen mit ungefähr dreihundert Knochen zur Welt, aber ein erwachsenes Skelett hat nur noch zweihundertsechs.«

»Echt? Was passiert mit den Knochen?«

»Viele sind am Anfang nur Knorpel, die verknöchern und verschmelzen, während wir wachsen.«

»Schräg.«

Das Schlafmittel rauscht durch meine Venen, Wellen branden durch meinen Körper und ziehen an meinen Knochen. Als Erwachsene sind wir so zerbrechlich, mit unseren verknöcherten Schädelplatten und Wirbelsäulen. Mit dem Tag unserer Geburt beginnt der Verlust. Wir werden ständig weniger, als wir mal waren.

5

Am nächsten Morgen beim Kaffee lese ich die neuesten Meldungen. Es ist Sonntag, sagt mein Telefon. Jane ist der vierte Vermisstenfall im Stadtzentrum in den letzten sechs Monaten. Eigentlich der fünfte, aber von Marcus wissen sie nichts. Die Polizei sucht immer noch nach einer Spur und hat eine Hotline für Hinweise eingerichtet. Ich überfliege die Webseiten, suche nach weiteren Informationen, aber entdecke nichts. Sie haben noch keinen Leichnam gefunden.

Mein Telefon brummt und ich zucke zusammen, das Herz hüpft mir in der Brust. Zu viel Kaffee, zu viele Albträume.

»Mir geht's immer noch gut«, erkläre ich Ilia genervt.

»Gut«, sagt er. »Denn ich komme dich abholen.«

»Warum? Ich habe heute frei.«

»Planänderung. Urie will uns sehen.«

»Ilia – «

»Die Cops sind im Club«, unterbricht er mich. »Nicht die auf unserer Gehaltsliste, sondern echte Cops.«

Mir wird schlecht. »Was wollen die? Hat das mit Marcus zu tun?« Ich kann mir eigentlich nicht vorstellen, dass Urie das hat nach außen dringen lassen.

»Nein«, sagt Ilia angespannt. »Ein Mädchen wird vermisst. Ich bin auf dem Weg.«

Verdammt.

Ilia hält mit quietschenden Reifen am Bordstein und ich schlüpfe in den Wagen, die Fingerknöchel weiß, weil ich meinen Kaffee fest umklammert halte.

»Sag mir, was los ist«, fordere ich, als er losfährt.

»Das Mädchen wurde gestern Abend im Club gesehen. Die Cops haben sich mit Urie die Überwachungsvideos angeguckt. Sie sind noch bei ihm. Anscheinend halten wir uns irgendwann in ihrer Nähe auf.«

Ich fluche leise und Ilias Kopf schießt zu mir herum.

»Erinnerst du dich an sie?«, fragt er.

»Das ist das Mädchen, mit dem ich vor der Tür zusammengestoßen bin.«

»Woher weißt du, welches –« Ilia bricht ab, als er es kapiert. »Oh, *Scheiße.*«

»Ja.« Ich versuche überschüssigen Speichel hinunterzuschlucken.

»Das Mädchen ist tot? Bist du dir sicher?«

»Ich irre mich nie, Ilia.«

»Das hättest du mir sagen sollen«, sagt er und schlägt mit der Faust aufs Lenkrad. »Wir hätten uns darauf vorbereiten können, hätten sicherstellen können, dass es unsere Leute sind, die den Fall übernehmen.«

»Es tut mir leid«, sage ich. »Ich konnte nicht klar denken.«

»Nein, wohl nicht.«

»Es tut mir leid, okay?«

Ilia atmet lang und tief aus und fasst sich an die Nasenwurzel.

»Marcus?«, fragt er mich.

»Ich weiß es nicht.«

Er bleibt einen Moment still, mit gequälter Miene. »Wir

müssen unsere Geschichten aufeinander abstimmen«, sagt er schließlich.

»Wir sagen die Wahrheit«, entgegne ich matt. »Ich bin mit ihr zusammengestoßen. Sie hat gefragt, ob es mir gut geht.«

»Nichts ausschmücken«, befiehlt Ilia. »Keine überflüssigen Details. Eine Barkeeperin würde sich kaum daran erinnern, mit jemandem zusammengestoßen zu sein, verstehst du?«

»Ja, verstehe.«

»Dann komm mal in Schwung«, sagt er und steigt auf die Bremse. »Wir sind da.«

Die Tür zu Uries Büro steht weit offen. Es sind zwei, ein Mann und eine Frau, beide in klobigen LAPD-Uniformen, deren sperrige Gürtel viel zu viel Raum einnehmen. Urie hat dieselbe ruhige Miene aufgesetzt wie immer, aber Jordan, der draußen wartet, ist die Spannung deutlich anzumerken.

»Wie läuft's?«, fragt Ilia ihn leise, bevor wir reingehen.

Jordan schüttelt den Kopf. »Mir gefällt das nicht«, sagt er. »Sie stellen viele Fragen.«

»Was denn für welche?«, frage ich.

»Sie wollen eine Liste der Angestellten«, sagt er mit bleicher Miene.

»Die können wir ihnen nicht geben«, sage ich. »Das ist eine Liste von praktisch jedem, der in dieser Stadt über magische Fähigkeiten verfügt. Wenn diese Liste bekannt wird – «

»Das wird Urie nicht zulassen«, sagt Ilia.

»Ilia«, ruft Urie aus dem Büro und Ilia streckt den Rücken durch.

»Komm«, sagt er mit einem Nicken zu mir. »Und vergiss nicht: keine Details.«

»Officers«, sagt Urie mit einer Handbewegung zu uns. »Das sind zwei meiner langjährigen Angestellten.«

Mir schlägt das Herz bis zum Hals, als die Cops sich uns zuwenden. Der Mann ist jung und glatt rasiert, sein Aftershave konkurriert mit Ilias. Die Frau macht mir mehr Sorgen. Sie ist Ende dreißig, hat heruntergezogene Mundwinkel und einen zu wachen Blick für eine Streifenpolizistin.

»Hallo«, sagt sie und nickt uns zu. »Ich bin Officer Tisdale, das ist Officer Green. Dürfen wir Ihnen ein paar Fragen stellen?«

Ich blicke zu Ilia, der höflich nickt. »Selbstverständlich«, sagt er mit seiner schönsten Nachrichtensprecherstimme. »Was immer Ihnen weiterhilft.«

Sie trennen uns. Green geht mit Ilia auf den Gang und lässt mich mit Tisdale zurück. Uries Augen ruhen auf mir, bis er die Tür schließt, die Warnung darin unübersehbar: *Sag nichts, das uns in Gefahr bringt.*

»Wie heißen Sie?«, fragt Tisdale, den Stift auf den Notizblock gerichtet. Sie bedenkt mich mit einem oberflächlichen Lächeln, das mich wohl entspannen soll.

»Alexandra Iwanowitsch«, sage ich widerwillig. Ich verrate meinen Namen ungern Leuten, die ich nicht kenne. Und wie sie ihn hinschreibt, gefällt mir auch nicht, als würde sie mir etwas wegnehmen.

»Wir suchen nach einem vermissten Mädchen«, sagt Tisdale. »Jane Morris. Sie wurde zuletzt vorgestern Abend gesehen, als sie diesen Club verließ.« Sie ruft ein Foto auf ihrem Telefon auf und hält es mir hin. »Erkennen Sie sie?«

Ich sehe mir das Bild an, es ist das Gleiche wie in den Nachrichten, und mein Puls macht einen Satz.

»Ich weiß nicht«, sage ich langsam. *Halt es einfach, keine Details.* »Vielleicht? Sie kommt mir irgendwie bekannt vor, aber wir begegnen so vielen Menschen.«

»Wir haben uns die Aufnahmen der Überwachungskameras von jenem Abend angeguckt und es scheint, als wären sie aufeinandergetroffen. Erinnern Sie sich noch, dass Sie mit jemandem zusammengestoßen sind? Draußen vor dem Club?«

»Oh, ja«, sage ich. »Das war sie?«

»Ja. Hat sie irgendwas zu Ihnen gesagt?«

»Ähm«, sage ich und verziehe das Gesicht, als versuchte ich mich zu erinnern. »Ich habe mich entschuldigt und sie hat gefragt, ob es mir gut geht. Es war nicht ... ich habe nicht richtig darauf geachtet.«

»Es sah aus, als hätten Sie es eilig gehabt.«

»Ich habe es immer eilig«, sage ich achselzuckend.

»Hatten Sie sie vor diesem Abend schon mal gesehen?«

Ich schüttele den Kopf. »Ich glaube nicht. Nicht, dass ich wüsste.«

Ich warte mit angespannten Schultern. Die Stille wird nur vom leisen Kratzen ihres Stifts unterbrochen.

»Wäre das alles?«, frage ich schließlich.

»Vorerst ja«, sagt Tisdale. Sie steckt den Stift in die Tasche und zieht eine Visitenkarte heraus. »Wenn Ihnen noch irgendwas einfällt – irgendwas, egal wie unbedeutend –, melden Sie sich bitte.«

Ich nicke und nehme die Karte entgegen, ohne dass sich unsere Finger berühren. »Klar.«

»Danke, dass Sie sich Zeit genommen haben«, sagt sie und öffnet die Bürotür. Sie tritt in den Gang und ich atme tief aus und reibe mir das Gesicht.

Urie kommt zurück ins Büro, Ilia folgt ihm und schließt die Tür.

»Wie ist es gelaufen?«, fragt Ilia.

»Gut«, sage ich und stopfe die Karte in die Hosentasche.

Urie geht um den Schreibtisch herum und bleibt direkt vor mir stehen. »Stimmt es, was Ilia sagt?«, fragt er leise. »Du wusstest, dass das Mädchen tot ist? Du hast es an dem Abend gesehen?«

»Ja«, entgegne ich. »Tut mir leid, dass ich nichts gesagt habe.«

»Alexandra«, sagt Urie. »Ich werde nicht zulassen, dass irgendjemand unsere Leute in Gefahr bringt. Das gilt auch für dich.«

»Sie wollte uns keinen Schaden zufügen«, sagt Ilia, aber er senkt den Blick, als Urie sich zu ihm dreht. »Sir.«

»Ist Marcus tot?«, fragt Urie, dessen Augen wieder zu mir schießen.

Ich ringe die Hände. »Ich habe ihn nie berührt und weiß nicht, wie er stirbt. Seinen Geist habe ich bisher nicht gesehen. Ich hab's im Lagerhaus versucht, aber da kam nichts. Es war vielleicht ... *irgendwas* da, aber sicher bin ich mir nicht.«

»Wenn das Mädchen tot ist und Marcus' Zeichen nicht antwortet ...« Ilia verstummt.

»Wir gehen davon aus, dass er tot ist«, sagt Urie rundheraus. Er holt tief Luft, als würde er um Fassung ringen, dabei ist Urie eigentlich durch nichts aus der Ruhe zu bringen. »Und das bedeutet: Irgendjemand benutzt unser Gebiet als Jagdgrund.«

»Das wissen wir nicht genau«, sage ich, woraufhin Ilia unangenehm berührt das Gewicht verlagert. Ich werfe ihm einen Blick zu, aber er erwidert ihn nicht. »Was? Was verschweigt ihr mir?«

»Die anderen Vermissten sind ungefähr im gleichen Umkreis verschwunden«, sagt Urie ruhig. »Alle innerhalb unserer Grenzen.«

Ich hole scharf Luft. »Hast du gesehen, was passiert ist?«

»Wer immer das macht, macht es gut, er schlägt nur in Straßen zu, die wir nicht überwachen.«

Wut kocht in mir hoch. »Und du hast es nicht für nötig befunden, uns davon zu erzählen?«

»Bisher gehörte niemand von den Vermissten zu uns, das lag nicht in unserer Verantwortung«, sagt Urie. »Mit Marcus ändert sich das. Das hat nun ein Ende. Niemand geht mehr ohne Unterstützung irgendwohin und wir verdoppeln die Sicherheitskräfte.«

»Weiß die Polizei überhaupt von Marcus?«, frage ich mit gepresster Stimme.

»Nein, und das bleibt auch so«, sagt Urie. »Wir können nicht zulassen, dass die Polizei uns zu genau unter die Lupe nimmt. Wir lösen das intern. Ilia, sag Iwan, dass ich von jedem Einzelnen wissen will, wo und wann er in der letzten Woche unterwegs war. Jordan soll ein Treffen mit den Hexen einberufen, um unsere Schutzzauber zu verstärken und eine Spur an *jeden* zu heften, der innerhalb unserer Grenzen jemanden anzugreifen versucht.«

»Alles klar«, sagt Ilia. »Glaubst du, wer auch immer es ist, wagt sich noch mal an einen von uns?«

»Falls ja, wird es das letzte Mal sein«, sagt Urie.

»Was ist mit dem Mädchen?«, frage ich.

Urie reibt sich nachdenklich das Kinn. »Ich werde jemanden die Hotline anrufen lassen, der behauptet, sie gesehen zu haben. Weiter südlich, in San Diego. Das sollte uns aus dem Fokus nehmen.«

»Aber – « Der Protest rutscht mir raus, bevor ich ihn mir verkneifen kann.

»Ja?«, fragt Urie und sieht mich kalt aus seinen blauen Augen an.

»Sie werden ihre Leiche nie finden, wenn sie an der falschen Stelle suchen.«

»Das ist nicht unser Problem«, sagt Urie mit strenger Miene.

Ich blicke zu Ilia, aber der schüttelt den Kopf. »Sie ist tot, Lexi. Wir können nichts mehr für sie tun. Unsere Leute sind wichtiger.«

»Muss ich dich schon wieder daran erinnern, wem deine Loyalität zu gelten hat?«, fragt Urie mit einer gefährlichen Schärfe in der Stimme.

»Nein«, sage ich schnell und beiße die Zähne zusammen. »Musst du nicht. Und ich mach's wieder gut, versprochen.«

»Damit kannst du sofort anfangen«, sagt Urie und nimmt Platz. »Ich habe noch einen Auftrag für dich.«

»Wo fahren wir hin?«, frage ich, sobald wir wieder im Wagen sitzen.

Ilia sieht schnell auf sein Telefon. »Los Feliz.«

Mein Kaffee vom Morgen steht noch im Getränkehalter. Er ist kalt, aber ich nehme trotzdem einen großen Schluck.

»Müde?«

»Schlecht geschlafen.« Ich setze mich anders hin und klemme den Kopf zwischen Fenster und Kopfstütze.

»Ich musste es ihm sagen«, sagt Ilia abrupt.

»Ich weiß.«

»Ja, aber –« Er seufzt, fährt sich mit der Hand durch das zurückgegelte Haar. »Hör mal, es tut mir leid, Kleines.«

»Du kannst nichts dafür«, sage ich mit abgewandtem Gesicht. »Und nenn mich nicht *Kleines.*«

Ich schließe die Augen vor der Sonne und höre auf zu reden, sodass Ilia anfängt, zum Radio zu singen, und irgendwann falle ich halb ins Koma, mit dem Gesicht an der heißen Fensterscheibe. Ich merke gar nicht, dass das Auto zum Stehen gekommen ist, bis Ilia sich sehr viel rücksichtsvoller räuspert, als ich ihm zugetraut hätte.

»Wir sind da«, sagt er.

Ich blinzele ein paarmal und wische mir mit dem Ärmel den Mund ab. Wir parken vor einem quadratischen, kompakten Haus mit Terracotta-Dachschindeln und schmalen weißen Gitterstäben vor Türen und Fenstern.

»Und wer bitte wohnt hier?«, frage ich.

»Sie stellt die Zauber für die Drinks im Club zur Verfügung. Urie schuldet ihr einen Gefallen.«

»Was für einen Gefallen?«

»Weiß ich nicht genau«, sagt Ilia. »Er meinte, wir sollten ihr geben, was immer sie braucht. Bereit?«

Ich schlucke, der Mund vom Schlaf wie ausgedörrt, und nicke. »Ja.«

Ich überlasse Ilia die Führung. Es ist besser, wenn die Leute ihn als Erstes sehen, denn ich wirke nicht wie die Art Fremde, die man gern ins Haus bittet. Er steigt die Veranda hinauf und klingelt, streicht sich das Haar aus dem Gesicht, richtet den Kragen seines schrecklichen lachsfarbenen Hemdes. Die Tür öffnet sich und ich erspähe eine ältere Frau mit dicken Brillengläsern und bleicher Gesichtsfarbe, die ihre Augenringe noch krasser hervortreten lässt.

»Hallo«, sagt Ilia höflich. »Sind Sie Mrs Hallas? Urie Porchowsky schickt uns. Er hat uns sicher angekündigt?«

»Ja«, sagt die Frau leise. Sie riecht komisch, nach Salbei und Schwefel, und ich brauche einen Moment, bis ich den Geruch zuordnen kann – Teufelsdreck. Dieses widerliche Kraut verwenden sie immer für ihre Zaubersprüche.

Ich kann Hexen nicht besonders gut leiden. Sie sind nicht wie wir anderen – ihre Magie ist nicht angeboren, sondern rührt von Zaubersprüchen und Büchern. Sie ist bestenfalls primitiv und schlimmstenfalls zerstörerisch, und hinterher ist immer alles voller Blut und Knochen.

»Bitte kommt rein«, sagt die Frau.

»Danke«, entgegnet Ilia. Die Hexe nickt geistesabwesend und hält uns die Tür auf. Ich trete über die Schwelle und ein Schauer läuft mir über den Rücken. In diesen Mauern sind Schreie gefangen.

»Hier entlang«, sagt die Frau, führt uns in ein Wohnzimmer und zeigt auf ein altmodisches cremefarbenes Sofa mit Rosenmuster. Im Haus ist es schummrig, dicke Spitzengardinen hängen vor den Fenstern, Kerzen brennen auf Regalen und in der Ecke steht ein uralter Fernseher.

»Es freut mich, Sie kennenzulernen«, sagt Ilia so überzeugend, dass ich ihm fast glaube. »Ich bin Ilia und das ist Lexi.«

»Anna Hallas«, sagt die Frau, während sie einen ihrer Blusenknöpfe verdreht. »Urie sagte … ihr könntet mir helfen.«

»Natürlich, Mrs Hallas. Was können wir für Sie tun?«, fragt Ilia.

Schon wieder dieses *Wir*. Aber er macht das gut, das mit

dem Reden. Ich bleibe stumm, sitze mit im Schoß verschränkten Händen da, während der Tod mir zuflüstert. Wer immer dieses Haus heimsucht, ist stark – stark, nah und wütend. Mrs Hallas schaltet eine Lampe ein, das Licht flackert, bevor es immer heller wird und die Birne schließlich mit einem Knall und einem Zischen durchbrennt.

»Das ist meine Schwiegertochter«, sagt die Hexe seufzend. »Ich weiß es genau. Emily. Sie ist vor zwei Jahren gestorben. Sie ... sie lässt mich einfach nicht in Frieden.«

Ilia und ich sitzen da, während sie sich in den Sessel gegenüber von uns sinken lässt.

»Sie sucht dieses Haus heim?«, frage ich stirnrunzelnd. »Nicht ihr eigenes?«

»Das hat sie erst. Aber es steht jetzt leer«, sagt sie. »Mein Sohn ... ist nicht mehr dort. Aber ihm folgt sie auch.«

Ilia wirft mir einen Blick zu, mit fragend gereckten Augenbrauen. Ich nicke und lehne mich auf dem Sofa zurück.

»Geben Sie uns einen Moment Zeit, Mrs Hallas«, sagt Ilia. »Wir schauen mal, was wir tun können.«

Ich schließe die Augen und lasse meine Sinne wie Ranken sprießen, die sich unter Türen hindurchschieben und in Ritzen kriechen. Sie ist in der Nähe, hält sich am Rande meiner Wahrnehmung.

»Emily«, flüstere ich, fast ohne die Lippen zu bewegen. »Komm raus, komm raus aus deinem Versteck.«

Ich streife etwas Warmes, schlage die Augen auf und starre direkt in ihr Gesicht, bevor ich auch schon mit dem Kopf voran in Schmerz und Wut stürze.

»Oh, Scheiße«, stoße ich aus und werde so heftig von einer Welle aus Säure erfasst, dass meine Nase zu bluten beginnt.

»Lexi?«, fragt Ilia mit großen Augen.

Falsch, falsch schreit mir das Gefühl zu und treibt Übelkeit in meine Venen. Ich fange an zu zittern, Schweiß rinnt mir die Arme und den Rücken hinunter und ich muss den Mund zukneifen, um mich nicht zu übergeben.

»Lexi, was ist los?«

Ich versuche zu sprechen, versuche mich nicht vom Tod zerquetschen zu lassen. »Ermordet«, presse ich hervor.

Die Farbe weicht aus seinem Gesicht, er wird so bleich wie der Geist, der mich aus wuterfüllten Augen anstarrt. Ihre Brust ist nur zerfetzte Haut und Blut, nass und roh, darunter schimmernde Knochen.

»Raus aus diesem Haus«, zischt sie mir zu, mit einer Stimme, die sich anfühlt, als würden Fingernägel von innen meinen Hals zerkratzen.

»Emily«, stöhnt die Hexe. Sie kann sie nicht sehen, aber die Kerzenflammen lodern höher, sodass schwarze Rußstreifen an der Wand zurückbleiben.

Der Geist dreht sich schrecklich langsam zu ihr um und bleckt die Zähne. »Glaubst du etwa, du könntest dich retten?«

»Bitte«, sagt Mrs Hallas und ringt die Hände, fleht etwas an, das sie weder sehen noch hören kann. »Er kann es sich nicht verzeihen.«

»Er verfault von innen«, sagt Emily und gibt ein hohles, freudloses Lachen von sich. »Die Schuld wird ihn bei lebendigem Leib verschlingen.«

»Lexi?«, fragt Ilia, dessen Gesicht nun vor mir schwebt. Seine Augen sind dunkel vor Sorge, aber er berührt mich nicht, weil er weiß, dass das alles nur schlimmer machen würde.

»Emily, bitte«, sage ich keuchend. »Ich kann dir helfen.«

»Dafür ist es viel zu spät«, sagt sie, dann folgt ein Kreischen und der Fernseher explodiert in einem Funkenregen. Mrs Hallas geht in Deckung und Ilia eilt ihr zu Hilfe.

Ich bin die Einzige, die dem ein Ende setzen kann. Ich schlinge die Arme um mich, um das Zittern zu stoppen, und erhebe mich dann taumelnd vom Sofa. Emily hält inne, als ich auf sie zustolpere, und betrachtet mich mit geneigtem Kopf.

»Verschwinde«, sage ich durch zusammengepresste Zähne, während mir der Schweiß über die Lippen rinnt und ich all meine Magie gegen sie drücke.

Sie flackert, ist weg, wieder da und verzieht dann den Mund zu einem schrecklichen Grinsen. »Ich bin noch nicht fertig«, sagt sie.

Ich versuche es wieder, die Fingerknöchel weiß, während ich auf ihre lodernde Wut einhämmere. Es ist, als wollte ich eine Wand verschieben, meine Muskeln reißen fast, während sie langsam näher kommt.

»Du kannst hier nicht bleiben«, sage ich, obwohl meine Magie unter ihrer Kraft einknickt. Mit Deda zusammen ginge es vielleicht, aber so ist sie zu stark, zu wütend. Sie kreischt und stürzt sich auf mich. Meine Tattoos bewahren mich davor, dass ihr Griff schmerzt, aber das gilt nicht für die Wand hinter mir. Mein Kopf knallt gegen den Putz.

»Du kannst mich hier nicht vertreiben«, flüstert sie mir ins Gesicht.

Sie hebt die Hand und ich reiße meine Linke gerade noch rechtzeitig hoch, um ihre Faust abzufangen.

»Runter von mir«, presse ich hervor und dann ramme ich

ihr meine Rechte in die Brust. Ich kann sie nicht dauerhaft vertreiben. Aber ich kann sie wenigstens vorübergehend nach draußen zwingen.

Emily schreit, während ich sie mit allem, was ich habe, mit allerletzter Kraft, fortstoße. Meine Magie bahnt sich einen Weg in ihre Brust, meine Hand glüht bis in den Arm hinauf. Ihre Augen weiten sich zornig und dann, mit einem Krachen wie ein Blitzeinschlag, ist sie plötzlich verschwunden.

Ich bekomme weiche Knie und sinke an der Wand zu Boden. Im nächsten Moment ist schon Ilia bei mir, hilft mir auf und bringt mich zum Sofa. Ich zucke vor seiner Berührung zurück und er lässt mich los, sobald ich sitze.

»Alles in Ordnung?«, fragt er steif.

Ich nicke, obwohl meine Glieder zittern und mein Gesicht brennt. Mit bebenden Händen fasse ich mir an den Hinterkopf und betrachte dann meine blutigen Finger. Im düsteren Haus leuchtet die Farbe richtig, fast fröhlich.

»Was zum Teufel war da los?«, fragt Ilia.

»Zu stark«, murmele ich und lehne mich zurück. Ich sehe Mrs Hallas in das verhärmte Gesicht. »Das hätten Sie mir sagen sollen.«

Sie blickt von mir zu Ilia und presst die Lippen zusammen. »Es war ein Versehen«, sagt sie.

»Ein Versehen?«, frage ich mit rauer Stimme. »Er hat ihr *aus Versehen* in die Brust geschossen?«

Sie zuckt zurück, als hätte ich sie geschlagen. »Er ist im Gefängnis«, sagt sie. »Er bezahlt dafür. Aber er isst nicht, kann nicht schlafen. Bei jedem meiner Besuche ist er ein bisschen weniger geworden. Er stirbt – «

»Das verdient er auch«, sage ich schroff.

»Ich weiß.« Ihre Augen hinter der Brille sind riesig und verzweifelt. »Ich habe sie wie eine Tochter geliebt. Aber jetzt ist er alles, was mir noch bleibt.«

»Sie verstehen das nicht«, sage ich. »Das ist nicht Emily. Die ist tot und ihr Geist besteht nur noch aus Rachsucht und Wut. Ich bin nicht stark genug, um sie auf Dauer zu vertreiben – schützen Sie ihr Haus, wenn sie wegbleiben soll. Es wird sie nicht auf ewig fernhalten, aber so machen Sie es ihr schwerer.«

Mrs Hallas sackt in sich zusammen und ich sehe zu Ilia hoch. »Bring mich hier weg«, sage ich.

Er streckt mir die Hand entgegen, aber hält dann inne. »Bist du dir sicher?«, fragt er leise. Ich nicke und er zieht mich auf die Beine, mit einem Arm um meine Taille. Ich beiße die Zähne zusammen, unterdrücke die Bilder, die aufsteigen.

»Wartet«, sagt die Hexe, »bitte.«

»Es tut mir leid«, sagt Ilia zu ihr. »Ich werde meinem Onkel sagen, dass er Ihnen immer noch einen Gefallen schuldet.«

»Aber mein Sohn«, fleht sie. »Was soll ich ihm sagen?«

Ich drehe mich zu ihr um, während Ilia mich zur Tür geleitet.

»Sagen Sie ihm, dass sie verschwindet, sobald er tot ist.«

Ihr entfährt ein erstickter Schrei und wir taumeln ohne einen weiteren Blick zurück aus dem Haus. Nach der Dunkelheit und den Schmerzen ist das Sonnenlicht zu grell und ich schaffe nur ein paar Schritte den Weg entlang, bevor ich mich auf den Rasen übergebe.

Den ganzen Heimweg über ist mir schlecht. Ich versuche die Säure im Magen zu ignorieren, den Geruch nach verbranntem Kupfer in der Nase.

»Na, das war intensiv«, sagt Ilia nach einer Weile. »Geht es dir gut?«

»Ich will nicht darüber reden«, sage ich und sehe aus dem Fenster. Es ist diesig, die Spitzen der Wolkenkratzer im Zentrum verschwimmen mit dem Himmel.

»Ich werde Urie versichern, dass du getan hast, was du konntest.«

Ich antworte nicht, schließe nur die Augen.

»Ich hatte keine Ahnung«, sagt Ilia leise, »dass es so laufen würde. Wenn ich das gewusst hätte ...«

Er spricht nicht weiter und ich bin mir nicht sicher, ob er mich überzeugen will oder sich selbst. Wir wissen beide, dass es nichts ändern würde. Weder für ihn noch für mich.

Mein Gesicht glüht und prickelt und ich richte das Gebläse der Klimaanlage direkt auf mich.

»Nächstes Mal werde ich mich vorher über die Details ...«

»Ich sagte, ich will nicht darüber reden!«, blaffe ich.

»Okay, okay, ist ja gut.« Ilia hält kapitulierend eine Hand hoch. Er blickt zu mir und setzt ein angestrengtes Lächeln auf. »Also, was wird es? Ein Unfall beim Fallschirmspringen? Ertrinken im Whirlpool?«

»Hör auf«, sage ich. »Menschen sind tot, Ilia. Du kannst das ignorieren, aber mir ist der Luxus nicht vergönnt. Menschen sind *tot* und ich will dieses Spiel nicht mit dir spielen.«

»Tja, wenn du den *Lebenden* in deiner Umgebung mal mehr Aufmerksamkeit schenken würdest, wären wir vielleicht nicht in dieser Situation.«

»Du willst wirklich wissen, wie du stirbst?«, frage ich boshaft, weil er recht hat, weil ich wütend bin, weil der Tod wie Kupfer auf meiner Zunge liegt. »Na schön. Mit siebenundzwanzig hast du ein Aneurysma. Ohne Vorwarnung. Einfach – Schluss.«

Ilia entgleiten die Züge, er wird ganz weiß. »Das ... das stimmt nicht.«

Ich sehe wieder aus dem Fenster, der Himmel so sauer wie mein Magen. »Nein, es stimmt nicht. Oder vielleicht doch. Wie auch immer, ich glaube, du willst es nicht wissen.«

Ilias Stimme ist jetzt leise und tief und hallt in meiner Brust wider.

»Du kannst richtig fies sein, Lexi, weißt du das?«

»Ja«, sage ich, immer noch auf den Freeway starrend. »Ich weiß.«

Er setzt mich wortlos vor meiner Wohnung ab. Ich putze mir zweimal die Zähne und spüle den Geschmack von Tod und Kotze von meiner Zunge.

Als Phillip mir später schreibt, antworte ich.

6

»Hat das wehgetan?«, fragt Phillip, als er mit dem Finger über die schwarzen Linien auf meinem Arm fährt.

Sein Bett ist größer und weicher als meins und die Laken sind immer sauber. Aber wenn ich reich wäre und ein Hausmädchen hätte, wären meine Laken das natürlich auch. Sein Zimmer befindet sich nicht mal im riesigen Haupthaus; es gehört zum Gästehaus. Die Privatsphäre ist ja ganz nett, aber wer hat denn schon ein *Gästehaus*?

»Du hast auch welche, du müsstest das doch wissen«, sage ich. Ich berühre das Donnerzeichen in seinem Nacken und versuche, nicht daran zu denken, wie Marcus tot irgendwo rumliegt, sein Zeichen stumm und nutzlos.

»Ilia hat mich vorher abgefüllt«, sagt Phillip. »Es hat lange geblutet, aber ich habe nichts gespürt.«

»Theo ist gut«, sage ich, nehme die Hand weg, balle sie zur Faust und öffne sie wieder. »Es tut nur weh, wenn Nerven in der Nähe sind. Sonst fühlt es sich an wie … gekniffen werden.« Zur Veranschaulichung drücke ich die Haut in seiner Armbeuge zusammen. Mir entgeht der scharfe Geruch darunter nicht, aber ich konzentriere mich auf den blumigen Duft der Laken.

»Willst du noch eins?«, frage ich.

Er verzieht das Gesicht. »Mom würde mich umbringen.«

»Mamakind«, ziehe ich ihn auf. Aber ich kann es ihm nicht verdenken. Katja ist die Art von Mom, die jedes Jahr eigenhändig einen Geburtstagskuchen backt. Allerdings erst an seinem eigentlichen Geburtstag, nie schon vorher, das ist so ein blödsinniger russischer Aberglaube.

»Erwischt«, sagt Phillip grinsend. Er wirft sich aufs Kissen, die Haare fallen ihm ins Gesicht.

Ich stütze mich auf einen Ellbogen, damit ich ihm die Strähnen aus den Augen streichen kann. Ich sehe mir gern sein Gesicht an. Phillip lächelt immer, sogar wenn ich ihn aufziehe, sogar wenn ich gehe.

»Also, woher der Sinneswandel?«, fragt er, als könnte er meine Gedanken lesen.

Ich schmiege mich an ihn, tue so, als wenn es nicht schmerzt. »Ich musste weg. Musste mal raus, nur für eine Weile.«

»Was ist passiert?«

»Bin mit einem unfreundlichen Geist aneinandergeraten«, sage ich bemüht heiter. Die Toten taugen nicht für Bettgespräche.

»Hast du deshalb Blut im Haar?« Er fährt mit den Fingern über den Knoten auf meinem Kopf und seine heilende Magie kribbelt an meiner Haut.

»Nur eine kleine Beule«, sage ich, aber ich lasse sie ihn heilen. »Du weißt ja, Kopfwunden bluten immer ordentlich.«

»Tut mir leid«, sagt er und zieht die Hand weg. »Dass du verletzt wurdest, meine ich, aber nicht, dass du hier bist.«

Fast muss ich lächeln. »Danke.«

»Hast du Hunger? Wir könnten was essen gehen.«

Ich ziehe eine Augenbraue hoch. »Was essen gehen? Wie bei einem Date?«

Phillip lacht. »Ja.«

»Lieber nicht«, sage ich. Ich setze mich auf und greife nach dem Kleiderhaufen auf dem Boden. »Ich sollte mich auf den Weg machen.«

»Natürlich«, sagt Phillip seufzend. »Ich wusste, das würde dir Angst machen.«

»Ich habe keine Angst«, sage ich, während ich mir mein T-Shirt überziehe. »Ich … es ist nur schwierig für mich, unter Leuten zu sein, Phillip.«

»Gilt das auch für mich?«, fragt er stirnrunzelnd.

Ich sage nichts, sehe ihn an. Er weiß kaum etwas über meine Fähigkeiten. Niemand außer Ilia, Urie und Deda weiß alles. Selbst in unserer Welt muss ich Dinge geheim halten. Mit Geistern reden zu können ist nicht gerade weitverbreitet, aber es kommt vor: Hellseher können Geister spüren; Medien können mit ihnen kommunizieren. Aber zu wissen, wann Menschen sterben? So was macht den Leuten Angst. Und wenn sie einmal wissen, was du weißt, werden sie dich für immer mit anderen Augen sehen. Jetzt allerdings verletze ich gerade Phillips Gefühle, und seine vorgeschobene Unterlippe lenkt mich ab. Ich beuge mich zu ihm und küsse ihn.

»Ja, das gilt auch für dich«, sage ich. Ich schlucke und blende das Wissen aus, das in meinem Kopf schreit. »Aber ich tu's trotzdem. Das hat was zu bedeuten, oder?«

»Du kannst einfach nicht widerstehen, was?«

Ich schubse ihn weg und schüttele den Kopf. »Idiot.«

Ich ziehe mir meine Stiefel an, stehe auf und fahre mir mit der Hand über den Flaum auf dem Kopf.

»Rufst du mich an?«, fragt Phillip, während er mir zusieht. »Oder sehe ich dich wieder einen Monat lang nicht?«

Ich blicke zu ihm hinunter und kaue auf meiner Wange. »Ich weiß es nicht. Aber danke für heute Abend.«

»Immer gern«, sagt er.

Er nimmt meine Hand und ich lasse mich von ihm für einen letzten Kuss hinunterziehen.

»Oder du bleibst doch«, sagt er. »Ich bestelle uns was.«

Ich streiche ihm das Haar aus den Augen und lese die Worte, die dort stehen.

»Nicht heute«, entgegne ich. »Wir sehen uns, Phillip.«

»Ja«, sagt er und seine Stimme folgt mir. »Wir sehen uns.«

Ich gehe durchs hintere Tor raus, an Katjas Minivan vorbei, und die Leuchten mit Bewegungsmelder springen an. Ich hoffe nur, dass Urie nicht gerade aus einem der Dutzend blitzblanken Fenster schaut. Scheiß Brentwood. Ich hasse dieses Viertel. Alles ist zurechtgestutzt und exakt, hohe Hecken verbergen nachgemachte venezianische Säulen, Gärten mit Kakteen und Agaven und gusseiserne Zäune. Geld und Perfektion springen einen geradezu an, und umso mehr sehne ich mich nach Chaos.

Ich setze mich in mein Auto, in einem Viertel, das ich hasse, in einer Stadt, die ich hasse, in einem Leben, das ich hasse, und es gibt kein Entkommen. Für einen Augenblick erlaube ich mir den Wunsch, dass alles anders wäre. Dass ich anders wäre. Dass ich nicht diese *Sache* in mir trüge, diese Gabe, die überhaupt keine Gabe ist, dass ich sie mir herausschneiden könnte wie einen Tumor.

Ich lehne mich zurück und starre auf das sanft schimmernde Licht, das von den Häusern auf die Straße fällt. Ich bin noch nicht bereit, wieder nach Hause zu fahren, zu den dreckigen Laken und einem mageren Geist, der mich tröstet. Ich könnte zur Klinik fahren, aber das würde auch nichts ändern. Wenn die Zeit rum ist, wartet doch wieder nur mein Leben auf mich. Ich frage mich: Sind die Menschen in diesen Häusern so einsam wie ich oder halten die schönen Dinge die Sehnsucht in Schach?

Mein Telefon klingelt und ich schrecke zusammen. Ich will es gerade stumm stellen, damit ich Ilia ignorieren kann, als ich die Nummer bemerke.

»Nicole?«, frage ich, als ich rangehe.

»Lexi, Gott sei Dank«, sagt sie mit deutlich höherer Stimme als sonst.

»Was ist los?«

»Ich ... ich weiß es nicht genau«, sagt sie. »Kannst du mich bei der Arbeit treffen?«

»Jetzt?«

»Bitte«, sagt sie. »Ich weiß nicht, wen ich sonst anrufen soll.«

Mein Herz klopft wie wild, weil mir die Panik nicht entgeht, die sie zu unterdrücken versucht. Wenn Nicole Angst hat, dann stimmt wirklich was nicht. Das Gesicht des toten Mädchens blitzt vor meinem geistigen Auge auf und ich lasse den Wagen an.

»Ich bin auf dem Weg.«

»Danke«, sagt sie und mein Telefon wird dunkel.

Ich fahre so schnell ich kann, das Gaspedal fast ganz durchgedrückt. Ich kurbele das Fenster runter und lasse mir den Wind ins Gesicht blasen. Das Scheinwerferlicht der vorbeifahrenden Autos brennt sich in meine Netzhaut, aus einer Stereoanlage wummern Bässe. Die Luft ist heiß und riecht nach Rauch und ich weiß nicht, ob es an meinen Reifen liegt oder ob die Hügel wieder in Flammen stehen. Alles um mich herum brennt. Ich sauge den beißenden Gestank tief ein, es ist mir egal, dass es zischt und funkt, als er meine Zellen vernichtet. Meine tintenverzierten Finger klammern sich ans Lenkrad. Etwas staut sich in mir an und einen kurzen, wilden Moment will ich den Himmel anschreien. Dann blitzt die richtige Ausfahrt vor mir auf und der Schrei erstirbt auf meinen Lippen. Ich schlucke ihn runter und er nistet sich in meiner Brust ein, tief unter meinen Rippen, wo er darauf wartet, wieder aufgerufen zu werden.

Ich parke so nah am Club wie möglich und eile halb gehend, halb rennend die neonerleuchtete Straße entlang, wobei ich Menschen und cruisenden Autos ausweiche. Meine Beine sind schwer, aber ich haste weiter. Ich hätte mit Phillip etwas essen sollen, anstatt bei der ersten Gelegenheit Reißaus zu nehmen. Aber so mache ich das immer.

Endlich erreiche ich das Nex und schlüpfe in die Gasse, wo ich gegen den Seiteneingang trete, bis Georgie seinen kahlen Kopf herausstreckt.

»Himmel, Lexi, mach mal halblang, ja?«

»Wo ist Nicole?«, frage ich, während ich mich an ihm vorbeidränge und zusammenzucke, als sein Arm mich streift.

»Weiß ich nicht«, sagt er und knallt die Tür hinter uns zu. »Sie hat für heute Schluss gemacht. Geht mich nichts an, was ihr treibt, wenn ihr nicht mehr im Dienst seid.«

Ich wähle schon ihre Nummer und nach dem zweiten Klingeln geht sie ran.

»Lexi?«

»Ich bin da.«

Sie atmet zittrig aus. »Ich bin in der Garderobe«, sagt sie.

Ich haste durch den Korridor in den vorderen Teil des Clubs. Die Garderobe ist die erste Anlaufstelle, wenn man in der Pause seine Ruhe haben oder heimlich kiffen will. Drinnen ist es dunkel und kühl, und da in L. A. niemand einen Mantel trägt, wird die Garderobe nie gebraucht. Mit den Jahren haben wir sie mit Stühlen, einem Mini-Kühlschrank und einem Getränkedosenturm bestückt, der der Decke entgegenwächst.

Leises Gemurmel empfängt mich, als ich eintrete.

Nicole kauert in einem schäbigen grünen Sessel und Theo hockt neben ihr, den Arm locker um ihre Schultern gelegt.

»Was zum Teufel ist passiert?« Ich schnappe mir einen wackligen Holzstuhl und setze mich direkt vor sie.

Nicole schüttelt den Kopf, ihre leuchtend roten Locken fallen um ihr Gesicht. »Weiß ich nicht«, sagt sie und drückt die Handballen in die Augen.

Ich sehe zu Theo hoch, der die Lippen zusammenpresst.

»Ich hab sie im Gang entdeckt«, sagt er, die dunklen Augenbrauen zusammengezogen. »Sie hat so schlimm gezittert, dass ich dachte, sie wird ohnmächtig.«

Ich runzele die Stirn. Theo neigt nicht zu Übertreibungen. Er ist der ausgeglichenste Mensch, den ich kenne, einer der beiden Gründe, warum ich mich nur von ihm tätowieren lasse. Der andere ist der, dass sein Tod zu den weniger schlimmen gehört, eine Lungenentzündung im Alter von achtundachtzig Jahren. Immer noch schmerzlich, aber nicht unerträglich, und Theo bohrt auch nicht nach, wenn ich unter seinen Handschuhen zusammenzucke oder Pausen von seinen Berührungen brauche.

»Nicole«, sage ich sanft. »Du hast mich angerufen, damit ich dir zu Hilfe komme, deshalb musst du mir sagen, was passiert ist.«

Sie holt tief Luft und lässt die Hände fallen.

»Ich habe vor etwa einer Stunde Schluss gemacht«, sagt sie mit bebender Stimme. »Alles war gut. Es war ein ruhiger Abend. Ich bin zum Auto gegangen, auf dem gleichen Weg wie immer, hinten aus dem Club raus und dann durch die Gasse hinter dem Xanadu.« Sie meint den Laden am anderen Ende des Blocks. Sie bricht ab und holt wieder tief Luft. »Beim Gehen habe ich auf mein Telefon geguckt und dann ... ich weiß nicht, was es war, aber ich habe etwas gespürt. Was richtig Schlimmes.«

»Inwiefern schlimm?«, frage ich.

»Schlimm wie ... ein Monster unter dem Bett, nur dass man weiß, dass es echt ist. Wie etwas, das man niemals sehen will, weil man die Albträume nie wieder loswürde. Schlimm wie *falsch.*«

»Hast du was gesehen?«, fragt Theo.

Sie schüttelt wieder den Kopf. »Nein. Aber ich wusste, dass etwas Schreckliches passieren würde, wenn ich bliebe, genauso wie ich wusste, dass ich dich anrufen muss. Also bin ich zurückgerannt und habe angerufen.«

Ich stütze die Ellbogen auf die Knie und lege die Hände zusammen.

»Wenn du sagst, du wusstest, dass du mich anrufen musst, war es dann so wie bei den anderen Dingen, die du weißt? Wer Streit anfangen wird, wer sich krankmelden wird?«

Nicole nickt. »Es ist ein bisschen wie ein Déjà-vu, so als würde ich mich an etwas erinnern, das ich geträumt habe.«

Verdammt. Es gibt nur einen Grund, warum Nicole mich und nicht jemand anderen anrufen musste.

»Und?«, fragt Theo und blickt von Nic zu mir.

Ich seufze und lehne mich zurück. »Du hast das Richtige getan.«

»Es ist ein Geist, oder?«, fragt Nicole und schluckt. »So etwas habe ich noch nie gespürt. Ist es immer so für dich?«

»Nicht immer«, sage ich.

»Glaubst du, es ist Marcus?«, fragt Theo. »Was wirst du tun?«

»Keine Sorge«, sage ich, ohne die Fragen zu beantworten. »Ich kümmere mich darum.«

Nicole setzt sich auf und rückt von Theo ab. »Gott, das klingt alles so verrückt.«

»Alles, wozu wir in der Lage sind, klingt verrückt«, sagt Theo, während er mir kurz in die Augen sieht. »Dadurch wird es nicht weniger wahr.«

»Alvarez, wärst du so freundlich, Nic nach Hause zu bringen?«, frage ich ihn.

»Ich komme schon klar«, sagt Nicole. »Ich brauche keinen Babysitter.«

»Ich muss sowieso in die Richtung«, sagt Theo, was offenkundig gelogen ist, weil Nicole bei ihrer Tante wohnt und Theo in dem großen Apartmentkomplex mit Ilia und den anderen.

Ich stehe auf und fahre mir mit den Händen übers Haar. »Haltet euch diesmal an die Straßen. Ich sage Bescheid, wenn die Gasse wieder sicher ist.«

Nicole steht auf und streckt eine Hand nach mir aus. Ich halte still, verkneife mir zurückzuzucken, um sie nicht weiter zu beunruhigen, aber sie berührt mich nicht. Ihre Hand schwebt über meiner Schulter, so nah, dass ich die Hitze ihrer Handfläche spüre. Es ist fast real, fast genug, dann lässt sie die Hand wieder an ihre Seite fallen.

»Danke«, sagt sie sanft. »Dass du gekommen bist.«

»Das war ich dir schuldig«, erkläre ich mit Unbehagen. »Wir sehen uns, okay?«

Nicole nickt und ich wende mich zum Gehen, mit einem Spannungsgefühl auf der Haut und einem Schrei in den Lungen, der sich endlich Bahn brechen will.

»Lexi?«, ruft Theo mir nach und ich blicke über meine Schulter. »Brauchst du Verstärkung?«

Ich schüttele den Kopf und tippe mir auf den Arm, dahin, wo er zum Schutz ein Messer tätowiert hat. »Ich habe Verstärkung.«

Theo nimmt mich beim Wort und stellt keine weiteren Fragen. »Sei vorsichtig«, sagt er nur.

Ich nicke und dann mache ich mich auf den Weg zu dem, was auf mich wartet.

Die Straßen sind dunkel, die Gebäude so hoch, dass sie den Lichtschein der Straßenlaternen blockieren. Ich gehe über das Gelände hinter dem Nex, biege an der Ecke mit der ehemaligen Bankfiliale links ab, weiche den Müllcontainern und den Wasser- und Ölpfützen aus. Es riecht nach Pisse und Benzin, nach altem Bier und vergammeltem Essen. Zu hören ist nur das Tropfen undichter Klimaanlagen und das ferne Rauschen des Verkehrs.

»Wo bist du?«, flüstere ich, vielleicht nur zu mir selbst.

Meine Stiefel hallen auf dem rauen Asphalt wider, als ich in die lange Gasse hinter dem Xanadu einbiege, und mit einem Mal ist mir zu heiß, Hitze drückt sich an mein Gesicht und ballt sich in meinem Rücken. Ich rieche rostiges Eisen und Abgase und etwas Schweres, Verzweifeltes drängt sich an mich.

»Ich weiß, dass du da bist«, sage ich zum Tod, der in der Luft pulsiert. »Marcus? Ich bin's, Lexi. Du kannst rauskommen.«

Es taucht aus der Dunkelheit der Gasse auf, ein Schattenbild, das sich löst. Ohne einen Laut kommt es näher, stetig und unerbittlich.

Mein Magen macht einen Satz. Sie steht vor mir, Blut, Hitze und Wut.

»Oh«, sage ich wie betäubt. »Du bist es.«

7

Mir stockt der Atem, während mein Hirn das Nachher mit dem Vorher zusammenzubringen versucht. Sie trägt dasselbe Outfit wie an jenem Abend, doch ihr T-Shirt ist blutdurchtränkt. Die rosigen Wangen sind noch da, aber der Hals ist von einem brutalen Schnitt von Ohr zu Ohr verunstaltet. Sie ist immer noch schön, sogar als Geist, sogar mit Augen im Perlmutt-Ton des Todes. Sie ist immer noch so schön, dass es schmerzt.

»Du kannst mich sehen«, sagt sie und ihre Stimme ist tiefer und rauer, als ich sie in Erinnerung habe. Jane. Sie heißt Jane.

Ich schlucke, den Geschmack von Eisen im Mund. »Ja«, flüstere ich.

Sie bewegt sich, die Füße gleiten still über den Asphalt und ich widerstehe dem Drang zurückzutreten.

»Du kannst mich wirklich sehen«, sagt sie wieder, fast zu sich selbst.

Und dann fasst sie nach vorn und packt meine Arme. Als ihre Finger festes Fleisch umschließen, reißt sie die Augen auf und sieht mich fast ehrfürchtig an, als wäre ich ihr Erlöser, als wäre ich heilig.

»Du musst mir helfen«, sagt sie mit so festem Griff, dass es fast wehtut. »Ich hab's zu Hause probiert, aber niemand kann mich hören, niemand kann mich sehen. Bitte, sie wissen nicht, dass ich tot bin, du musst es ihnen sagen, du musst –«

»Jane.« Ich schneide ihr das Wort ab und sie sieht mich an. Seit zwei Tagen schreit sie Leute an, die sie nicht hören können.

»Das … kennen wir uns?«

Ich schüttele den Kopf. »Nein. Nicht … nein.«

Sie blinzelt mich langsam an. »Doch, ich kenne dich. Ich erinnere mich an deine Haare. Das war an diesem Abend«, flüstert sie. »Du warst da.«

»Jane …«

»Wer hat mir das angetan?«, schreit sie mir ins Gesicht und die Lampen in der Gasse leuchten immer heller.

»Jane, hör auf«, befehle ich. »Ich weiß nicht, was passiert ist. Ich schwöre es.«

Sie hört nicht zu. Die Ermordeten hören nie zu. Sie zieht mich noch näher heran und das ist zu viel, zu viel Hitze, Wut und Säure. Meine Knie werden weich und etwas Nasses läuft mir aus der Nase.

»Bitte«, sage ich. Sie tut mir nicht absichtlich weh, deshalb wirken meine Schutzzauber nicht. Ich will sie nicht mit Gewalt loswerden, aber ich stehe kurz vor der Ohnmacht. »Ich will dir nicht wehtun.«

Sie bricht in hohles Gelächter aus. Hässlich und bitter füllt es den engen Raum zwischen uns und bricht dann ab.

»Ich bin gestorben«, sagt sie. »Wer könnte mir jetzt noch wehtun?«

»Ich«, sage ich und schleudere ihr meine Magie gerade so stark entgegen, dass sie es spürt.

Jane klappt die Kinnlade runter und sie lässt mich abrupt

los. Ich falle hin, während sie sich zurückzieht und ihre Augen von weiß zu braun wechseln.

»Was war das?«, fragt sie und presst die Hände auf die Brust, als würde sie nach einer Wunde suchen. »Wie hast du …« Sie sieht mich auf dem Boden liegen, Blut tropft auf den Asphalt.

»O Gott«, sagt sie und eilt zu mir. »Ich wollte dir nicht …«

»Schon okay«, sage ich und recke eine Hand, um sie aufzuhalten. »Schon okay.«

Ihr Gesicht verzerrt sich zu einer Fratze, dann schreit sie und schlägt mit flachen Händen gegen den rauen Stein des Gebäudes. »Ich bin so *wütend*«, brüllt sie und ihre Stimme überschlägt sich. »Was ist los mit mir? Ich komme dagegen nicht an. Ich will es auch gar nicht.«

Ich drücke einen Ärmel an die Nase und schlucke, es schmeckt nach Blut. »Es tut mir leid«, sage ich und frage mich, ob sie auch nur die leiseste Ahnung hat, wie ernst es mir ist.

Sie nimmt die Hände von der Wand und sieht sich nach mir um. »Wer bist du?«

»Ich heiße Lexi«, sage ich mit belegter Stimme.

»Du warst an dem Abend da«, sagt sie.

»Ja. Ich arbeite im Nex. Aber ich habe dir das nicht angetan.«

»Nein«, sagt sie. »Nein, das warst du nicht.« Sie runzelt die Stirn, blinzelt. »Ich versuche mich daran zu erinnern.«

»Jane – «

»Warum kannst du mich sehen, wenn es sonst niemand kann? Wieso kann ich dich berühren?«

Ich versuche mich aufzurappeln, aber der Boden unter

mir schwankt gefährlich. »Das ist bei mir so«, sage ich nur. »Und jetzt hole ich mir was zu essen, bevor ich ohnmächtig werde.«

Der kleine Laden auf der anderen Straßenseite ist bis auf die gelangweilte Kassiererin leer. Ich nehme einen Trinkkarton Milch und eine Tüte mit Puderzuckerdoughnuts, und als ich das Portemonnaie rauskrame, zittern meine Hände.

Ich setze mich auf die Bordsteinkante, lecke mir den Puderzucker von den Fingern und warte darauf, dass der Zuckerkick einsetzt. Jane setzt sich aufrecht und starr neben mich. Ich frage mich, was die Leute, die vorbeifahren, wohl sehen; ein Mädchen oder möglicherweise einen Jungen mitten in der Nacht mutterseelenallein auf dem Bordstein.

»Woran kannst du dich noch erinnern?«, frage ich Jane leise.

»An zu wenig.«

Ihr Blick wird glasig, richtet sich auf etwas, das ich nicht sehen kann. So dürfte ich auch gucken, wenn ich die Toten sehe.

»Das Letzte, woran ich mich noch deutlich erinnern kann, ist die Gasse. Danach ist alles verschwommen. Ich glaube, gestorben bin ich woanders«, sagt sie fast ohne Lippenbewegung. »Das Blut hat sich angefühlt wie warmes Wasser, das aus mir raussprudelt. Ich erinnere mich noch an den Schmerz. Er war ... stechend. Und dann tief.«

Jetzt quillt wieder Blut aus dem Schnitt an ihrem Hals, kirschrot und glänzend. Jane blinzelt ruhig und ungerührt und presst eine Hand auf die Wunde.

»Jane.«

Sie hebt die Hand, betrachtet ihre Finger, und ich spüre, wie mein Hals zu kribbeln beginnt.

»Es tut mir leid«, sage ich und balle die Hände.

»Nicht deine Schuld«, sagt Jane und ich zucke zusammen. Ich habe die Klinge nicht geführt, aber schuldig bin ich trotzdem. Ich habe es geschehen lassen.

»Was noch?«, frage ich, und weil wir so dicht beieinandersitzen, glüht meine Haut.

Sie runzelt die Stirn. »Ich erinnere mich an dich. Du sahst ängstlich aus. Als wenn du Hilfe bräuchtest.«

»Ich hatte einen schlechten Tag«, sage ich, was beinahe stimmt. »Noch was danach? Die Person, die ...?«

»Nein«, sagt sie. »Nichts, bis ich so aufgewacht bin. Mit dieser ... dieser *Wut* in mir. Nicht darüber, dass ich tot bin, sondern darüber, dass mich jemand umgebracht hat.« Ihr Blick streift mich, aber ich sehe ihr nicht in die Augen. »Ich hab's zu Hause probiert. Sie haben meine Leiche noch nicht gefunden, oder? Deshalb denkt meine Mom, dass ich noch am Leben bin.«

Ich zerrupfe einen Doughnut. »Nein, haben sie nicht.«

Und das werden sie auch nicht, weil Urie dafür sorgen wird, dass sie nach einer lebendigen Jane suchen, und zwar irgendwo außerhalb der Stadt. Dank mir.

»Wenn sie meine Leiche nicht finden, wie sollen sie herausfinden, wer das getan hat?« Jane blickt an ihrem T-Shirt hinunter, auf die blutigen Fingerabdrücke darauf.

»Sie werden weitersuchen«, sage ich. Sie werden nur am falschen Ort suchen.

»Das reicht nicht«, sagt Jane, die Fäuste geballt. »Ich will einen Namen. Ich will ein Gesicht. Ich will Gerechtigkeit.«

Ich wische mir Puderzucker von der Hose und stehe auf. »Ich muss jemanden anrufen«, sage ich und trete ein Stück beiseite.

Ilia geht beim zweiten Klingeln ran.

»Was gibt's?«, fragt er gehetzt.

»Was das tote Mädchen angeht«, sage ich. »Da habe ich eine Spur.«

»Was für eine Spur?«

»Sie sitzt direkt vor mir«, sage ich und sehe zu Jane.

Ilia flucht. »Weiß sie, wer sie umgebracht hat?«

»Sie kann sich an kaum was erinnern«, entgegne ich. »Nur Bruchstücke.«

»Sieh zu, dass sie ruhig bleibt«, befiehlt Ilia. »Ich rede mit Urie. Versucht mal rauszufinden, wo ihre Leiche ist. Vielleicht kann sie es spüren. Wir können nicht riskieren, dass Leute darüber stolpern und die Polizei rufen. Und bring sie dazu, sich zu erinnern.«

»Wie soll ich das machen?«

»Geht noch mal ihren Weg ab, vielleicht hilft ihr das auf die Sprünge«, sagt Ilia. »Sprich mit ihren Freunden. Scheiße, hypnotisier sie, wenn das hilft – ich *brauche einen Namen.*«

»Ich versuch's«, sage ich. »Bestell Urie, dass ich es versuche.«

Ich lege auf und wende mich wieder Jane zu.

»Du wirst mir helfen, oder?«, fragt sie.

Ich habe sie in jener Nacht hängen lassen, als ich wegsah und sie sterben ließ. Ich werde sie nicht noch mal hängen lassen. Sie nicht und Urie nicht.

»Ja«, sage ich. »Werde ich.«

Ein gespanntes, brüchiges Schweigen breitet sich zwischen

uns aus. Das Neonschild des Ladens flackert und brummt und taucht uns in einen roten Schimmer, als steckten wir im Innern eines Herzens.

»Also, was jetzt?«, fragt Jane und steht auf. Erschöpfung trifft mich wie ein Schlag in die Magengrube.

»Jetzt fahre ich nach Hause«, erkläre ich. »Ich bin seit ... seit ich weiß nicht wann wach.«

»Und wo soll ich hin?«, fragt sie.

»Na ja, heute Nacht können wir nichts weiter tun«, sage ich. »Geh einfach nach Hause.«

»Nein«, sagt sie schnell. »Da will ich nicht wieder hin.«

Ich fange an, Richtung Club und Auto zurückzugehen. Jane bleibt an meiner Seite, ihr Blut schwarz im Laternenschein.

»Warum?«, frage ich.

»Es ...« Sie verstummt und presst die Lippen zusammen. »Ich kann nichts anfassen. Meine Kleider, meine Bücher, alles ist einfach *da* und wartet darauf, dass ich nach Hause komme. Und meine Mutter ...« Jane bricht ab und verkneift sich die Worte. »Nein. Ich gehe da nicht wieder hin.«

Ich schiebe die Hände in die Hosentaschen. »Dann bleib hier. Geh zu einer Freundin. Oder meinetwegen nach Disneyland.«

Jane schüttelt den Kopf. »Unter Leuten zu sein, die mich nicht sehen und nicht berühren können, ist schlimmer, als allein zu sein. Es ist, als wäre man nichts, weniger als nichts. Du weißt nicht, wie einsam das ist.«

Ich erwidere nichts, blicke nur zu ihr rüber und etwas löst sich unter meinen Rippen.

»Doch«, sage ich. »Doch, das weiß ich.«

Jane sieht mir in die Augen, wägt ab, was sie dort findet, und nickt schließlich.

»Gut«, sagt sie. »Dann komme ich mit zu dir.«

Ich öffne den Mund, klappe ihn zu, öffne ihn wieder. Fieberhaft suche ich nach einem Grund, Nein sagen zu können, aber ich bin viel zu müde, um noch weiter zu diskutieren.

»Na gut«, sage ich. »Aber wehe, du hältst mich wach.«

Wir kommen nur an zwei eindeutig Betrunkenen vorbei, aber ich rede erst wieder beim Auto mit ihr. Und da bin ich so dämlich, ihr die Tür aufzuhalten. Als wenn Türen Geister stoppen könnten. Sie wartet trotzdem darauf, dass ich beiseitetrete, und ich schließe die Tür und gehe zu meiner Seite.

»Das Anschnallen kann ich mir wohl sparen«, sagt Jane, aber der Witz zündet nicht.

Ihre Hitze drängt an meine rechte Seite und ich drehe die Klimaanlage auf.

»Ich hab keine schöne Wohnung«, erkläre ich, als ich losfahre. »Sie ist definitiv schlimmer, als du denkst.«

»Ist mir egal«, sagt sie. »Du kannst mich sehen und mit mir sprechen. So fühle ich mich wenigstens wie ein Mensch.«

Ich fahre auf den Freeway, umfasse das Lenkrad fester.

»Ist das normal?«, fragt Jane. »Dass ich mich an nichts erinnern kann?«

Ich runzele die Stirn. Die meisten Geister, mit denen ich zu tun habe, können sich an ihre Tode erinnern, sogar an die gewaltsamen. »Ich bin mir nicht sicher.«

»Wird es besser werden?«

Ich schlucke, vermeide es sie anzusehen. »Ich weiß es nicht. Vielleicht.«

»Wenn ich mich nur an das Gesicht erinnern könnte!«

Ich halte den Blick auf die Straße gerichtet, sehe die Abfahrten vorbeirauschen.

»Du trägst die Erinnerung irgendwo in dir«, sage ich. »Wer auch immer dahintersteckt, wird sich nicht ewig verstecken können.« Unsere Sünden holen uns immer wieder ein.

»Wer zum Teufel bist du?«

»Trevor«, schimpfe ich. »Hör auf.«

Ich schließe die Tür hinter mir und verriegele sie, bevor ich mich um die beiden Geister kümmere, die sich in der Mitte meiner Wohnung gegenüberstehen. Trevor wirkt empört und hat die Arme vor der Brust verschränkt, während Janes Miene kalt und unbeteiligt ist.

»Trevor, Jane. Jane, Trevor.«

»Raus hier«, sagt Trevor.

»Trevor, Jane braucht eine Bleibe, okay? Nur vorläufig.«

»Sie ist voller Blut, Lex«, sagt Trevor angewidert.

»Das liegt an der aufgeschlitzten Kehle, Arschloch«, knurrt Jane ihn an.

»Oh, bu-hu, Heulsuse«, keift Trevor zurück. »Ich wurde fast enthauptet und ich schmolle auch nicht rum wie ein abgestochenes Schwein.«

Jane bleckt die Zähne, ihr Blick wird glasig und dann wird sie ganz ruhig.

»Wie?«, fragt sie langsam.

»Was?«

»Wie kann das sein, dass du nicht blutest? Wenn du so schwer verletzt wurdest?«

Trevor sieht mich ungläubig an. »Du hast ihr nichts erzählt?«

»Dazu bin ich noch nicht gekommen«, sage ich. »Ich hab sie gerade erst gefunden.«

»Wie geht das?«, fragt Jane.

Ich gestikuliere Richtung Trevor, dass er es erklären soll, während ich mich aufs Bett setze und die Stiefel aufschnüre.

»Du kannst kontrollieren, wie du aussiehst«, seufzt Trevor. »Nichts hiervon«, sagt er und weist auf seinen Körper, »ist echt. So sehe ich nur aus, weil ich mich so sehe. Du siehst dich so, wie du am Ende warst. Ich ... bin nicht gerne so. So war ich nicht, so möchte ich nicht sein.«

»Zeig mir, wie das geht«, fordert Jane.

»Stell dir einfach vor, wie du vorher aussahst«, sagt Trevor. »Du musst dich nur konzentrieren, wobei man manchmal die Kontrolle verliert. Das passiert mir auch immer noch. Aber da du ermordet wurdest, solltest du genug Energie haben.«

Jane schließt die Augen und zwischen ihren Brauen entsteht eine tiefe Falte. Ich blicke zu Trevor.

»Wieder Freunde?«, frage ich ihn.

Er reckt das Kinn, aber zuckt dann mit den Achseln. »Okay. Solange sie begreift, dass sie nicht dauerhaft hier wohnen kann.«

Ich schüttele den Kopf und schlüpfe ins Bad, um mir statt der Jeans ein Paar gemütliche Shorts anzuziehen.

Als ich wieder rauskomme, schlägt Jane die Augen auf und blickt an sich hinunter. »Es hat nicht funktioniert.«

»Du musst einfach üben«, sagt Trevor. »Du bist noch neu.«

Ich strecke mich auf dem Bett aus und klopfe mir das Kissen zurecht.

»Hauptsache, du übst leise«, sage ich. »Ich muss jetzt schlafen.«

Sie antworten nicht, und als ich den Kopf hebe, sehe ich, wie die beiden einander gegenüber auf dem Boden sitzen und Trevor Jane dabei beobachtet, wie sie konzentriert das Gesicht verzieht. Mit ihrem Getuschel im Ohr schlafe ich ein.

Die Toten sind jetzt in der Überzahl.

8

Ich schrecke aus dem Schlaf, bekomme keine Luft, die Beine in der Decke verheddert, das T-Shirt schweißgetränkt. Ich wische mir übers Gesicht, versuche zu Atem zu kommen und spüre die seltsame Last eines Blicks, der auf mir ruht.

»Schlecht geträumt?«, fragt Jane, die mich ruhig vom Stuhl neben meiner Kommode aus beobachtet.

Ich grunze irgendwas und befreie mich von der Decke, reiße das kleine Fenster auf und strecke den Kopf in die Luft des frühen Morgens. Es ist kühl, die Sonne ist gerade erst aufgegangen und der Schweiß auf meiner Haut wird kalt. Ich atme zweimal tief durch, lüfte meine Lungen und drehe mich dann wieder um, um mich der Quelle der Hitze zu stellen.

Die Blutflecken auf ihrem T-Shirt sind weg, die weiße Baumwolle ist strahlend rein und ihre Augen sind von einem klaren, fokussierten Braun.

»Du hast geübt«, sage ich und setze mich wieder aufs Bett. »Wo ist Trevor?«

»Er meinte, er muss zum Yoga«, sagt Jane mit einem kleinen Lächeln. »Warum kann ich kein Buch hochheben, aber auf einem Stuhl sitzen?«

Ich seufze. Gott, es ist echt zu früh für so was. Ich will weiterschlafen und nicht einem Geist die Feinheiten des Totseins erklären.

»Weil du nicht wirklich darauf sitzt«, sage ich.

»Wenn ich nicht sitze, was mache ich dann?«

»Du hast keinen Körper, also sitzt du nicht wirklich«, fahre ich fort. »Du denkst dich in eine sitzende Position. Aus dem gleichen Grund sinkst du auch nicht durch den Fußboden und kannst durch Türen gehen.«

»Oh.« Jane sieht auf ihre Füße, als könnte sie durch die Dielen in das Zimmer darunter gucken. »Warum hast du keinen Fernseher?«

Ich lege mich wieder hin, boxe mir das Kissen zurecht. »Weil ich keinen brauche.«

»Trevor meint, du solltest dir einen besorgen«, sagt Jane. »Damit er was gucken kann, wenn du weg bist.«

»Das ist nicht Trevors Wohnung«, sage ich genervt.

»Warum lässt du ihn dann bleiben?«

»Er ist mein Freund, schätze ich.«

Vielleicht stimmt das. Dabei weiß ich gar nicht, ob Trevor mich besonders mag oder ich ihn. Wenn er noch leben würde, wären wir sicher nicht befreundet. Er wäre jetzt in den Dreißigern und würde wahrscheinlich irgendwo mit Mann und Hund und ein paar Kindern in West Hollywood wohnen. Aber der Tod hat dazwischengefunkt, wie es so seine Art ist, und nun hocken wir aufeinander und vielleicht genügt das ja auch. Ich hab ihn noch nie rausgeschmissen; wenn er da ist, sind die Nächte weniger einsam.

»Ich hatte Freunde«, sagt Jane und blickt in die Ferne. »Macy und Delilah. Die wissen nicht mal, dass ich tot bin.« Ihr Blick springt wieder zu mir. »Du könntest es melden«, sagt sie. »Du könntest es der Polizei erzählen – «

»Nein«, sage ich schnell. »Das kann ich nicht. Du verstehst nicht, wie das hier läuft. Wir reden nicht mit Außenstehenden.«

»Ich bin auch eine Außenstehende«, sagt Jane.

»Nicht mehr«, sage ich düster. Jane gehört jetzt zu meiner Welt. Wer immer sie getötet hat, hat sie mit reingezogen, und es könnte jederzeit wieder passieren.

»Aber …«

»Es gibt ein paar Dinge, die ich nicht tun kann, also bitte mich gar nicht erst darum«, erkläre ich. »Die würden mir sowieso nicht glauben. Die würden denken, ich lüge oder bin verrückt, und das würde dir nicht weiterhelfen.«

»Guten Morgen!« Trevor taucht direkt vor meiner Nase auf.

»Himmel«, schreie ich und rutsche auf dem Bett nach hinten.

»Tut mir leid«, sagt er, klingt aber nicht so. »Du bist zu angespannt, Lex, du solltest es mal mit Yoga probieren.«

Ich boxe ihn in die Schulter und steige aus dem Bett. »Warum kein Jazz Dance mehr?«

»Ohne Partner macht es keinen Spaß. Wobei«, sagt er und dreht sich zu Jane, »sich daran ja was ändern ließe. Was meinst du, Frischling? Wir müssen nichts zahlen und du bekommst einen Platz direkt neben der Trainerin.«

Jane sieht mich an, ohne die Miene zu verziehen.

»Vielleicht später«, sagt sie. »Ich muss erst einen Mörder finden.«

»Schon klar«, sagt Trevor. »Vergeltung zuerst.«

»Wenn du niemandem erzählen willst, dass ich tot bin«, sagt Jane zu mir, »wie gehen wir dann vor?«

Ich nehme meine Zahnbürste und starre im Spiegel auf die

dunklen Ringe unter meinen Augen. »Kennst du einen Typen namens Marcus? Fünfzehn, wirres Haar?«

»Ich hänge eher nicht so mit Fünfzehnjährigen ab«, sagt Jane.

»Was ist mit den anderen Vermissten?«

»Die aus den Nachrichten? Von denen kannte ich keinen«, sagt Jane. »Glaubst du, wer mich getötet hat, hat auch die auf dem Gewissen?«

»Möglich wär's.« Ich spucke ins Waschbecken und spüle mir den Mund aus. »Vielleicht gibt es einen gemeinsamen Kontakt, irgendeine Verbindung zwischen dir und den anderen.«

»Keiner, den ich kenne, würde so was tun«, sagt Jane wütend.

»Meistens sind die Mörder Verwandte oder Freunde«, erkläre ich ihr. »Erinnerst du dich noch an irgendjemand anderen, der an dem Abend da war?«

»Nur an dich«, sagt Jane und verengt die Augen zu Schlitzen.

»Okay, touché«, sage ich. »Aber vielleicht hat jemand von denen, mit denen du zusammen warst, was gesehen. Wir müssen dafür sorgen, dass du dich erinnerst. Kannst du mir was über den Ort sagen, an dem du gestorben bist? Wo deine Leiche sein könnte?«

Jane schüttelt den Kopf. »Ich hab dir ja gesagt, die Gasse ist die letzte klare Erinnerung. Deshalb bin ich da noch mal hin. Meine Leiche könnte auch in Ohio oder sonst wo sein.«

»Die haben sie noch nicht gefunden?«, fragt Trevor. »Zu dumm.«

»*Janes* Leiche hat noch niemand gefunden«, sage ich langsam. »Aber du bist nicht die Einzige, die vermisst wird. Ich glaube, ich kenne da jemanden, der uns helfen könnte.«

Die Sonne ist fast zu sehen, als ich fertig angezogen und aus der Tür getreten bin, wo eine Brise mir in die feinen Nackenhaare fährt. Die Santa-Ana-Winde kommen. Ich spüre es in der Luft, eine elektrische Spannung, die den Himmel gelb färbt und die Leute zu Wilden macht. Die Winde kommen aus dem Hochdruckgebiet über der Wüste, strömen durch Gebirgspässe und vertreiben das Tief über der Küste. Aber es ist mehr als das, mehr als nur Luft – während der Santa-Ana-Winde töten Frauen ihre Ehemänner, stürzen Menschen sich von Brücken, springen Feuer über Freeways, auf der Suche nach neuer Nahrung. Die Winde bringen Kopfschmerzen, Übelkeit und Depressionen, was vielleicht an den positiv geladenen Ionen liegt, vielleicht aber auch daran, dass wir im Heulen des Windes etwas erkennen, das in uns lebt, ein namenloses, unglückliches Ding, das tief in unserem Innern wütet.

»Wo gehen wir hin?«, fragt Jane. Ihre Stimme schneidet durch meine Gedanken.

»Zu meinem Großvater«, antworte ich.

»Was?«, fragt Jane und packt meinen Arm. »Wir können doch keine Zeit mit einem Besuch bei einem alten Mann verplempern.«

Ich reiße den Arm weg und funkele sie an. »Wenn du meine Hilfe willst, dann machen wir es auf meine Art. Du kannst gern jemand anders heimsuchen, wenn dir mein Vorgehen nicht gefällt.«

Jane funkelt zurück. »Bist du immer so schlecht drauf oder nur morgens?«

»Bleib dabei und find's raus«, grolle ich und setze mich wieder in Bewegung. »Und hör auf, ständig nach mir zu grabschen. Die Leute denken noch, ich kriege einen Anfall.«

Jane folgt mir ins Pflegeheim und ich nicke der Empfangsdame zu, die heute Dienst hat, eine streng wirkende Frau namens Grace.

»Du bist früh dran«, sagt sie. »Ich glaube, sie sind noch beim Frühstück.«

»Danke«, sage ich und gehe durch den Flur Richtung Cafeteria. »Bleib dicht bei mir«, flüstere ich nach hinten und Jane nickt.

Deda sitzt allein an einem Tisch an der gegenüberliegenden Wand, die Sauerstoffflasche an seinen Stuhl gelehnt, das Gesicht in der Zeitung vergraben. Ich schnappe mir eine Banane und einen Joghurt vom Tresen und winde mich zwischen den Plastiktischen voller alter Leute durch.

»Deda«, sage ich und er blickt auf. Sein Blick wird warm, als er mich sieht.

»Ich dachte, du ...« Er verstummt, als er Jane hinter mir bemerkt. »Alexandra«, sagt er und wirkt wieder verschlossener. »Was hat das zu bedeuten?«

Jane blickt von Deda zu mir und begreift allmählich.

»Das hättest du mir sagen können«, sagt sie leise.

»Ich sag's dir jetzt«, entgegne ich. »Deda, das ist Jane. Jane, das ist mein Großvater. Sergej Iwanowitsch.«

»Es freut mich, Sie kennenzulernen«, sagt Deda und verneigt den Kopf tief vor Jane. »Mein Beileid angesichts Ihres Verlusts.«

Janes Mundwinkel zuckt. »Es ist wirklich mein Verlust, oder? Mehr als von irgendwem sonst.«

»Bitte, nehmen Sie Platz«, sagt Deda und weist auf die leeren Plastikstühle, als wäre dies sein Wohnzimmer und keine schäbige Cafeteria mit allzu grellem Neonlicht.

»Danke«, sagt Jane, während ich mich auf einen Stuhl fallen lasse.

»Alexandra, das musst du mir erklären«, sagt Deda und kneift die hellen Augen zusammen.

Ich ziehe die Alufolie vom Joghurt und lecke sie ab. »Du meintest doch, ich sollte Freunde finden.«

»Ich habe Menschen in deinem Alter gemeint, keine Toten.« Deda nickt Jane kurz zu. »Das geht nicht gegen Sie.«

»Schon gut«, sagt Jane. »Ich bin tot.«

»Deda, du musst mir einen Gefallen tun. Ich brauche Carls Nummer.«

Er runzelt die Stirn. »Wofür?«

»Ich muss mit ihm reden«, sage ich. »Es ist wichtig.«

»Wer ist Carl?«, fragt Jane.

Ich nehme einen Löffel Joghurt und zucke zusammen, weil er so süß ist. »Der Gerichtsmediziner.«

»Hat Urie dich darum gebeten?«, fragt Deda.

»Er musste nicht darum bitten.« Ich beiße mir auf die Lippe und sehe zu Jane rüber. »Zeig's ihm«, fordere ich sie auf.

Sie wirkt kurz verwirrt, aber dann scheint sie zu verstehen. Ihr Blick wird schwammig und dann, wie bei einem Teebeutel in heißem Wasser, tritt Blut aus ihrem Hals aus und sickert in ihr T-Shirt.

Wenn ich ihn nicht genau beobachten würde, hätte ich glauben können, dass es ihm egal ist, dass er schon zu viel gesehen hat, dass er dem Tod schon zu lange zu nahe ist. Aber ich beobachte ihn und ich sehe, wie sich seine knochigen

Hände um den Kaffeebecher krallen und die weißen Knöchel durch die dünne Haut schimmern.

»Ich muss Ihnen einmal mehr mein Beileid aussprechen«, sagt Deda steif. »Niemand verdient ein solches Ende.«

»Eine Person vielleicht schon«, sagt Jane und in ihrer Stimme ist kein Hauch von Leben mehr.

Deda sieht mich an. »Ganz sicher nicht«, sagt er.

»Bitte, Deda«, sage ich. Ich sehe ihm in die Augen, Augen wie meine, älter, aber nicht weniger gequält, und hoffe, dass er es versteht. Ich konnte sie nicht retten, konnte keinen von ihnen retten. Er weiß, wie sich das anfühlt, das Blut, das sich nicht abwaschen lässt. Es steckt in unseren Poren, unter unserer Haut. Wenn man so viel Zeit am Rande der Dunkelheit verbringt, fängt man an zu glauben, man verdiene das Licht nicht. »Es könnte noch mehr geben.«

»Alexandra – «

»Bitte«, sage ich. *Ich brauche das*, sagen meine Augen.

Er seufzt und lehnt sich in seinem Stuhl zurück, das Gesicht mit einem Mal älter und grauer. »Nun gut«, sagt er schließlich. »Ich werde Carl für dich anrufen.«

»Danke«, sage ich und drücke seine Hand. »Ich komme morgen wieder.«

Deda legt seine Hand für einen langen Augenblick auf meine, bevor er sie zurückzieht. »Tu, was du tun musst.«

Ich stehe auf und warte darauf, dass Jane mir folgt. Sie erhebt sich auch, zögert aber dann.

»Mr Iwanowitsch?«, sagt sie. »Danke. Für Ihre Hilfe. Und für – für was immer Sie Lexi gegeben haben.«

Ich zucke innerlich, aber Deda blinzelt sie nur an.

»Passen Sie gut auf sich auf«, sagt er lediglich.

»Komm jetzt«, sage ich barsch zu ihr.

Jane eilt an meine Seite und betrachtet mich. »Hab ich was Falsches gesagt?«

Ich schüttele den Kopf und winke Grace zum Abschied. »Nicht der Rede wert«, sage ich, als niemand sehen kann, dass sich meine Lippen bewegen.

»Wenn es nicht der Rede wert ist, warum bist du dann sauer?«

Ich trete ins Sonnenlicht und schiebe die Hände in die Hosentaschen. »Ich bin nicht sauer.«

»Echt nicht? Du wirkst aber so.«

»Warst du auch so eine Nervensäge, als du noch am Leben warst?«, blaffe ich sie an und bleibe abrupt stehen.

Sie lächelt mich an. Ein echtes Lächeln, kein gemeines, kaltes. Es ist verhalten und traurig, aber einen Augenblick lang sieht ihr Gesicht lebendig aus, wie das Gesicht des Mädchens, das ich an jenem Abend gesehen habe.

»Ja, war ich«, sagt sie. »Du kannst mir also auch einfach antworten.«

Ich zögere, weil ich nicht möchte, dass dieses Gesicht verschwindet.

»Er hasst es«, sage ich schließlich. »Dass er mir diese ... *Fähigkeit* weitergegeben hat. Ich mache ihm keine Vorwürfe, aber er macht sich welche.«

Jane presst die Lippen zusammen, das Lächeln verblasst und das schmerzt mich so, als würden Wolken aufziehen. »Verstehe«, sagt sie. »Aber ich meine, was ich gesagt habe. Ich bin froh, dass er sie dir weitergegeben hat. Vielleicht macht mich das egoistisch.«

»Nein«, sage ich und setze mich wieder in Bewegung, bevor noch jemand sieht, wie ich mit mir selbst rede. »Es macht dich menschlich.«

Mein Telefon klingelt, als wir einen halben Block gelaufen sind.

»Hey, Carl«, sage ich beim Rangehen.

»Lexi«, sagt er mit müder, aber freundlicher Stimme. »Lange nicht gesehen. Wie geht's dir, Kid?«

»Ach, du weißt schon«, sage ich. »Schlag mich so durch. Und du?«

»Kann nicht klagen. Sicherer Job, was?« Das sagt er jedes Mal.

»Ja.«

»Dein Grandpa meinte, du bräuchtest Informationen?«

»Ja, ich suche nach einem unbekannten Opfer. Teenager, fünfzehn Jahre alt.« Die Polizei sucht nicht nach Marcus, aber das muss nicht heißen, dass er nicht gefunden wurde. Wenn es derselbe Täter ist, liegen die Leichen vielleicht nah beieinander.

»Hmm, ich glaube, da haben wir nichts.«

»Was ist mit Stichverletzungen?«

»Nicht in letzter Zeit. Aber ich kann mich umhören.«

»Danke«, sage ich. »Könnte ich später vorbeikommen und dir ein paar Fragen stellen?«

Ich höre Papiergeraschel. »Ja, lass mal sehen ... wär drei okay?«

»Klingt gut. Danke, Carl, ich schulde dir was.«

»Kein Problem. Bis nachher.«

Ich lege auf und bemerke, wie Jane mich mit einer hochgezogenen Augenbraue beobachtet.

»Und?«, fragt sie.

Ich stecke das Telefon in die Hosentasche. »Lust auf ein paar Leichen?«

9

Von außen präsentiert sich die Gerichtsmedizin des L. A. County als schmucker Backsteinbau mit einer verspielten Fassade. Drinnen hat man allerdings aufgegeben, die Lebenden beeindrucken zu wollen. Zu meiner Linken liegt eine Art blutige Heckenschere und zu meiner Rechten stapeln sich Eimer mit billigem Geschirrspülmittel.

»Himmel«, sagt Jane und reißt die Augen auf. »Erwartet mich das auch?«

Der Geruch trifft mich nicht sofort – erst ist da Lakritz und dann etwas beinahe Blumiges. Doch darunter lauert die dicke Wolke der Fäulnis, die sogar die Kälte durchdringt. Man nehme die schlimmsten Gerüche der Stadt – offene Kloaken, heißer Müll, verbranntes Haar –, multipliziere sie mit tausend und gebe dann noch den beißenden Gestank von Verwesung dazu.

So riecht dieses Leichenschauhaus, nach toten Blumen und Lösungsmittel. Es schnürt mir die Luft ab. Ich lege die hohle Hand über die Nase und warte darauf, dass Carl sich die Latexhandschuhe ausgezogen hat.

»Lexi! Wir haben uns ewig nicht gesehen«, sagt er, viel zu fröhlich für diesen Ort. »Du bist größer geworden!«

»Hey, Carl. Störe ich?«

»Nein, nein, ich bin fast fertig. Lass uns im Büro reden.«

Ich nicke und folge ihm durch den Saal, meine Stiefelschritte hallen auf dem kalten Boden wider, mein Atem geht stoßweise.

»Setz dich«, sagt Carl und lässt sich auf einen Stuhl sacken, der von Klebeband zusammengehalten wird. Die Tür fällt hinter mir ins Schloss und sperrt den Gestank zumindest ein bisschen aus, als ich vor dem Schreibtisch Platz nehme. Jane stellt sich neben mich und lehnt den Rücken an die Wand.

»Also. Wie geht's dir?«, fragt Carl und ich richte meine Aufmerksamkeit auf ihn. »Du siehst müde aus.«

»Ja, das höre ich öfter.«

»Tja, das hier wird dich nicht besser schlafen lassen.« Er gibt einer Mappe auf dem Tisch einen Stups. »Sämtliche Opfer mit Stichverletzungen der letzten sechs Monate. Es waren dieses Jahr nicht allzu viele. Meistens waren es Schusswunden oder Autounfälle.«

»Und von den Vermissten aus den Nachrichten ist keiner aufgetaucht?«

»Noch nicht«, sagt Carl.

Ich nehme die Mappe und blättere geistesabwesend durch die Fotos. Jane beugt sich über meine Schulter, um auch gucken zu können. Ich halte die Luft an, als ihr Gesicht sich meinem nähert.

»Mein Gott«, sagt sie und Blut quillt aus ihrem Hals.

Tote Gesichter starren mich an, glatt, blutleer und grau, keins davon vertraut, keins davon mit aufgeschlitzter Kehle. Ich bleibe an der Autopsie eines älteren Mannes hängen und studiere das Bild.

»Perforierte Leber«, lese ich. »Haben sie den Typen erwischt, der das verbrochen hat?«

»Ja«, meint Carl. »Ein Überfall, der aus dem Ruder gelaufen ist, er wollte ihn nicht umbringen.«

»Diaphragmale Verletzung, möglicherweise verursacht durch zwölf Zentimeter lange Klinge«, murmele ich und bewege die Information im Kopf. Ich klappe die Mappe zu und lasse sie wieder auf den Tisch fallen. Wissenschaftliches Arbeiten – die Bildung einer Hypothese – beginnt mit den einfachsten Fragen.

Ich blicke zu Carl hoch. »Welche Klingengröße bräuchte man, um jemandem die Kehle durchzuschneiden?«

»Dabei kommt es nicht auf die Länge an. Die Halsschlagader ist direkt unter der Haut. Etwas Kurzes, Breites wäre das Beste.«

Ich betrachte Jane aus dem Augenwinkel. Die Wunde an ihrem Hals ist an einem Ende etwas tiefer und breiter.

»Welche Seite der Wunde wäre tiefer?«, frage ich.

Carl runzelt die Stirn. »Normalerweise die am Anfang, wo das Messer reingeht.«

»Wenn sie rechts tiefer ist, würde das also einen linkshändigen Angreifer nahelegen?«

»Wahrscheinlich ja.«

»Wie stark müsste man für eine solche Attacke sein?«

Carl zieht eine Augenbraue in die Höhe.

»Theoretisch«, sage ich.

»Theoretisch«, wiederholt Carl, »nicht sehr stark, vor allem nicht, wenn der Angriff von hinten kommt. Aber wenn wir über ein weibliches Mordopfer reden, weist statistisch alles auf einen männlichen Täter hin.«

Ich wechsele kurz einen Blick mit Jane, die mit einer Hand ihre Wunde befühlt.

»Danke, Carl«, sage ich im Aufstehen. »Halt bitte weiter Ausschau nach meinem Unbekannten. Und lass mich wissen, falls noch weitere Opfer mit Stichwunden auftauchen, okay?«

»Na klar«, sagt er. »Will ich wissen, warum du nach ihm suchst?«

»Ein Gefallen für eine Freundin.«

»Aha«, sagt Carl. »Steckt die Freundin in irgendwelchen Schwierigkeiten?«

»Nichts, womit ich nicht klarkäme. Schufte nicht so viel, ja?«

»Wer, ich?« Er lacht, reibt sich aber mit der Hand über sein müdes Gesicht, das erste Falten bekommt. Ich möchte ihm sagen, dass er auf die Zigaretten verzichten und nicht mehr so viel arbeiten soll, aber ich lasse es.

»Pass auf dich auf, Carl.«

»Also, woher kennst du den Gerichtsmediziner?«, fragt Jane mit hohler Stimme, als wir wieder in meine Wohnung kommen.

»Deda war früher mal Fahrer fürs Leichenschauhaus«, sage ich, ohne weiter ins Detail zu gehen. Menschliche Knochen sind wichtig für Zauber, aber schwer zu kriegen, es sei denn, man weiß, welche Körper der Wissenschaft vermacht wurden.

Jane nickt, ist in Gedanken aber offensichtlich woanders.

»Geht es dir gut?«, frage ich und werfe die Mappe mit den Leichenbildern auf meinen Bücherstapel.

»Es ist nur ... es waren so viele Tote«, sagt sie und fasst sich an die blutige Wunde an ihrem Hals.

»Ist 'ne große Stadt«, sage ich.

Jane blickt auf ihre blutverschmierten Finger. »Verdammt«, sagt sie. »Heute kann ich es nicht kontrollieren.« Sie lässt die Schultern hängen und wendet sich von mir ab.

Ich strecke die Hand aus, zögere kurz, nachdem ich mich jahrelang zurückgehalten habe, und lege die Hand dann leicht um ihre Schulter. Ihr Körper wird ruhig. Mit einem Schaudern entspannt sie sich und löst die verschränkten Arme. Hitze strömt in meine Seite.

»Hey, schon gut«, sage ich.

Jane entwindet sich meinem Arm und einen Moment lang fehlt mir ihre Wärme.

»Wer immer es ist, könnte noch mehr Menschen wehtun«, sagt sie. »Warum kann ich mich nicht erinnern?«

»Du konntest dich an mich nicht erinnern, bis du mich wiedergesehen hast«, sage ich sanft. »Wir müssen rausfinden, wen du an dem Tag getroffen hast. Wir gehen den letzten Tag Stunde für Stunde durch, reden mit allen, die mit dir zusammen waren, die mit dir gesprochen oder dich nur gesehen haben. Wir wissen, dass du im Club warst ...« Ich breche ab, weil mir etwas einfällt.

»Was? Was ist denn?«, fragt Jane.

»Die Aufnahmen der Überwachungskameras im Club. Die Cops haben sie durchgeguckt, aber wenn du sie dir ansiehst, erinnerst du dich vielleicht wieder. Dann können wir zumindest sehen, mit wem du zusammen warst.«

Ich rufe schon Ilia an, während Jane noch langsam nickt.

»Was?«, schnauzt er ins Telefon.

»Wie lange hebt Urie das Material von den Überwachungskameras auf?«

»Wie bitte?«

»Ich muss die Filme von dem Abend sehen, von jeder Kamera.«

»Scheiße«, sagt Ilia, als er es begreift. »Die bleiben nur ein paar Tage auf der Festplatte, bevor sie überspielt werden.«

Ich schließe die Augen. »Also sind sie weg?«

»Nicht ganz«, sagt Ilia. »Die Cops haben sich das Material gespeichert, aber sie haben es mitgenommen.«

»Wie konntest du das zulassen?«

»Wenn jemand so nett gewesen wäre, mich zu *warnen*, dass sie kommen, hätten wir was tun können«, sagt Ilia drohend.

Ich atme seufzend aus. »Ich hab's verbockt, schon klar«, sage ich. »Ich versuche es wiedergutzumachen. Kannst du mir das Material besorgen? Jane muss es sich ansehen.«

»Wer ist Jane?«

»Das tote Mädchen, Ilia. Kannst du es mir besorgen oder nicht?«

Ilia gibt einen frustrierten Laut von sich. »Gib mir ein paar Tage. Ich muss ein paar Leute im Polizeidienst daran erinnern, dass sie mir noch einen Gefallen schuldig sind. Und du schuldest mir jetzt auch was, Lex.«

»Abgemacht.«

Ich lege auf und sehe Jane an. »Wir gucken uns die Aufnahmen an. Wir reden mit allen. Wir werden irgendwas finden, damit du dich erinnerst.«

Jane sieht mir ernst in die Augen. »Okay.«

»Okay«, sage ich. »Fangen wir vorne an. Wo wärst du normalerweise früh morgens?«

Jane bläst die Backen auf und stößt dann einen Seufzer aus. »Zu Hause«, sagt sie widerwillig. »Ich wäre zu Hause.«

Janes Zuhause ist ein flaches Doppelhaus in El Segundo, mit einem Schottergarten voller Sukkulenten. Ein Plastikstuhl steht einsam darin, die Streben voller Staub und Dreck. Jane starrt die Hausfront an und ihre Kieferpartie verhärtet sich.

»Wenn Geister real sind«, sagt sie vom Beifahrersitz zu mir, »was ist dann noch real? Magie?«

Ich nicke.

»Vampire?« Ich verdrehe die Augen und sie zuckt mit den Achseln. »Was? Keine Ahnung, wär doch möglich.«

»Nein, Vampire sind nicht real. Aber Hexen machen bei Vollmond manchmal komische Sachen mit Blut.«

»Igitt«, sagt sie.

Mir entgeht ihre Verzögerungstaktik nicht.

»War es so schlimm?«, frage ich. »Als du zurückgekommen bist?«

Ihre Kiefernmuskeln spannen sich wieder an. »Meine Mutter ...« Sie bricht ab. »Wir verstehen – verstanden – uns nicht immer so gut. Tot zu sein ändert daran eigentlich nichts.«

Plötzlich bekomme ich nur noch schwer Luft, Eis füllt meine Lungen.

»Nein«, sage ich und meine Stimme klingt blechern in meinen Ohren. »Tut es nicht.«

»Bringen wir's hinter uns.«

Ich nicke, gehe den schmalen Weg zur Fliegengittertür hinauf und klingele. Drinnen summt es und ich warte einen langen Moment, bevor ich es wieder versuche.

»Vielleicht ist sie nicht da«, sage ich. »Wir können ja auf sie warten.«

»Das kann dauern«, sagt Jane und verschränkt die Arme vor der Brust. »Unter dem Topf da liegt ein Schlüssel.«

»Ich kann doch nicht einfach reingehen«, erkläre ich.

»Warum nicht?« Sie zuckt mit den Achseln. »Das ist mein Zuhause. Ich erlaube es dir.«

»Ja, aber falls jemand die Cops ruft, nützt mir das nichts.«

»Aaaalso, mein Computer und mein Telefon werden synchronisiert. Wir könnten meine Nachrichten checken und gucken, ob irgendwas Seltsames passiert ist.«

»Okay, okay«, sage ich und bücke mich zu dem Kaktus hinunter. »Ich mach ja schon.«

Ich fische den Schlüssel hervor, schließe auf und trete ein.

Der Flur ist dunkel und führt in ein kleines, vollgestopftes Wohnzimmer. Ein Futonsofa nimmt eine Seite ein und ein gelber Sessel die andere. Der Fernseher ist eingestaubt, auf dem Sofatisch drängen sich schmutzige Becher und eine halbleere Flasche Wodka.

»Home sweet home.« Jane läuft rastlos durchs Zimmer und lässt die Hand über gerahmte Kinderfotos gleiten, ein lächelndes Mädchen mit Rattenschwänzchen, ein pausbäckiges Baby mit Schleife im Haar. Sie bleibt vor einem Stapel Flugblätter mit der Überschrift »Vermisst« stehen, versehen mit einem gestellten Schulfoto, das ihr kein Stück ähnlichsieht.

»Ich hasse dieses Bild«, murrt sie. »Ich sehe aus wie eine miese Anwältin.«

»Ich finde dich hübsch«, sage ich, aber sie reagiert nicht darauf.

Zwei Katzen richten sich auf dem Sofa auf und strecken sich. Die Dreifarbige springt runter und versucht sich an Janes Beinen zu reiben.

»Jimmie?«, fragt sie und sieht verwundert nach unten. »Du kannst mich sehen?«

Die Katze läuft zwischen Janes Füßen durch und gibt ein missmutiges Maunzen von sich.

»Katzen können mich sehen?«, wiederholt Jane und blickt zu mir hoch.

»Manchmal«, sage ich. »Es hängt ein bisschen von der Katze ab.«

»Wovon genau?«

Ich zucke mit den Achseln. »Ob ihr danach ist. Kommen irgendwelche Erinnerungen zurück?«

Sie schüttelt den Kopf. »Noch nicht. Los«, sagt sie, »zu meinem Zimmer geht's hier lang.«

Jane führt mich durch einen anderen Flur und bleibt vor einer geschlossenen Tür stehen. Ihre Hand greift durch den Türknauf hindurch, als sie die Tür öffnen will.

»Oh«, sagt sie und lässt den Arm hängen. »Richtig. Mach du das lieber.«

Ich öffne die Tür, trete aber zur Seite, damit sie als Erste reingehen kann. Das Zimmer ist leuchtend bunt, die Wände strahlen fröhlich gelb und überall hängen Rahmen mit knalliger Kunst. Janes Bett ist ungemacht, eine rosa und türkisfarbene Patchworkdecke ist zur Seite geschoben.

»Sorry für das Chaos«, sagt sie. Sie versucht die Decke auszubreiten, aber ihre Hände greifen hindurch. »Verdammt.«

»Schon okay, mir gefällt es so«, sage ich und meine es ehrlich.

»Tja, hier«, sagt sie und geht zu einem kleinen weißen Schreibtisch in der Ecke. Er ist mit Aufklebern und Fotos übersät, Schnappschüsse von Jane, die die Zunge rausstreckt oder den Arm um ein brünettes Mädchen gelegt hat. »Nimm dir den Laptop.«

Ich setze mich an den Tisch und schiebe ein Notizheft beiseite. Doch dann fällt mein Blick auf die Zeichnung auf der aufgeschlagenen Seite.

»Ist die von dir?«, frage ich. Sie zeigt ein langhaariges Mädchen, das im Schneidersitz in einem Goldfischglas sitzt. Die Striche sind sicher und kräftig.

»Ja«, sagt Jane und zieht den Kopf ein. »Ist nur 'ne Skizze.«

Ich sehe mir die Bilder an der Wand an, Gemälde in einem ähnlichen Stil.

»Du bist Künstlerin?«

»Glaub schon«, sagt sie. »Ich meine, ich zeichne gern.«

»Du bist gut«, sage ich. »Echt.«

»Danke«, sagt Jane, der das Lob sichtlich unangenehm ist. »Es ist nur ein Hobby.«

»Wie du meinst«, sage ich und blicke wieder auf das Notizheft. »Darf ich die Zeichnung haben?«

Jane blinzelt mich an. »Wieso?«

»Weil sie mir gefällt. Und bei mir noch Bilder fehlen.«

»Klar, warum nicht. Wenn du möchtest.«

»Danke«, sage ich und trenne die Seite vorsichtig heraus.

»Können wir jetzt loslegen?«

»Ja, Moment.« Ich falte das Bild sorgsam zusammen und schiebe es in meine größte Tasche. Dann klappe ich den Laptop auf. »Passwort?«

Jane räuspert sich. »BabyJane, in einem Wort.«

Ich wende mich zu ihr um und sie funkelt mich an.

»Was? Das ist ein guter Film. Bette Davis war für den Oscar nominiert.«

Ich schüttele den Kopf, gebe das Passwort ein und der Computer wird hell.

»Hast du eine Ortungs-App? Vielleicht liegt dein Handy bei deiner Leiche.«

»Nein«, sagt Jane. »Hab ich nicht.«

Natürlich nicht. Das wäre ja auch zu einfach gewesen.

»Wonach soll ich suchen?«

»Nachrichten«, sagt Jane und weist auf die blaue Sprechblase. »Da sind viele.«

Ich klicke auf die Nachrichten und scrolle durch.

Meld dich wenn du zu Hause bist ok

Jane?

Hallo?

Ruf mich morgen früh an

Jane ruf mich bitte an! Ich dreh langsam durch!

JANE WO BIST DU

»Die sind fast alle von Macy«, sage ich. »Manche sind von deiner Mom. Ein paar von Delilah. Sieht so aus, als hätte sie dir auch gemailt.«

Jane beugt sich über mich, eine Hand auf den Tisch gestützt. »Nichts von Isaac?«

Ich blicke wieder zu den Nachrichten. »Nein. Wer ist Isaac?«

»Mein Freund.«

»Oh«, sage ich überlaut. »Ich wusste nicht ... Du hast einen Freund?«

Jane reibt sich den Arm und starrt weiter auf den Computer. »Wohl nicht mehr. Tot zu sein ist irgendwie schwierig für die Beziehung.«

»Verstehe«, sage ich.

»Was ist mit früheren Nachrichten?«, fragt Jane. »Geh mal weiter zurück.« Ihr Arm streift meine Wange und instinktiv rücke ich von ihr ab, bevor mir klar wird, dass es nicht wehtut.

»Die hier von Macy ist von drei Uhr. *Ich bin auf dem Hof.*«

»Da ist Schulschluss«, sagt Jane.

»Der letzte Austausch mit Isaac ist vom Vormittag«, sage ich, während ich zurückscrolle. »Du hast geschrieben: *Wann ist das Konzert heute Abend?*«

Jane beugt sich vor, um Isaacs Antwort zu lesen: *»Um acht. Kannst du mich im Musiksaal treffen?«*

»Erinnerst du dich, ihn getroffen zu haben?«, frage ich.

Jane schüttelt den Kopf. »Das muss sein eigenes Konzert gewesen sein. Er spielt Cello.«

»Wenn du bei einem Konzert sein solltest, wie bist du dann in einem Club downtown gelandet? Und warum hat er dir danach nicht mehr geschrieben?«

»Ich weiß es nicht«, sagt Jane kopfschüttelnd. »Das ergibt keinen ...«

In diesem Moment hören wir beide ein Auto vorfahren und ich knalle den Laptop zu.

»Hintertür«, sagt Jane schnell. »Los.«

Sie rennt durchs Wohnzimmer und in die Küche, wo sie mich zur Tür neben dem Waschtrockner drängt. Ich sperre auf, husche nach draußen und schließe die Tür so leise wie möglich.

»Hier lang«, sagt Jane und weist zur Seite des Hauses.

»Moment«, sage ich und schließe mit dem Hausschlüssel vorsichtig wieder ab.

»Sie würde es sowieso nicht bemerken«, sagt Jane mit in die Hüften gestemmten Händen.

»Okay, okay, ich komme ja«, sage ich mit rasendem Puls.

Ich folge Jane am Haus entlang zur Auffahrt, wo ein Auto parkt. Eine Frau steigt auf der Fahrerseite aus, wobei sie mit einer Papiertüte mit Lebensmitteln ringt.

»Sie vergisst immer die Stoffbeutel«, sagt Jane.

Die Frau richtet sich auf und scheint meinen Blick zu spüren, denn sie dreht sich um und zeigt mir ihr Gesicht.

Sie hat Janes große, braune Augen, aber sie sind blasser und wirken müde, wegen der tiefen Krähenfüße. Ihr Mund ist kleiner und härter, aber die Wangen sind wie Janes.

»Kann ich dir helfen?«, fragt sie abweisend.

»Mrs Morris?«, frage ich.

»Ja?«

»Ich heiße Lexi. Ich bin eine Freundin von Jane.«

Schweigen, und dann eilt sie zu mir.

»Hast du sie gesehen?«, fragt sie voller Sorge. »Hast du mit ihr gesprochen?«

»Nein«, sage ich schnell. »Es tut mir leid, das habe ich nicht. Ich wollte nur mit Ihnen reden.«

Sie betrachtet mich fragend, mit dunklen Ringen unter den Augen.

»Komm mit rein«, sagt sie schließlich und wendet sich Richtung Haus. Ich folge ihr, trete wieder ins Wohnzimmer.

»Setz dich«, sagt sie und trägt die Tüte in die Küche. »Möchtest du was trinken?«

Jane gibt einen kehligen Laut von sich und ich blicke kurz zu ihr.

»Nein, danke«, sage ich. Ich räume mir einen Platz auf dem Sofa frei, schiebe Zeitschriften und ein Sweatshirt voll mit Katzenhaaren zur Seite. Als ich mich setze, springt mir eine Katze auf den Schoß und stupst mich mit dem Kopf an.

»Sicher? Wasser? Limo? Eistee?«

»Äh, okay, Eistee«, sage ich, damit es vorangeht.

Ich höre Schranktüren klappern und das Klirren von Eiswürfeln und schließlich kommt Mrs Morris mit zwei großen Gläsern ins Wohnzimmer. Sie stellt eins vor mich auf den Sofatisch aus Korbgeflecht und versinkt mit ihrem Glas in dem gelben Sessel. Während sie mich im Blick behält, öffnet sie die Wodkaflasche und kippt sich einen großen Schuss ins Glas.

»Willst du auch?«, fragt sie.

»Mein Gott, Mom«, sagt Jane und wirft den Kopf in den Nacken.

»Nein, danke«, sage ich und trinke einen Schluck Eistee. Er ist bitter und die Eiswürfel schmecken nach altem Gefrierschrank.

»Bist du eine Freundin aus der Schule?«

Ich nicke. »Wir haben Mathe zusammen.«

»Und was möchtest du?«

»Mrs Morris ...«

»Amanda«, unterbricht sie mich.

»Amanda. Ich hatte gehofft, ich könnte Ihnen ein paar Fragen stellen.«

»Über Janie? Warum?«

»Ich bin Reporterin«, lüge ich, »bei der Schülerzeitung. Ich dachte, ich könnte was über Jane schreiben, helfen, ihr Foto zu verbreiten. Ich dachte, das könnte vielleicht hilfreich sein.«

Amanda sieht mich an und nimmt einen großen Schluck. »Die Polizei hat mir alle möglichen Fragen gestellt. Nimmt Jane Drogen, verschwindet sie häufiger.« Sie schluckt schwer und ihre Hand zittert leicht. »Meine Tochter ist nicht weggelaufen. Das würde sie nicht tun. Sie hat noch ihr ganzes Leben vor sich.«

»Ich glaube auch nicht, dass es so war«, sage ich.

»Das macht es noch schlimmer, oder?«, fragt Amanda mit feuchten Augen. »Sie haben mir gesagt, es gebe noch andere Vermisste. Von denen haben sie noch keinen gefunden, weder tot noch lebendig. Die sind einfach ... weg.«

»Wann haben Sie sie zum letzten Mal gesehen?«

»An jenem Morgen«, sagt Amanda. »Sie ist zur Schule gegangen, wie immer. Hat die Kaffeemaschine für mich angelassen.« Sie lacht traurig und tränenerstickt. »Sie versucht immer, sich um mich zu kümmern.«

»Irgendwer muss es ja tun«, sagt Jane leise.

»Haben Sie sich Sorgen gemacht, als sie nicht nach Hause kam?«, frage ich.

Amanda weicht meinem Blick aus. »Ich habe geschlafen. Ich dachte, sie kommt spät oder verbringt den Abend mit einer Freundin. Sie muss irgendwie von ihren Freunden getrennt worden sein. Ich hab erst am nächsten Tag gemerkt, dass sie nicht wiedergekommen ist.«

Sie nimmt noch einen großen Schluck aus ihrem Glas. Als sie es wieder absetzt, entdecke ich ein paar rote Kratzer auf der Innenseite ihres Arms.

»Was ist mit Ihrem Arm passiert?«, frage ich.

Amanda blickt auf ihr Handgelenk und blinzelt ein paar Mal.

»Oh. Ich weiß nicht«, sagt sie mit belegter Stimme. »Das müssen die Katzen gewesen sein.«

Ich blicke zu Jane, deren Miene sich verdüstert.

»Meine Mutter würde mir nichts tun«, sagt sie. »Sie ist eine traurige Trinkerin, aber nicht gewalttätig.«

»An dem Morgen haben wir uns gestritten«, sagt Amanda plötzlich und ich gucke zu ihr rüber.

»Worüber?«

Amanda schüttelt ihr leeres Glas und ich begreife. »Ich wollte nicht aufstehen. Sie hat mich angeschrien, dass ich zu spät zur Arbeit kommen würde.«

»Moment. Daran erinnere ich mich«, sagt Jane langsam. »O Gott. Ich habe zu ihr gesagt, dass ich nicht immer da sein würde, um sie zu wecken.«

»Ich dachte, sie will mir eine Lektion erteilen«, flüstert Amanda. »Ich dachte erst, deshalb kommt Janie nicht nach Hause.«

Die Luft in einem normal großen Raum wiegt fünfzig Kilo. Ich schwöre, die Luft in diesem Raum ist schwerer. Ich spüre jedes einzelne Kilo auf mir lasten. Vielleicht liegt es am schwachen Geruch nach Zigaretten, vielleicht liegt es an Jane, vielleicht ist es auch die drückende Last von Schuld, die mir das Atmen schwer macht.

»Können wir los?«, fragt Jane knapp. »Ich erinnere mich an den Morgen. Wir haben uns gestritten, dann bin ich los zur Schule. Ich will hier nicht mehr sein, Lexi.«

»Okay«, sage ich laut. »Danke, dass Sie mit mir geredet haben.«

Amanda nickt mit glasigem Blick. Ich erhebe mich, als sie wieder nach der Wodkaflasche greift.

»Es tut mir leid«, sage ich, während ich die Tür hinter uns schließe.

»Was tut dir leid?«, fragt Jane.

»Janie, deine Mom – «

»Nenn mich nicht Janie«, blafft sie.

»Okay«, sage ich beschwichtigend. »Also, wir müssen rausfinden, warum du in den Club gegangen bist und wer bei dir war. Wenn die Leute aus der Gegend dort verschwinden, hat wer auch immer dich da hingebracht hat, vielleicht was damit zu tun.«

»Ich weiß nicht, warum ich hingegangen bin«, sagt Jane. »Ich war vorher noch nie da.«

»Vielleicht weiß dein Freund es? Vielleicht wurde das Konzert abgesagt und du bist stattdessen mit ihm tanzen gegangen?«

»Ich weiß es nicht«, wiederholt Jane. »Ich kann dir das nicht beantworten, okay? Mein Gedächtnis ist wie Schweizer Käse und ich kann auch nicht aufhören zu *bluten.*« Sie wischt sich wütend den Hals ab. »Warum kann ich das nicht stoppen?«

Ich antworte nicht, weil ich es nicht weiß. Sie ist ein starker Geist, oder sollte es zumindest sein. Vielleicht konzentriert sie sich nicht genug.

»Es ist nicht echt«, rufe ich ihr in Erinnerung.

»Ja«, sagt sie mit einem bitteren Lachen. »Aber das war es mal.« Sie wischt sich die Finger an ihrem T-Shirt ab, was lange rote Spuren hinterlässt, wie eine Kralle über dem Herzen.

10

»Ich muss bald zur Arbeit. Wenn ich zurückkomme, können wir uns überlegen, wie wir am besten mit deinem Freund reden.«

Wir sind auf dem Heimweg und haben schon seit fast zwanzig Minuten kein Wort gewechselt. Jane starrt mit zusammengekniffenen Lippen stur geradeaus.

»Jane?« Ich biege in meine Straße ab und blicke kurz zu ihr rüber. »Hast du gehört, was ...«

»Ich hab dich schon verstanden«, sagt sie.

Ich parke und wende mich ihr ganz zu.

»Alles okay bei dir?«

»Ich glaube, *okay* liegt schon eine Weile hinter mir, meinst du nicht?« Sie wartet nicht auf mich, gleitet einfach durch die geschlossene Autotür nach draußen. Die Härchen auf meinem Arm stellen sich auf, elektrische Spannung liegt in der Luft. Ich weiß ja, dass Geister das *können*, aber es ist eine Sache, es zu wissen, und eine andere, mitanzusehen, wie ein Körper durch eine Tür quillt wie Schmierfett.

Ich steige langsam die Treppen hinauf. Jane ist schon drinnen, als ich die Tür öffne. Sie liegt ausgestreckt auf dem Bett.

»So habe ich das nicht gemeint und das weißt du auch«, sage ich und ziehe die Zeichnung aus meiner Tasche. Ich falte sie auseinander und lege sie auf meine Kommode, wo ich sie glattstreiche. Dann hole ich mir ein sauberes schwarzes T-Shirt aus der Schublade, um mich umzuziehen.

Jane seufzt. »Schön, alles *okay* bei mir.«

»Bist du sicher? Du wirkst ein bisschen ...«

»Ein bisschen wie?«, fragt Jane. »Aufgewühlt? Warum sollte ich aufgewühlt sein? Weil meine Alkoholiker-Mutter vor die Hunde geht?«

Ich wechsle das T-Shirt und ein Zittern erfasst meine Hände. »Glaubst du, du bist die Erste mit Mommy-Problemen? Sie geht vor die Hunde, weil du ihr wichtig bist. Wenigstens kannst du sie noch sehen. Nicht alle kehren zurück, selbst wenn man es sich wünscht.«

Selbst wenn man sie anfleht.

»Willst du etwa behaupten, ich hätte Glück gehabt?«, grollt Jane. »Ich bin *tot*.«

»Das sind viele«, blaffe ich. »Spar dir das Selbstmitleid, interessiert mich nicht. Du hast nicht das Monopol auf Unglück.«

Jane kneift die Augen zusammen und Hitze strahlt von ihr ins Zimmer. Sie setzt sich mit gefletschten Zähnen auf. Dann flackert ein Körper vor meinem Gesicht.

»Verdammt, Trevor«, brülle ich und schubse ihn weg. »Hör *auf* damit.«

»Ich kann nichts dafür«, sagt er mit gereckten Händen. »Du bist immer im Weg.« Er blickt von mir zu Jane, registriert ihren Blick und die Schweißperlen auf meiner Stirn. »Also, was ist los?«

»Nichts«, sagt Jane und spannt den Kiefer an.

»Ich habe heute mit Janes Mutter gesprochen«, erkläre ich mit dünner Stimme.

»Oh«, sagt er. »So schlimm, was?«

»Das geht dich nichts an«, zischt Jane. »Lexi auch nicht. Ihr könnt euch mal gepflegt *raushalten.*«

»Hey«, protestiert Trevor. »Mach mal halblang. Lexi versucht dir zu helfen. Es fällt ihr nicht leicht, Menschen zu begegnen, weißt du.«

Ein Anflug von Panik schnürt mir die Luft ab.

»Oh, tut mir leid, kommt meine Ermordung deiner sozialen Phobie in die Quere, oder was?«, fragt Jane mich.

»Was?« Trevor runzelt die Stirn. »Nein, ich meinte …«

»Es reicht«, unterbreche ich ihn, bevor er erklären kann, warum ich Menschen nicht gern berühre. »Ich muss zur Arbeit.«

Trevor blinzelt mich an. »Äh, jetzt sofort?«

»Ja.« Ich schlüpfe in eine Kapuzenjacke. »Macht nichts kaputt.«

»Sehr witzig«, schnaubt er und wendet sich Jane zu. »Tja. Bleiben nur du und ich, Baby.«

»Behalt sie im Auge«, sage ich leise zu ihm.

»Ich brauch keinen Babysitter«, sagt Jane kühl. »Und schaff das da hier raus.« Sie zeigt auf die Skizze auf meiner Kommode.

»Was ist das?«, fragt Trevor.

»Eine von Janes Zeichnungen«, erkläre ich, während sie grollt.

»Gefällt mir«, sagt Trevor über die Skizze gebeugt. »Ich wusste nicht, dass du zeichnen kannst.«

»Nicht mehr«, sagt Jane barsch. »Oder kann ich etwa noch einen scheiß Bleistift halten?«

»Du hast gesagt, ich könnte sie haben«, sage ich.

»Du kannst sie haben, aber ich will sie nicht sehen.«

Hitze flammt auf, und wenn ich weiter streite, komme ich zu spät zur Arbeit. »Schön«, sage ich durch zusammengebissene Zähne, schnappe mir das Bild und verschwinde, indem ich die Tür hinter mir zuknalle.

»Lexi!«

Ich drehe mich um und sehe, dass Trevor mir nachjagt.

»Sie weiß es nicht, oder?«, fragt er beunruhigt. »Wozu du in der Lage bist.«

Ich erstarre, bis mit einem Seufzer die Spannung von mir abfällt und ich zusammensacke. »Erzähl's ihr nicht. Bitte.«

Er sieht mich irritiert an und dann legt sich Mitleid über sein Gesicht. »Du hast sie berührt, oder? Du hast gesehen, was passieren würde.«

»Ich muss los.« Ich wende mich zum Gehen, aber seine Hand auf meinem Arm lässt mich innehalten.

»Machst du das deshalb?«, fragt er. »Versuchst du, es wiedergutzumachen?«

»Nein«, sage ich und trete aus seiner Reichweite. »Ich weiß, dass das nicht geht.«

»Vielleicht würde sie es verstehen.«

»Würdest du das?« Trevor guckt gequält und ich nicke. »Genau. Das hab ich mir gedacht.« Ich gehe weiter durch den Hausflur.

»Warte, Lex …«

»Ich muss los, Trevor«, sage ich ohne stehenzubleiben.

»Ich weiß«, ruft er mir nach. »Aber … wirf das Bild nicht weg, okay?«

Ich klemme es mir fester unter den Arm.

»Hatte ich nicht vor.«

Nicole strahlt mich an, als ich endlich zur Arbeit erscheine.

»Hey«, sagt sie und wischt die Glasabdrücke vom Tresen. »Nochmal danke für neulich. Ich hätte dich vermutlich nicht wegen so was Albernem herrufen sollen.«

»Es war nicht albern«, sage ich.

Sie bläst die Backen auf und stößt die Luft wieder aus. »Ich weiß nie so genau, wie viel davon real ist, weißt du? Wie viel wahr ist und wie viel nur mein Wunsch, dass es wahr ist.«

Ich ziehe meine Kapuzenjacke aus und halte die Hand für ein Geschirrtuch hin. Sie wirft mir eins zu und ich fange an, das andere Ende des Tresens zu putzen.

»Du solltest Vertrauen in dich haben«, sage ich. »Ich habe das jedenfalls. Wie oft hast du mich schon davor bewahrt, dass ich mir an der Visage irgendeines Typen die Finger breche?«

Nicole lacht, es klingt wie ein Glöckchen. »Na ja, ich würde nicht wollen, dass man dich verhaftet.« Dann wird sie ernst. »Aber ich bin nicht so wie andere hier. Ich kann nicht tätowieren wie Theo, ich sehe keine Geister wie du.«

Ich wende mich ab, bevor meine Miene etwas verrät, das ich nicht preisgeben will. Ich will nicht, dass Nicole mich ansieht, wie meine Mutter es tat, wie Jane es täte, wenn ich ihr die Wahrheit sagen würde.

»Es wäre einfach schön, wenn es irgendwie eindeutiger wäre, weißt du?«, sagt sie. »Meine Tante zum Beispiel, die ist die stärkste Hellseherin, die ich kenne. Sie übt mit mir, aber es ist immer noch nur ein Gefühl, nichts Konkretes.«

»Du bist noch jung«, sage ich, obwohl sie zwei Jahre älter ist als ich. Aber ich war nie jung. »Und vielleicht ist es eben nur ein Gefühl, aber du hast noch nie danebengelegen. Du wirst stärker werden, je öfter ...« Nicoles Augen werden groß und glasig. »Nicole? Was ist los?«

»Da stimmt was nicht«, sagt sie und wird bleich.

»Wo?«

»Im Lagerraum«, sagt sie. Sie blinzelt und sieht mich plötzlich panisch an. »Jemand ist verletzt.«

»Ich geh runter.« Ich lasse das Geschirrtuch auf den Tresen fallen. »Du bleibst hier und rufst Ilia an.«

Sie streckt die Hand nach mir aus, zieht sie aber im letzten Moment zurück.

»Sei vorsichtig, Lexi«, sagt sie und ich spüre ihren Blick im Nacken, als ich zur Tür eile.

Ich drücke immer wieder den Knopf fürs Untergeschoss, obwohl das den Fahrstuhl kein bisschen schneller macht. Als sich die Tür mit einem *Ping* endlich öffnet, stürze ich in den Lagerraum. Ich höre eine tiefe, panische Stimme irgendwo hinter den Holzregalen, die mit Wein und Spirituosen gefüllt sind. Der Raum ist riesig und hat einen Betonboden. Ich friere in der feuchten Kälte und ziehe meine Kapuzenjacke zu.

»Hallo?«, rufe ich und gehe auf die Regale zu. »Wer ist da?«

Ich höre ein Scharren und dann tritt Ilia hinter einem Regal hervor. Seine Haut wirkt im Neonlicht ganz fahl.

»Lexi?«, fragt er mit wildem Blick.

»Was ist los, Ilia?«

Er öffnet den Mund, als wollte er etwas sagen, dann klappt er ihn wieder zu.

»Ilia?«, frage ich.

»Hier drüben«, sagt er und setzt sich ruckartig in Bewegung. »Ich brauche deine Hilfe.«

Er läuft zu der Wand, an der sich hölzerne Bierkästen stapeln. Ich hole scharf Luft, als ich sehe, was uns dort erwartet.

»Ilia, was zum Teufel? Wer ist das?«

Der Mann lehnt zusammengesackt an der Wand, das Gesicht so blutunterlaufen und geschwollen, dass man kaum noch seine Züge ausmachen kann.

»Jordan«, sagt Ilia mit zusammengebissenen Zähnen und sieht so aus, als würde er am liebsten irgendwo reinschlagen. »Ich wollte nur Nachschub zum Mixen holen.«

Ich blicke wieder zu der Gestalt, versuche, die Züge zu dem länglichen Gesicht des Mannes zusammenzusetzen, der normalerweise vor Uries Büro steht.

»Hilf mir mal, ihn hier vom Boden wegzubekommen«, sagt Ilia.

»Was?« Ich schüttele den Kopf. »Ilia, nein. Lass mich Theo holen ...«

»Hilf mir einfach«, knurrt Ilia. »Nimm seine Füße, okay? Er hat Stiefel an. Du wirst ihn kaum berühren.«

»Verdammt«, sage ich und nähere mich Jordan. Seine Augen öffnen sich einen Spalt weit und ihm entfährt ein leises Stöhnen.

»Jordan, geht es dir gut?«

»Natürlich nicht«, sagt Ilia. »Er wurde halbtot geprügelt.«

»Wie ist er dann hier gelandet?«, frage ich.

Ilia sieht mir in die Augen. »Das weiß ich nicht, ich hab ihn hier so gefunden. Die Füße, Lexi.«

Ich beiße die Zähne zusammen, während Ilia sich neben Jordan hockt.

»Jordan, wir müssen dich vom Boden heben, okay?«

Jordan schlägt ein Auge auf und murmelt irgendwas.

»Es wird wehtun«, sagt Ilia. »Tut mir leid.« Er blickt hoch und wartet, bis ich nicke.

»Los«, sage ich und packe Jordans schwere Stiefel, während Ilia seine Schultern nimmt. Sein Tod wispert am Rande meiner Wahrnehmung, zieht an meinem Verstand. Ich knirsche mit den Zähnen und versuche, ihn auszublenden, während wir Jordan auf ein paar Bierkästen absetzen.

»Hier«, sagt Ilia und ich lasse keuchend los. Ich habe nur einen flüchtigen Blick erhascht, aber der genügt. Jordans Tod beinhaltet Blut, Schmerz und eine Kugel. Nicht jetzt, aber bald.

Jordan grunzt, als Ilia ihn loslässt. Seine Augen schließen sich beim Anlehnen. Ich reibe mir die Hände an der Hose ab, warte darauf, dass die Bilder verfliegen.

»Bist du noch da, Kumpel?«, fragt Ilia und beugt sich über Jordans Gesicht.

»Ilia, er muss ins Krankenhaus.«

»Nein.« Das Wort kommt verzerrt, aber klar verständlich über Jordans Lippen. »Kein Krankenhaus.«

Ilia wirkt nicht erfreut, widerspricht aber nicht. »Ich rufe Phillip an«, sagt er mit Blick zu mir. »Bleib du bei ihm.«

Ich nicke und beuge mich nah an Jordans Gesicht heran.

»Hey«, sage ich. »Jordan, ich bin's, Lexi. Kannst du mich hören?«

»Kein Krankenhaus«, sagt er wieder.

»Das haben wir verstanden«, sage ich. »Niemand bringt dich irgendwohin, okay? Entspann dich.«

»Beeil dich«, sagt Ilia ins Telefon und kommt wieder rüber. Er fährt sich mit der Hand übers Gesicht. Seine Krähenfüße sind tiefer, als ich sie in Erinnerung habe, und er hat dunkle Augenringe. Er sieht verängstigt aus – verängstigt und wütend. »Phillip kommt runter.«

»Gut«, sage ich.

»Jordan?«, fragt Ilia. »Kannst du uns sagen, was passiert ist? Wer hat dir das angetan?«

Jordan holt rasselnd Luft. »Weiß nicht«, murmelt er. »Zauber.«

Er hustet so sehr, dass es ihn schüttelt, und Ilia umfasst seine Brust, um ihn zu stützen.

»Ruhig, Mann«, sagt er. »Versuch dich nicht zu bewegen. Was für ein Zauber?«

Jordan öffnet mit flatternden Lidern die Augen und richtet den Blick auf Ilia. »Schutzzauber«, sagt er langsam. »Jemand hat versucht, ihn zu durchbrechen.«

»Weißt du, wer?«, frage ich mit klopfendem Herzen.

Sein Blick wandert zu mir. »Nein. Ich habe nach einer Spur gesucht, aber es ging schief.«

»Wieso?«, fragt Ilia.

»Der oder die hat sich getarnt«, sagt Jordan. »Der Zauber ist auf mich zurückgesprungen. Zu stark.«

Über Jordan hinweg sehen Ilia und ich uns an.

»Blendmagie?«, flüstert Ilia entsetzt. »Ein Tarnzauber?«

»Es ist jemand von uns«, sage ich, während in meinem Rückgrat das Grauen pocht. »Der Killer ist eine Hexe.«

»Warum?«, fragt Ilia und ihm scheint so übel zu sein wie mir. »Warum sollte das jemand tun? Ist das irgend so 'n krankes Hexenopferding?«

»Solchen Scheiß machen wir nicht«, sagt Jordan und ringt um Luft. »Nicht mehr. Nicht mal die alten Hasen.«

»Warum dann?«, fragt Ilia barsch. »Nur um uns Angst zu machen?«

»Keine. Ahnung«, sagt Jordan mit immer schwächerer Stimme.

»Ilia?«

»Oh, Gott sei Dank«, sagt Ilia und schließt kurz die Augen. »Phillip, hier drüben.«

Phillip kommt um das Regal herum und das Lächeln, das er für mich bereithält, verschwindet schlagartig, als er Jordan sieht.

»Was zum Teufel?« Er fragt nicht nach einer Erklärung. Er stürzt nur vor und legt seine Handflächen auf Jordans Brust. »Holt mir Wasser und Verband«, befiehlt er und klingt so gar nicht wie der Phillip, den ich kenne. »Ilia, ruf meine Mutter an und sieh zu, dass sie herkommt.«

»Nein«, stöhnt Jordan. »Niemand sonst.«

Phillips Lippen werden schmal und er blickt zu Ilia. »Ich kriege das nicht allein hin. Ich bin nicht stark genug.«

»Tu einfach, was du kannst«, sagt Ilia. »Ich hole das Verbandszeug.« Er sieht mich an, weist mit dem Kopf auf die Treppe und ich folge ihm.

»Woher wusstest du es?«, fragt er mich leise.

»Nicole«, sage ich. »Ilia, einen so starken Zauber können wir nicht überwinden. Nicht, wenn es der Zauber war, der Jordan das angetan hat.« Ich kenne mich mit Hexenwerk nicht gut aus, aber ich weiß, dass Blendzauber sagenhaft schwer zu durchbrechen sind. »Und wenn es von demjenigen keine Spur gibt ...«

»Wir versuchen es weiter«, sagt er. »Oder wir überlegen uns was anderes, um ihn zu finden.«

»Und wenn das nicht geht?«

Er schluckt schwer. »Dann musst du dafür sorgen, dass sich das Mädchen erinnert.«

Einen Moment lang wünsche ich, Jane wäre hier bei mir, damit ihre Hitze die Kälte vertreibt.

»Ich versuch's«, sage ich. »Aber ich kann ihre Erinnerungen nicht mit Gewalt zurückholen. Ich brauche das Filmmaterial von dir.«

»Ich bin dran.«

»Was machen wir bloß, Ilia?«, frage ich leise. »Was, wenn wir es nicht aufhalten können?«

»Wir passen aufeinander auf«, sagt er. »Und wir hoffen darauf, dass der Schutz hält.«

Ich nicke, aber ein Schaudern kriecht mir den Rücken hoch.

»Was hast du gesehen?«, fragt er mich. »Als du ihn berührt hast?«

Wir sind gleich groß und ich muss nur den Kopf drehen, um ihm in die Augen zu sehen. Seine Krähenfüße sind noch frisch. Ich habe meine schon lange.

»Frag nicht«, sage ich. »Es sei denn, du willst mit der Antwort leben.«

Ilia blinzelt und senkt dann den Kopf.

»Mach dich auf den Weg, Lexi«, sagt er und ich gehe.

11

Pyroklastische Ströme können Geschwindigkeiten von bis zu 700 Stundenkilometern und Temperaturen von 1000 Grad Celsius erreichen. Als der Vesuv ausbrach, gingen heißes Gas und Vulkanasche mit der thermischen Energie einer Atombombe auf Pompeji nieder und verbrannten die Menschen an Ort und Stelle. Manchmal wandelt sich ein Schicksal plötzlich. Manchmal gibt es kein Entrinnen.

»Jane?«

Ich bin kaum in meine Wohnung getreten, da spüre ich, dass etwas nicht stimmt. Es ist brütend heiß und Jane liegt reglos mit dem Gesicht nach unten auf dem Boden.

Ich falle auf die Knie und als ich sie umdrehe, schaudert sie in meinen Armen.

»Jane?«

Ihr Mund öffnet sich zu einem stummen Schrei, die Augen sind weit aufgerissen und weiß, und Blut rinnt ihr den Hals hinunter.

»Scheiße!« Ich packe sie an den Schultern und schüttele sie, ihr Körper ist wie erstarrt.

»Jane«, sage ich und bringe mein Gesicht nah an ihres heran. »Sieh mich an.«

Ihr Mund steht immer noch weit offen, aber immerhin fängt sie an, mich zu fokussieren.

»Sieh mich an«, befehle ich. »Du bist in Sicherheit. Ich bin's, Lexi. Du bist in Sicherheit.«

Ihr Körper zuckt in meinen Armen und sie gibt ein ersticktes Geräusch von sich.

»Gut so«, sage ich, zwinge mich, leise und ruhig zu sprechen. »Sieh mich an. Du bist in meinem Zimmer. Du bist in Sicherheit.«

Plötzlich erschlaffen Janes Glieder, aber ich lasse sie nicht los. Sie blinzelt mich an, einmal, zweimal.

»Lexi?«, fragt sie mit rauer Stimme.

»Ja«, sage ich und lasse sie los. »Ja, ich bin's.«

Ich lehne mich zurück und Jane richtet sich langsam auf, bis sie sitzt. Sie sieht sich um, die Augen immer noch weiß und verschleiert.

»Alles okay?«, frage ich.

»Ich ... ich glaub schon.« Dann durchfährt sie ein Schaudern und sie krümmt sich. »Was ... was war das?«

Sie sieht klein und zerbrechlich aus, mit einem dicken Ring aus Blut um den Hals. Sie rutscht näher an mich heran; ich erstarre kurz und lehne mich dann an sie.

»Ich habe keine Ahnung«, gebe ich zu. »Was ist denn passiert?«

»Trevor ist ins Kino gegangen«, sagt sie. »Ich habe geübt, ich hab versucht, meine Kleidung zu verändern ... und dann war ich wieder in der Gasse.«

Ich hebe einen Arm, stocke kurz, dann lege ich ihn ihr um die Schultern.

»Ist dir irgendwas wieder eingefallen?«

»Ich ... konnte mich nicht bewegen. Sosehr ich mich auch gewehrt habe, ich konnte mich nicht bewegen.«

»Schon gut«, sage ich, bin mir aber nicht sicher, ob das stimmt. Jane verhält sich nicht so, wie Geister es normalerweise tun. Sie kann sich nicht an ihren Tod erinnern, sie hat keine Kontrolle über ihre Gestalt, und jetzt auch noch das hier. Aber das muss sie jetzt nicht hören.

»Was immer es war«, sage ich, »es ist vorbei.«

Ich spüre Jane zittern, während gleichzeitig ihre Hitze durch mein T-Shirt dringt. Ich kann so was nicht gut – Trost spenden, nett sein –, aber ich versuche es. Ich lege meine Wange auf ihr Haar, sie schmiegt ihr Gesicht an meinen Hals.

»Ich blute dich noch ganz voll«, sagt sie leise, rührt sich aber nicht.

»Nein, tust du nicht«, sage ich. »Ich habe dir doch gesagt, dass es nicht real ist.«

Jane wird ruhig, ihr Körper lehnt locker an meinem. »Bin ich real?«, fragt sie, so leise, dass ich es kaum höre, als wollte sie die Antwort gar nicht wissen.

»Für mich bist du real genug«, sage ich und streiche mit dem Daumen in kleinen Kreisen über ihre Schulter.

»Aber ich bin nicht ... was ich war.«

Ich suche nach den richtigen Worten, damit sie es versteht.

»Schallwellen pflanzen sich durch Wasser und Luft fort, sogar durch Wände und Möbel«, sage ich. »Aber wenn die Wellen auf ein ausreichend großes Hindernis treffen, prallen sie ab und treffen wieder beim Sender ein.«

Jane verrenkt sich den Hals, um zu mir hochzugucken. »Ich bin eine Schallwelle?«

Ich schüttele den Kopf. »Du bist ein Echo.«

Sie runzelt nachdenklich die Stirn. »Ein Echo.«

»Du bist nicht weniger. Du bist nur nicht dasselbe.« Mehr möchte ich ihr nicht sagen, aber ich schulde ihr die Wahrheit. Oder zumindest *eine* Wahrheit. »Du musst es nicht sein, wenn du nicht möchtest.« Das sage ich leise, weil ich die Worte fürchte.

»Was?«

»Du musst nicht … hierbleiben. Auf dieser Seite. Wenn du nicht möchtest.«

Sie reißt den Kopf von mir fort und ich würde sie am liebsten festhalten.

»Du meinst, ich sollte verschwinden?«, fragt sie.

»Nein«, sage ich schnell. »Nein, natürlich nicht. Ich will nur, dass du Optionen hast.«

Jane schaudert plötzlich, ihr Körper vibriert in meinem Arm. Ich weiß, dass sie nicht friert, denn ich spüre den Schweiß an meinem Hals.

»Ich dachte immer, es wäre wie einschlafen«, sagt sie. »Sterben, meine ich.«

»Der Schlaf ist der Bruder des Todes«, murmele ich.

»Was?«

Ich schüttele den Kopf. »Das sagt Deda immer. Auf Russisch klingt es besser.«

»Aber es ist überhaupt nicht wie schlafen«, sagt sie. »Und jetzt habe ich Angst davor, was passiert, wenn ich die Augen schließe.«

Ich sehe zu ihr runter, ihre Augen sind immer noch weit aufgerissen und verschleiert.

»Weißt du, was es ist?«, fragt sie. »Was da auf der anderen Seite ist?«

»Ich glaube nicht, dass wir es wissen sollen.«

»Glaubst du, es ist schlimm?«

Ich presse die Lippen aufeinander und befeuchte sie. »Vielleicht ist es weder gut noch schlecht. Vielleicht ist es … anders.«

»Ich weiß, dass ich nicht lebendig bin«, sagt sie leise. »Aber ich denke noch. Ich fühle noch.«

Ich sollte ihr von Jordan erzählen, davon, dass Ilia und ich glauben, dass es eine Hexe ist, die die Leute umbringt, aber ich habe Angst, dass sie von mir abrückt, wenn ich anfange zu reden. Sie lehnt sich an mich, legt den Kopf wieder an meine Schulter. Etwas in mir erwacht kribbelnd zum Leben, etwas Stechendes, Kaltes, Einsames.

»Ich bin ein Echo«, sagt sie. »Vielleicht ist das erst mal genug.«

Hitze steigt in meine Arme und meine Brust, aber sie brennt nicht. Ich habe noch nie jemanden so gehalten, habe noch nie jemanden so nah an mich herangelassen. Es fühlt sich komisch an, als würde ich einen Muskel benutzen, von dem ich gar nichts wusste, ein bisschen unangenehm, aber nicht schmerzhaft.

Irgendwann schlafe ich ein und wache zusammengerollt auf dem Boden wieder auf, fröstelnd und allein.

»Jane?«

Es kommt keine Antwort und das Licht, das durchs Fenster hereinfällt, verrät mir, dass schon lange Tag ist. Ich dusche heiß, um die Verspannungen im Rücken zu lösen. Als ich fertig bin, ist sie immer noch nicht da, und auch nicht, als ich mich auf den Weg zu Deda mache.

»Wo ist deine Freundin?«, fragt er, als ich auftauche. Er

mustert mich und schenkt mir erst mal einen großen Becher Kaffee ein.

»Weiß ich nicht«, sage ich und stöhne innerlich, als ich mich ihm gegenüber hinsetze. Ich habe mir definitiv den Hals verrenkt, als ich auf dem Boden geschlafen habe. »Ich bin nicht ihr Anstandswauwau.«

Deda grunzt und schiebt mir den Kaffee zu. Ich kippe so viel Zucker rein, wie mein Magen vertragen kann, und so viel Kaffeesahne, dass er fast weiß wird.

Deda sieht mich stirnrunzelnd an, ich zucke nur mit den Achseln.

»Frühstück«, sage ich.

»Du musst besser auf dich achtgeben«, sagt er. »Du schläfst nicht genug. Du isst nicht genug.«

»Mir geht's gut, Deda, du musst dir keine Sorgen machen.«

»Doch, das muss ich«, fährt er mich an und ich sehe überrascht auf. »Die zehren dich auf, wenn du sie lässt.«

»Das ist nicht …«

»Hör zu, Alexandra«, sagt er und beugt sich vor. »Sie sind nicht wie wir. Sie mögen weder Kuchen noch Wein noch Zigarren. Sie werden dir deine Aufmerksamkeit rauben, deine Zeit, sie werden rauben, was sie nur kriegen können, bis du nichts mehr zu geben hast. Und dann wollen sie immer noch mehr.«

Ich blicke weg. Säure brodelt in meiner Brust. »Jane ist nicht so.«

»Warum siehst du dann aus wie eine wandelnde Leiche?«

Ich reibe mir die Augen, versuche mir seine Worte aus dem Kopf zu reiben. »Das hat nichts mit ihr zu tun. Du kennst sie ja gar nicht.«

»Kennst du sie denn? Sie ist nicht, was sie einmal war.«

»Na und? Vielleicht gefällt mir ja, wer sie jetzt ist.« Ich schiebe meinen Stuhl zurück und stehe auf. »Und Jane kann schließlich nichts dafür. Wenn du jemandem die Schuld geben willst, gib sie dem Monster, das sie umgebracht hat. Es ist jemand von uns. Jemand von *uns* hat das getan, Deda, nicht Jane. Ich gehe.«

»Du bist gerade erst gekommen.«

»Tja, und dann hast du gesagt, dass ich scheiße aussehe.«

»Alexandra ...«

»Ich komme bald wieder, okay? Du hast recht, ich brauche noch etwas Schlaf.«

Ich stapfe davon, doch ich spüre, wie mir sein Blick zwei wütende, besorgte Löcher in den Rücken brennt.

Jane ist immer noch verschwunden, als ich nach Hause komme, und mir dreht sich seltsam der Magen um, als ich in die leere Wohnung starre. Trevor habe ich seit gestern nicht gesehen. Ihnen kann nichts passieren, rufe ich mir in Erinnerung, aber das Gefühl von Leere verschwindet dadurch nicht.

Ich hebe schmutzige Kleidungsstücke auf, werfe sie auf einen größeren, schmutzigeren Haufen und lade den in einer Ecke ab. Ich überlege, das Bett zu machen, aber stattdessen lasse ich mich darauf fallen, starre an die Decke und belüge mich selbst über das Loch in meinem Bauch.

Es sollte nicht mehr wehtun. Ich dachte, ich hätte längst meinen Frieden damit gemacht. Doch es ist Einsamkeit, die mir die Eingeweide zerfrisst, uralt und unverwechselbar. Ich hätte die beiden nicht reinlassen sollen, hätte mich nicht an die Wärme im Rücken, eine Stimme an meinem Ohr gewöhnen sollen. Jetzt schmerzt es noch mehr, weil ich weiß, was ich verloren habe.

Ich drehe mich auf die Seite und ziehe die Beine eng an die Brust. Ich gebe mich der Einsamkeit hin, lasse sie in meine Venen kriechen und sich in meine Knochen setzen, lasse sie ein Teil von mir werden. Das wird sie immer sein.

»Lexi?«

Ich schrecke hoch, sehe alles verschwommen. Ich kann mich nicht erinnern, eingeschlafen zu sein.

»Wo warst du?«, frage ich sie und es klingt wütend.

»Zu Hause.«

Mein Ärger verpufft und ich sinke wieder aufs Bett. »Oh.«

»Ich wollte nach meiner Mom sehen«, sagt Jane und kommt näher. »Ich habe ihr morgens oft ein Katerfrühstück gemacht. Hat aber nie richtig geholfen.«

Ich betrachte sie eine Weile. »Du blutest nicht.«

Ein Lächeln zupft an ihrem Mundwinkel, während sie sich über ihr sauberes T-Shirt streicht. »Heute funktioniert es. Solange ich mich richtig konzentriere.«

Sie steht am Fußende, und als wir uns anstarren, herrscht peinliches Schweigen.

»Danke, dass du … mir letzte Nacht geholfen hast«, sagt sie schließlich. »Dass du mit mir geredet hast.«

»Klar«, antworte ich achselzuckend. Kurz blitzt Verletztheit in ihrem Gesicht auf, aber ich kann mich nicht auf sie einlassen, darf mich nicht daran gewöhnen, sie hier zu haben. Irgendwann wird sie verschwinden, so wie alle anderen, während ich mit meiner Einsamkeit zurückbleibe.

»Ich wollte dir gestern noch was erzählen, aber du warst so aufgewühlt, deshalb habe ich nichts gesagt …«

»Was?«

Ich reibe mir verlegen den Arm. »Letzte Nacht hat jemand versucht, die Schutzzauber im Club zu überwinden.«

Jane versteift sich. »Was?«

»Keine Sorge«, schiebe ich hastig hinterher, »es hat nicht geklappt. Urie hat alles unter Kontrolle.«

»Aber wie konnte das sein?«

»Wer immer dich getötet hat, ist stark.« Beim Gedanken an Jordans Gesicht spüre ich mich bleich werden. »Sehr stark, nach allem, was ich gesehen habe.«

Eine Linie zeichnet sich auf Janes Hals ab und ihre Augen werden wieder glasig. »Was bedeutet das?«

»Es bedeutet, dass du irgendwann einer Hexe über den Weg gelaufen bist. Und solange du dich nicht erinnern kannst, wer es war oder wann, müssen wir rausfinden, warum du in den Club gegangen bist und wen du dort getroffen hast. Ich glaube, wir sollten mit deinem Freund reden und in Erfahrung bringen, warum du nicht bei seinem Konzert warst.«

Jane nickt, die Bewegungen ruckartig. »Gut«, sagt sie. »Er müsste jetzt in der Schule sein.«

Sie wendet sich ab, was mir einen Stich versetzt.

»Jane«, sage ich. »Es tut mir leid. Dass so jemand wie ich … dir das angetan hat.«

Als sie sich umsieht, sind ihre Augen weiß und leer. »Ist mir egal«, sagt sie. »Tot ist tot.«

Manchmal vergesse ich, dass die meisten Menschen in meinem Alter tagsüber in der Schule sind. Jane und ich fahren nach Culver City und parken auf dem Parkplatz hinter der Highschool. In der Ferne läutet die Schulglocke und wir bleiben einen Moment im Auto sitzen, während das Gebäude stoßweise Gruppen von Teenagern ausspuckt.

»Los geht's, Centaurs«, murmelt Jane leise.

»Alles okay?«, frage ich mit Blick zu ihr.

»Ja. Nein. Keine Ahnung«, sagt sie. »Vor einer Woche habe ich die Existenz von Hexen nicht für möglich gehalten. Jetzt bin ich tot und du erzählst mir, eine von ihnen hätte mich umgebracht. Das ist wie ein scheißkrankes Märchen.«

»Märchen *sind* scheißkrank, wenn man die alten Fassungen liest«, erkläre ich. »Du solltest mal die russischen Geschichten hören. Baba Jaga isst Kinder.«

»Lecker«, sagt Jane trocken und starrt dabei aus dem Fenster. Ich beobachte, wie sich die Kontur ihrer Kehle bewegt, als sie schluckt. »Von dieser Seite aus fühlt es sich anders an. Zuzusehen. Ich hab mal dazugehört, verstehst du?«

»Nicht richtig«, sage ich. »Ich hab nie dazugehört.«

Jane gleitet durch die Tür und ich folge ihr. Wir gehen über das Footballfeld. Jungs in Trikots kommen auf den Rasen gerannt, geben sich freundschaftliche Klapse und lachen. Ich sehe ihnen einen Moment zu und es ist ein bisschen wie ein Film, bei dem was mit dem Ton nicht stimmt. Ihre Leben unterscheiden sich so sehr von meinem, dass sie mir unecht vorkommen.

»Hast du irgendeinen Sport gemacht?«, frage ich, woraufhin Jane schnaubt.

»Ich bin nicht so der sportliche Typ.« Sie stapft voran, an den Footballspielern vorbei auf die Schule zu. »Und du?«

Ich hebe eine Schulter. »Ich stand eher auf Naturwissenschaften.«

Jane verzieht das Gesicht. »Darin war ich immer total mies.

In Geschichte auch – konnte mir einfach keine Daten merken. Gute Noten hatte ich immer nur in Kunst und man muss schon ein echter Loser sein, um in Kunst *nicht* gut abzuschneiden.«

Niemand hält mich auf, als ich die schwere Schultür öffne. Ein paar Kids hängen im Flur rum. Sie wirken so jung, als bräuchten sie noch einen Babysitter. Ich ziehe die Schultern hoch, sehe sie finster an und sie machen mir schleunigst Platz. Keiner traut sich, mir in die Augen zu sehen. Als ich vorbeigehe, drücken sie sich an die Spinde.

»Warum machst du das?«, fragt Jane, die mit mir Schritt hält, wobei eine Schulter durch die Spinde gleitet.

»Was?«

»Leute so anzufunkeln und möglichst fies zu tun. Du bist nicht fies.«

Ich schiebe die Hände in die Taschen und zucke nur kurz mit den Achseln, statt zu antworten. »Wo lang?«

»Nach links«, sagt Jane. Mir gefällt nicht, wie sie mich ansieht, so als könnte sie meine Gedanken lesen.

Wir gehen durch einen leeren Korridor, das Neonlicht wird vom Linoleumboden zurückgeworfen. Das hier könnte meine Highschool sein – gleicher Stil und gleicher Geruch nach Langeweile und Unglück. Ein hartnäckiger Geruch, der zusammen mit dem nach Fett und Desinfektionsmitteln in die Wände kriecht.

»Da.« Jane zeigt auf eine Reihe geschlossener Türen zu unserer Linken. »Die Musikräume«, sagt sie tonlos. »Er übt bestimmt.«

Ich sehe durch die Fenster in den Türen, aber die ersten beiden Räume sind leer. Im dritten spielt ein großer, schlanker Junge Cello. Der Raum ist schallgeschützt, aber ich kann mir die Noten vorstellen, als er den Bogen über die Saiten zieht. Er hat den Kopf über das Instrument gebeugt und ich erhasche einen Blick auf braune Haut und auf Haar, das nicht viel länger ist als meins. Er sieht definitiv nicht so aus, als könnte er jemandem wehtun. Ich sehe noch einmal genauer hin. Er hält den Bogen in der rechten Hand.

»Das ist er«, sagt Jane und beobachtet ihn mit einem Ausdruck des Bedauerns.

Ich klopfe energisch an die Tür. Sein Kopf schnellt hoch, die Augen dunkel, die Lippen konzentriert geschürzt. Er runzelt die Stirn, als er zu überlegen scheint, wer ich bin, aber ich trete nicht vom Fenster weg. Schließlich steht er auf, lehnt das Cello vorsichtig an seinen Stuhl und kommt an die Tür.

Er öffnet sie einen Spalt breit und guckt heraus.

»Kann ich dir helfen?« Er klingt höflich, aber misstrauisch.

»Ich heiße Lexi«, sage ich. »Ich bin eine Freundin von Jane.«

Ich kann gar nicht so schnell gucken, wie Emotionen über sein Gesicht ziehen. Wut und Besorgnis und so etwas wie Furcht. Schließlich bleibt nur Resignation übrig und er macht die Tür weiter auf.

»Danke.«

Der Raum ist winzig, in einer Ecke stapeln sich Stühle und Notenständer, in einer anderen steht eine Tafel. Isaac nickt zu den Stühlen. Ich ziehe mir einen heran und setze mich vor ihn, während er wieder nach dem Cello greift.

Wir starren uns eine Weile an, bis der Raum zu klein für uns beide wirkt. Für uns beide und die Präsenz an meiner Seite.

»Er sieht so dünn aus«, sagt Jane, während sie den Blick über sein Gesicht wandern lässt.

»Ich kenne dich nicht«, sagt Isaac zu mir.

»Nein«, gebe ich zu. »Aber ich kenne Jane.«

»Hast du sie gesehen?«, fragt er verhalten, als hätte er Angst vor der Antwort.

»Nein«, sage ich. »Tut mir leid.«

Er schließt für einen Moment die Augen, und als er sie wieder öffnet, sieht er mich durchdringender an.

»Du gehst hier nicht zur Schule«, sagt er. »Und du siehst nicht wie eine Freundin von ihr aus.«

Aus irgendeinem Grund ärgert mich das. »Warum nicht?«

Isaac zuckt mit einer Schulter. »Janes Freundinnen sind eher so Bohos. Du siehst irgendwie, keine Ahnung, rauer aus. Älter. Nicht böse gemeint.«

Ich glaube, das geht in Ordnung. »Wir sind zusammen aufgewachsen«, lüge ich. »Ich bin schon fertig mit der Schule.«

»Und was willst du von mir?«

»Nur reden.«

»Worüber denn?«

»Darüber, was an dem Tag passiert ist. An dem Tag, als sie verschwunden ist.«

Isaac sieht mich aus schmalen Augen an. »Ich habe ihr nichts getan«, sagt er. »Falls du darauf hinauswillst.«

»Du glaubst also, jemand hat ihr was getan?«

»Das hat er nicht gesagt«, protestiert Jane.

»Nein«, sagt Isaac. »Ich weiß es nicht. Ich weiß nicht, was ich glauben soll. Aber ich weiß, dass ich an dem Abend nicht mit ihr zusammen war, und die Polizei hat mein Auto schon durchsucht.«

Ich runzele die Stirn. »Wenn die Polizei glaubt, sie wäre abgehauen, warum hat sie dann dein Auto durchsucht?«

Isaac starrt mich lange an, bis ich begreife.

»Oh. Na klar. Die Polizei von L. A., unvoreingenommen und fair.«

»Ja«, sagt er nüchtern und lehnt sich zurück. Er hat eine selbstverständliche Anmut an sich, die langen Arme liegen lässig um den Hals des Cellos. Ich verstehe, warum Jane sich zu ihm hingezogen fühlte. Er ist schön, auf eine gelassene, romantische Art.

»Tut mir leid«, sage ich peinlich berührt. »Hör zu, ich bin nicht hier, um zu ... Janes Mom macht sich große Sorgen. Ich weiß, dass sie an dem Abend zu deinem Konzert kommen sollte. Ich will nur verstehen, warum sie letztlich in diesem Club gelandet ist.«

»Ich weiß es nicht«, sagt er. »Das musst du wahrscheinlich eine ihrer Freundinnen fragen.«

»Du weißt es nicht?«, wiederhole ich. »Hat sie dir denn nicht abgesagt? Du bist doch ihr Freund, oder?«

Er gibt keine Antwort, presst die Lippen zusammen.

»Oder?«, fragt Jane scharf.

»Ich bin ... nicht mehr ihr Freund«, sagt Isaac verlegen.

»Was?«, stößt Jane aus.

Ich blicke aus dem Augenwinkel zu ihr, bleibe aber ruhig.

»Was ist passiert?«, frage ich.

»Hör zu, Jane ...« Isaac reibt sich den Nacken. »Sie ist das, was mein Dad die Wucht in Tüten nennt. Es macht Spaß mit ihr, sie hat so viel Energie. Ich bin einfach glücklicher, wenn ich mit ihr zusammen bin. Aber ...« Er bricht ab, kaut auf seiner Unterlippe. »Sie empfindet nicht das Gleiche für mich.«

Jane schreit auf. »Du hast mit mir Schluss gemacht!« Sie tritt näher an ihn heran, die Hände auf den Hüften. »Jetzt weiß ich es wieder. Du hast gesagt, ich würde mir nichts aus dir machen. Ich glaub's einfach nicht!«

Ich seufze. »Du hast mit ihr Schluss gemacht.«

Isaac blickt auf und sieht wirklich unglücklich aus. »Ich hab sie hier getroffen und ihr gesagt, ich wäre es leid, nur ein Anhängsel zu sein. Sie hat nicht mal widersprochen. Sie ist einfach gegangen. Als ich sie das letzte Mal sah, ist sie in Macys Auto gestiegen.«

Jane flucht leise.

»Sie ist meinetwegen in diesen Club gegangen«, sagt Isaac mit belegter Stimme. »Wenn ich an dem Tag nicht mit ihr Schluss gemacht hätte ...«

»Du kannst nichts dafür«, sagt Jane seufzend. »Du bist ein Arsch, aber du kannst nichts dafür. Ich muss Macy angerufen haben, weil ich losziehen und Dampf ablassen wollte.«

»Dabei ist sie mir ja immer noch wichtig«, sagt Isaac. »Jane ist tough, aber mittlerweile hätte sie bestimmt jemanden angerufen.«

Ich kann ihm nicht in die Augen sehen, vor Angst, dass er in meinen die Wahrheit liest.

»Gibst du mir Bescheid?«, fragt er. »Wenn du was hörst?«

»Klar«, sage ich.

»Danke«, sagt er. »Ich weiß das zu schätzen.«

Dann streckt er mir die Hand entgegen. Ich starre lange auf die Spuren von Bogenharz auf seinen Fingern. Ich weiß, dass ich die Hand nehmen muss, aber ich will nicht.

»Lexi«, sagt Jane ungeduldig und gibt mir einen Schubs nach vorn.

Ich ergreife seine Hand, mit steifem, wütendem Arm, und lasse die Übelkeit durch meinen Körper wallen. Sein Griff ist fester, als ich gedacht hätte, und er gibt meine Hand nicht gleich wieder frei. Ich beiße mir in die Wange, widerstehe dem Impuls, mich loszureißen, ihm meine Haut zu entziehen, zu tun, was immer den Schmerz stoppt.

»Wir sehen uns«, sagt er und ich nicke mit zusammengekniffenem Mund, weil ich meinem Magen nicht traue.

Als er schließlich loslässt, drehe ich mich um und gehe, lasse die Tür hinter mir mit einem sanften Klicken zufallen. Ich gehe mit steifen Beinen den Korridor entlang, bis ich einen Trinkbrunnen finde, den ich als Ausrede benutzen kann, um mich vorzubeugen und darauf zu warten, dass die Säure aus meinem Magen verschwindet. Ich hole keuchend Luft, spritze mir etwas Wasser ins Gesicht und komme langsam wieder zu mir.

»Was ist denn?«, fragt Jane, aber ihre Aufmerksamkeit gilt eigentlich noch der geschlossenen Tür zum Musikraum.

»Nichts«, sage ich schroff. »Komm.«

Ich gehe schnell durch den Flur, mein Körper erinnert sich irgendwie noch, wo er abbiegen muss. Isaac wird lange leben. Das ist mehr, als vielen vergönnt ist. Aber ich bekomme die Bilder nicht aus dem Kopf, wie er immer dünner und dünner wird, bis irgendwann nur noch die Knochen übrig bleiben.

12

»Erzähl mir von Macy«, befehle ich Jane, als wir wieder im Auto sitzen.

Sie runzelt die Stirn. »Sie ist meine Freundin. Meine beste Freundin, denke ich.«

»Mit ihr müssen wir als Nächstes reden«, sage ich. Das Gefühl von Leere kriecht wieder in meine Eingeweide und verlangt nach Aufmerksamkeit. »Glaubst du, sie hat den Club vorgeschlagen?«

Jane zuckt mit den Achseln. »Schon möglich. Sie geht gern tanzen.«

»Dann hat sie vielleicht was gesehen, was uns weiterhelfen könnte.«

»Vielleicht«, sagt Jane leise und starrt aus dem Fenster. »Er hat mit mir Schluss gemacht.« Sie klingt immer noch ungläubig.

»Hattest du etwa vor, ihn zu heiraten?«, frage ich und es kommt ruppiger raus als geplant.

»Nein«, sagt Jane und legt die Stirn in Falten. »Aber ich dachte ... keine Ahnung, dass es gut läuft.«

»Das reicht nicht immer.«

»Hat dir schon mal jemand gesagt, dass du einen echt runterziehst?«, schnauzt Jane mich an.

»Ja«, sage ich. »Das höre ich öfter.«

Jane funkelt mich an und ihr Mundwinkel zuckt. Das Zucken erfasst ihre Lippen und dann fängt sie an zu lachen. Möglicherweise eine Spur hysterisch, aber ich gebe vor, es nicht zu bemerken.

»Gott«, sagt sie, als sie sich endlich beruhigt hat. »Das hab ich gebraucht.«

»Geht's dir jetzt besser?«, frage ich augenrollend.

»Allerdings, ja. Solltest du auch mal probieren. Lachen. Oder so was wie Lächeln. Hauptsache, irgendein Gesichtsausdruck.«

»Ich habe so einige Gesichtsausdrücke zu bieten.«

»Klar«, sagt Jane. »Mürrisch gucken, düster funkeln oder ausdruckslos starren. Echt 'ne breite Palette. Ach, und die Hälfte der Zeit siehst du so aus, als müsstest du dich übergeben. Das ist mein absoluter Favorit.«

Ich erwidere nichts und es ist nicht wirklich hilfreich zu wissen, dass ich gerade mürrisch gucke. Ich versuche meine Miene zu glätten, aber da kichert Jane schon wieder. Ihr Lachen macht was mit mir, ich fühle mich angespannt und gelöst zugleich.

»Schnauze«, sage ich.

»Oh, Wut!«, sagt sie. »Das ist ja schon mal was.«

»Könntest du mal aufhören und dich konzentrieren?«, sage ich, von ihr und mir selbst gleichermaßen genervt. »Ich versuche dir zu helfen, schon vergessen?«

»Ja, ja«, sagt sie und verstummt. Sie wendet sich ab und sieht aus dem Fenster und in meiner Brust scheint sich eine Faust zu ballen. Ich bin wütend, aber ich will nicht, dass sie wegsieht. Ich will nicht, dass sie aufhört zu lachen.

»Ich dachte, er mag mich«, sagt Jane nach einer Weile.

»Das tut er auch«, sage ich. »Wirklich. Viel zu sehr, glaube ich.«

»Dieser Mensch, den er da beschrieben hat«, sagt Jane langsam, »ich glaube, dieser Mensch bin ich nicht mehr. Ich glaube ... der Funke ist erloschen.« Sie drückt sich mit der Hand auf den Bauch, als könnte sie fühlen, wo er einmal war. »Er ist weg. Jetzt ist da nur diese *Wut*. Diese Dunkelheit.«

Ich halte vor meiner Wohnung, aber wir steigen nicht aus.

»Du bist nicht die Einzige«, sage ich und drehe mich zu ihr, »die die Dunkelheit kennt.«

Ich sage ihr nicht, wie froh ich bin, dass sie anders ist. Ich sage ihr nicht, dass eine lebende Jane mich niemals aufziehen, mich niemals anlächeln würde. Ich sage ihr nicht, dass etwas in mir ihre Dunkelheit als die meine erkennt.

»Wo ... verdammt noch mal«, sage ich.

Im Rückspiegel flackert etwas und plötzlich sitzt Trevor auf dem Rücksitz.

»Was zum ...«

»Worüber redet ihr?«, fragt Trevor und beugt sich vor.

»Jungs«, sagt Jane.

»Oh?«, sagt Trevor und zuckt mit den Augenbrauen. »Packt Lexi endlich über Phillip aus?«

»Wer ist Phillip?«, fragt Jane und schürzt die Lippen.

»Niemand«, sage ich sauer. »Trevor, konntest du nicht warten, bis wir drinnen sind, bevor du uns nervst?«

»Jetzt sag nicht, du hast es noch nicht gehört«, sagt Trevor und reißt die Augen auf.

»Was gehört?«, frage ich.

»Die Nachrichten sind voll davon.«

Ich habe das Gefühl zu ertrinken, als ich ihn anstarre.

»Trevor? Was ist passiert?«
»Es wurde eine Leiche gefunden.«

Sie ist es nicht. Jane tigert durch die Wohnung, während ich jeden Artikel lese, den ich auf den Nachrichtenseiten auftreiben kann.

»Vierundzwanzig Jahre alt«, sage ich, den Blick auf den Handybildschirm geheftet. »Wurde im MacArthur Park zuletzt gesehen.« Ich fluche. Das liegt innerhalb unserer Grenzen. »Sie haben ihren Leichnam im See gefunden.«

»Wie hieß sie denn?«, fragt Jane angespannt.

»Veronica Lourden.«

»Sie hat ein hübsches Lächeln«, sagt Trevor, der über meine Schulter linst.

»Das hätte nicht passieren dürfen«, sagt Jane wütend. »Du hast doch gesagt, dein Chef hätte alles unter Kontrolle.«

»Wir wissen ja noch gar nicht, ob es einen Zusammenhang gibt«, erkläre ich. »Man hat keine anderen Leichen gefunden.«

»Komm schon«, sagt Trevor und zeigt auf das Bild auf meinem Telefon. »Es ist die gleiche Gegend, sie ist jung und sie wurde erstochen. Das kann doch kein Zufall sein.«

»Und warum wurde sie zurückgelassen und Jane nicht?«, frage ich.

»Vielleicht wurde der Täter gestört?«, meint Trevor.

»Könnte sein«, gebe ich zu.

»Finde sie«, befiehlt Jane. »Finde ihren Geist und bring ihn her, damit wir reden können.«

Ich schüttele den Kopf. »So einfach ist das nicht. Ich müsste zu ihr nach Hause oder an irgendeinen Ort, an den sie sich erinnert. Ich brauche eine Verbindung, entweder zu einem Ort oder einem Objekt.«

»Dann los«, sagt Jane und weist auf die Tür. »Bring mich dahin, wo sie gestorben ist. Da hast du deine Verbindung.«

»Könntest du mal mit dem Rumtigern aufhören?«, sage ich. »Die Stelle ist immer noch ein Tatort. Ich kann da nicht einfach auftauchen und nach einem Geist suchen. Da wimmelt es wahrscheinlich nur so von Cops.«

»Wen kümmern schon die Cops!«, brüllt Jane.

»Du verstehst das nicht«, sage ich. »Selbst wenn ich hinfahre, zeigt sie sich möglicherweise nicht. Marcus konnte ich auch nicht finden und den kannte ich. Wenn du dich also wieder beruhigen würdest ...«

»Sag mir nicht, ich soll mich beruhigen«, brüllt sie und wirbelt zu mir herum. Ihre Augen sind glasig, seit wir die Nachricht gehört haben. »Noch ein Mädchen ist tot, weil wir rein gar nichts unternommen haben, und du planst auch weiterhin *gar nichts.*«

»Das habe ich nicht gesagt«, erkläre ich verletzt. »Carl wird anrufen, wenn er die Autopsie gemacht hat, aber im Moment können wir nichts tun außer warten.«

»Also, ich warte nicht«, sagt Jane und stürmt zur Tür. »Wenn du weiter den Arsch nicht hochkriegst, schön, aber nicht mit mir.«

»Jane ...«, rufe ich ihr nach, aber sie verschmilzt schon mit der Tür und schließlich starre ich ins Leere. »Verdammt.« Ich blicke wieder zu Trevor. »Ich muss zur Arbeit. Was soll ich denn jetzt machen?«

»Lass sie«, sagt Trevor und drückt sanft meine Schulter. »Ich folge ihr und behalte sie im Auge.«

»Wirst du mit ihr reden?«

»Ich glaube, reden bringt da nichts«, sagt er. »Sie ist ein Geist, Lex. Sie kann nichts berühren, sie kann nicht kommunizieren, alles, was sie früher tun konnte, funktioniert nicht mehr. Wut ist im Moment alles, was ihr bleibt, um durch den Tag zu kommen.«

»Aber wie kann ich ihr helfen? Wie kommen wir über die Wut hinaus?«

»Ich weiß es nicht«, sagt er. »Indem man sie ablenkt? Was hat sie gern gemacht, bevor sie gestorben ist?«

Ich überlege, denke an Janes Zimmer und die Bilder an den Wänden. »Kunst«, sage ich. »Sie hat gern gezeichnet.«

Trevor zieht gequält Luft ein. »Wir haben aber auch Pech.«

»Ja«, sage ich und kaue auf der Unterlippe. »Kann man wohl sagen.«

»Komm, mach dir keine Sorgen«, sagt er. »Uns fällt schon was ein, wie wir ihr helfen können. Und bis dahin passe ich auf, dass sie nicht in Schwierigkeiten gerät.«

»Danke«, sage ich. »Sei vorsichtig, ja?«

»Na klar.« Er geht zur Tür, wo er sich noch mal umsieht. »Ach. Und wenn das neue Mädchen auftaucht?«

Ich nicke. »Bring sie hierher.«

Vor der Arbeit mache ich noch einen kurzen Abstecher in eine Straße, die von Taco-Trucks und Secondhandläden gesäumt ist. Zehn Minuten später und um ein paar Dollar ärmer sitze ich wieder im Wagen, mit einer Papiertüte auf dem Beifahrersitz.

»Du bist spät dran«, meint Ilia, als ich im Club ankomme. »Und Urie hat schlechte Laune. Richtig schlechte Laune.«

»Wie ist das denn passiert, verdammt?«, frage ich. »Wie konnte jemand die Schutzzauber überwinden? Ich dachte, wir hätten sie verstärkt?«

»Ich habe keine Ahnung. Die Cops nehmen wieder die ganze Gegend auseinander. Alle sind total angespannt.«

Ich fluche in mich hinein. So einige hier hatten unliebsame Begegnungen mit den Cops, bevor Urie sie aufgenommen hat. Magische Fälscherei ist nicht gerade etwas für einen normalen Bürojob.

»Habt ihr versucht, den Angriff zurückzuverfolgen?«

Ilia schüttelt den Kopf. »Wir haben nicht rechtzeitig davon erfahren. Ich weiß auch nicht, ob ich nach Jordan noch mal jemanden so einem Risiko aussetzen kann. Hat sich das Mädchen an irgendwas erinnert?«

»Wir arbeiten noch dran«, sage ich. »Was können wir noch tun?«

»Uns bedeckt halten«, sagt Ilia. »Alle beruhigen und …«

»Ilia«, ruft eine Stimme.

Theo kommt durch den Flur gerannt.

»Was gibt's?«

»Wir haben ein Problem«, ruft Theo.

Ilia und ich sehen uns beunruhigt an. Wenn Theo, Theo mit der ruhigen Hand, schon glaubt, wir hätten ein Problem … Wir laufen ihm entgegen.

»Was ist passiert?«, frage ich ungeduldig.

»Jordan hat die Hexen, die dafür verantwortlich sind, die Schutzzauber aufrechtzuerhalten, abwechselnd eingesetzt, damit sich niemand verausgabt«, sagt Theo grimmig. »Heute hatte Adam Dienst. Irgendwas ist passiert und ihm ist der Zauber entglitten.«

»Scheiße«, sagt Ilia und rennt los. »Ausgerechnet heute, verdammt …«

Auf dem Weg zum Büro biegen wir gerade um die Ecke, als ich einen erstickten Schrei hinter der Tür höre.

Ilia stürzt hin, reißt die Tür auf und Adam fällt auf den Flur. Urie steht breitschultrig im Türrahmen, auf seinem Gesicht tobt ein dunkler Sturm. Von seiner rechten Hand steigen Rauchkringel auf und ich rieche versengtes Haar und Schlimmeres.

»Es tut mir leid«, sagt Adam. Ich kenne ihn nicht gut. Er ist meistens unten im Einsatz. Ein nervöser Kettenraucher mit tiefliegenden Augen.

»Schnapp dir dein Zeug und verschwinde«, sagt Urie. »Und komm ja nicht wieder.«

Ilia hilft Adam auf die Beine und ich erhasche einen Blick auf die böse Brandwunde in seinem Nacken, da, wo vorher die Tätowierung war.

»Ilia«, fleht Adam. »Es war ein Fehler.«

»Ich weiß«, sagt Ilia, ohne die Miene zu verziehen.

Urie bemerkt endlich auch uns andere und nimmt Theo und mich kurz unter die Lupe.

»Schafft ihn hier raus«, sagt er ruhig. »Und sorgt dafür, dass alle wissen, dass er nicht mehr zu uns gehört.«

»Bitte, nein«, sagt Adam. »Ich wollte nicht einschlafen. Ich weiß nicht, wie das passieren konnte.«

Urie ignoriert ihn und wendet sich wieder seinem Büro zu.

»Onkel, warte«, sagt Ilia. »Sollten wir den Club vielleicht schließen? Nur vorübergehend natürlich.«

Urie blickt über seine Schulter und ich trete einen Schritt zurück.

»Glaubst du etwa, ich könnte unsere Leute nicht beschützen?«, fragt er mit Grabesstimme.

Ilia schluckt. »Nein! So habe ich das nicht gemeint. Ich denke nur …«

»Spar dir das Denken«, sagt Urie. »Mach einfach deine Arbeit, Ilia.«

Ilia nickt zackig, während Urie ins Büro geht und die Tür schließt. Es wäre besser gewesen, wenn er sie zugeknallt hätte, aber er schließt sie ganz behutsam, mit furchtbarer Endgültigkeit.

Adam blickt verzweifelt zu Ilia hoch.

»Ilia, bitte«, sagt er. »Ich weiß nicht, wo ich hin soll.«

»Es tut mir leid, Adam«, sagt Ilia. »Ich … ich werde dafür sorgen, dass du dich über Wasser halten kannst. Lexi?«

Ich blinzele und wende den Blick von Adam ab. »Ja?«

»Hol Nicole runter an die große Bar. Sie soll die Gäste im Blick behalten und du wirst sie im Blick behalten. Bei der kleinsten Auffälligkeit rufst du mich. Kapiert?«

»Ja, kapiert.«

»Ich komme wieder.«

Adam fängt an zu weinen, als Ilia ihm durch den Korridor hilft – ein Lamm auf dem Weg zur Schlachtbank.

Theo blickt ihnen nach, die Stirn in finstere Falten gelegt. Ich frage mich, ob er es spürt, wenn seine Zauber zerstört werden. Ob es ihm wehtut, so wie die Geister mir wehtun können.

»Ilia hat recht«, sage ich leise. »Wir sollten den Laden dichtmachen.«

»Aber was sollen wir dann tun?«, fragt Theo. »Drinnen bleiben und uns verstecken? Das hier ist unser Zuhause. Hier können wir uns wenigstens gegenseitig beschützen.«

»So, wie wir Adam beschützt haben?«

Theo hebt eine Schulter. »Er ist eingeschlafen …«

»Schwachsinn«, sage ich. »Das glaube ich keine Sekunde. Jemand hat ihm das angetan.«

Theo bleibt lange still, dann atmet er hörbar aus.

»Wir können nichts machen«, sagt er. »Da draußen bringt jemand Leute um und Urie muss unseren Leuten gegenüber Stärke zeigen.«

»Adam ist einer von unseren Leuten«, erkläre ich. »Wir sollten für seine Sicherheit sorgen, nicht ihn den Wölfen zum Fraß vorwerfen. Jemand von *uns* tut das, Theo, und es wird nicht einfach so aufhören.«

»Doch«, sagt er. »Ich bin kein Hellseher, aber selbst ich spüre es.«

»Du spürst es?«, wiederhole ich.

»Warst du schon mal segeln?«, fragt er.

»Sehe ich etwa aus wie jemand, der segeln geht?«

»Es gibt da diesen Moment, wenn alles ganz still wird. Die Wellen, der Wind, der Himmel. Man lernt, darauf zu achten – die Ruhe vor dem Sturm.« Theo sieht mich an. »Es dauert nicht mehr lang, Lexi. Und es wird aufhören.«

»Wann?«

Theo schenkt mir ein schiefes Lächeln. »Nachdem der Sturm über uns hereingebrochen ist.«

Der Schutzzauber ist wieder im Einsatz, aber ich sehe zu viele düstere Mienen, zu viele Leute, die sich permanent umgucken. Die Angst ist ein öliger Rückstand auf meiner Haut und sickert in meine Poren. Wenn wir den Menschen in diesem Club nicht vertrauen können, können wir niemandem vertrauen. *Steckst du dahinter?* Die Frage liegt mir auf der Zunge, bei jedem, der vorbeikommt.

Ich erledige meine Schicht wie ein Automat, ich schenke ein und wische, während mein Kopf ganz woanders ist. Als ich nach Hause komme, meinen Einkauf in der Hand, ist die Wohnung dunkel. Ich knipse die Lampe neben meinem Bett an, aber es ändert nicht viel, das Licht ist zu schwach.

»Wie kommt es, dass manche Geister auf dieser Seite bleiben?«

Ich schrecke zusammen und die Tüte fällt zu Boden. Janes Stimme kam aus der schummrigen Zimmerecke.

»Mein Gott«, murre ich. »Wann bist du zurückgekommen?«

»Als ich gemerkt habe, dass Veronicas Geist nicht auftauchen würde, und es satt hatte rumzubrüllen. Beantworte meine Frage.«

Jetzt kann ich sie sehen, ihren bleichen Umriss, der fast zu schimmern scheint. In diesem Licht sieht sie aus wie das Klischee eines Geists, flirrend und flüchtig.

»Es ist bei jedem Geist anders«, sage ich und reibe mir die Augen. »Die Lebensenergie überträgt sich nach dem Tod. Bei den Ermordeten ist da meistens noch sehr viel übrig. Jedenfalls sollte es so sein. Aber Marcus' Geist ist nie aufgetaucht. Vielleicht tut es der von Veronica auch nicht.«

Diese Tode ergeben keinen Sinn. Jane hat wieder die Kontrolle über ihre Gestalt verloren. Das Blut an ihrem Hals schimmert schwarz im Dämmerlicht. Ich rutsche an der Wand hinunter, bis sich unsere Knie berühren. Berührungen muss ich noch lernen, diese neue Sprache, deren Worte ich nicht übersetzen kann.

»Was machen wir als Nächstes?«, fragt sie, die Augen durch das Licht, das auf sie fällt, flach und glänzend. Die Haut darunter wirkt ganz zart, fast durchscheinend, die Adern schimmern durch. Ich frage mich, ob ich die Farbe der Blutbahnen erkennen könnte, wenn ich mich näher heranlehnen würde.

»Wir machen weiter«, sage ich. »Wir hören nicht auf, bis es vorbei ist.«

Jane nickt langsam. »Okay.« Sie blinzelt und scheint mich endlich wirklich zu sehen. »Lexi?«

»Ja?«

»Was ist in der Tüte?« Sie weist mit einem Nicken zur Tüte auf dem Boden.

»Oh«, sage ich, plötzlich verlegen. »Ich, äh, ich hab was für dich.«

Jane sieht mir direkt ins Gesicht. »Wirklich? Was denn?«

»Es ist ... ach, nichts.« Nach allem, was war, kommt es mir jetzt albern vor, ein weiterer unbeholfener Versuch, Trost zu spenden.

»Nun zeig schon.«

Widerwillig ziehe ich die Tüte zu mir und breite den Inhalt auf dem Boden aus: ein Skizzenbuch und zwei schwarze Stifte.

»Die waren billig«, sage ich, ohne sie anzusehen. »Du bist wahrscheinlich bessere gewohnt. Ich habe nicht viel Geld. Tut mir leid.«

Sie sagt nichts und das Schweigen schneidet in mich, bis ich es nicht länger aushalte. Ich blicke auf und sehe, wie sie die Stifte anstarrt, mit einem traurigen, sehnsüchtigen Glänzen in den Augen.

»Jane?«

»Ich kann nicht«, sagt sie gepresst. Sie räuspert sich und versucht es noch mal. »Ich kann sie nicht anfassen, weißt du noch?«

»Ich weiß«, sage ich. »Aber ich kann es. Und du kannst mich anfassen. Ich dachte, ich könnte den Stift halten und du könntest irgendwie meine Hand führen.«

»Wie ein Hexenbrett?«

»Es ist Quatsch«, sage ich schnell. »Schon gut. Ich hätte die nicht kaufen ...«

»Nein«, unterbricht Jane mich. »Ist es nicht. Es ist ... können wir es mal ausprobieren?«

Ich nicke und atme aus. »Ja. Klar.«

Ich schlage das Skizzenbuch auf, das Papier unter meinen Fingerspitzen ist ein bisschen rau und cremeweiß. Ich schnappe mir beide Stifte und halte sie Jane hin.

»Ich kenne mich mit Zeichnen nicht aus«, sage ich. »Der eine ist dicker, der andere dünner. Ich kann andere besorgen, wenn du willst.«

»Der ist perfekt«, sagt Jane und zeigt auf den dünneren.

Ich ziehe die Kappe ab und setze mich im Schneidersitz vor das Skizzenbuch. Dann nehme ich den Stift richtig in die Hand und sehe Jane erwartungsvoll an.

»Nur zu«, sage ich.

Sie rutscht näher heran und will nach meiner Hand fassen, zögert aber dann.

»Was soll ich denn zeichnen?«, fragt sie fast schüchtern.

»Was immer du willst«, entgegne ich.

»Das könnte eine Weile dauern.«

Ich zucke mit den Achseln. »Ich habe nichts vor. Ignorier mich einfach und stell dir vor, ich wäre Teil des Stifts.«

Sie streckt wieder den Arm aus und diesmal legt sich ihre Hand um meine. Ich lasse meine locker, damit sie die Bewegung steuern kann. Sie macht ein paar vorsichtige Striche, aber schon bald werden die Linien sicherer, bestimmter. Allmählich nimmt ein Gesicht Konturen an, große Augen und ein Schmollmund, und ich erkenne Trevor, der mich anstarrt.

»Lexi«, sagt Jane leise und schraffiert Trevors Haar. »Danke dafür.«

»Gern geschehen«, sage ich.

Jane zeichnet weiter, bis das Blatt voll ist und ich umblättern muss. Ich sehe verstohlen zu ihr, während sie mit konzentriert geschürzten Lippen arbeitet. Langsam nehmen ihre Augen ein warmes Braun an und das Blut verschwindet von ihrem Hals. Durch ihre Konzentration strahlt die Glühbirne stärker und wirft Schatten auf die Erhebungen und Täler ihrer Wangenpartie. Sie zeichnet weiter und das Licht wird immer heller, bis alles warm ausgeleuchtet ist, bis es sich anfühlt, als wäre jedes Fitzelchen Dunkelheit verjagt worden. Ich nehme meine Hand auch dann nicht weg, als mir der Arm langsam einschläft und sich meine Finger verkrampfen. Ich lasse sie weiterzeichnen, denn ich will nicht die Erste sein, die loslässt.

Ich schlafe nicht gut. Durch meine Träume ziehen rote Stürme. Nicht lange nach Sonnenaufgang wache ich fröstelnd auf, allein im Bett. Ich drehe mich auf die Seite, strecke mich nach etwas, das nicht da ist. Ich versuche wieder einzuschlafen, aber das graue Licht wird immer greller, mir ist zu warm und Unruhe erfasst meine Glieder.

Ich geb's auf, kicke die Decke weg und schwinge die Füße auf den Boden.

»Du bist wach«, sagt Jane und sieht mich mit klarem Blick an. Sie sitzt im Schneidersitz auf dem Boden und betrachtet eine der Skizzen von gestern Abend.

»Leider ja«, sage ich gähnend.

»Du schläfst nicht viel, oder?«

»Ist nicht immer so.« Ich zucke mit den Achseln.

»Ich glaube, die könnte noch mehr Schattierungen vertragen«, sagt sie mit Blick auf ein Blatt.

Ich bewege die Finger meiner rechten Hand. Sie tun immer noch ein bisschen weh.

»Okay«, sage ich.

»Nicht jetzt«, sagt sie schnell. »Heute ist Mittwoch.«

Ich ziehe die Augenbrauen zusammen. Heute Abend muss ich wieder arbeiten. »Was heißt das?«

»Macy wird nach der Schule bei der Arbeit sein. Mit ihr müssen wir als Nächstes reden.«

»Stimmt«, sage ich nickend. »Wir haben noch ein paar Stunden. Lust auf Frühstück?«

Das Diner um die Ecke macht gerade auf und die Kellnerin winkt mich mit einem müden Nicken herein.

»Du hast freie Auswahl«, sagt sie, also setze ich mich in eine Nische mit leuchtendroten Sitzpolstern und Landkarten unter der durchsichtigen Tischplatte. Jane gleitet mit einem kleinen Lächeln auf den Platz gegenüber.

»Darf's was zu trinken sein?«, fragt die Kellnerin.

»Kaffee, bitte.«

»Du kannst hier nicht mit mir reden«, sagt Jane, als die Kellnerin weggeht. »Sie wird dich für verrückt halten.«

»Wahrscheinlich«, sage ich leise. »Aber ich habe einen Plan.«

Ich hole mein Telefon raus und halte es mir ans Ohr.

»Und«, sage ich in normalem Ton. »Wie geht's?«

Jane grinst mich überrascht an. »Ach, du weißt schon. Bin immer noch ermordet, immer noch dabei, um irgend so ein Mädchen herumzuspuken, und immer noch auf der Suche nach meinem Killer, nichts Neues also.«

»Irgend so ein Mädchen?«, wiederhole ich. »So nennst du mich?«

»Na ja, um ehrlich zu sein, kenne ich dich kaum.«

Die Kellnerin bringt mir Kaffee und ein Schälchen mit Kaffeesahne und legt eine laminierte Speisekarte auf den Tisch.

»Danke«, sage ich.

»Siehst du«, sagt Jane und zeigt auf den Kaffee, »ich weiß nicht mal, wie du den trinkst.«

»Tja, das wird sich ändern.«

Ich schnappe mir zwei Zuckerpäckchen und zwei Packungen Kaffeesahne und färbe den Kaffee fast blond.

»Okay, du trinkst deinen Kaffee also gern wie ein Kind«, sagt Jane.

»Wie trinkst du ihn denn?«

»Schwarz.«

»Ach, du meinst fies und bitter.«

Jane lacht und der Klang rollt in Wellen über meine Haut.

»Erzähl mir mehr von dir«, sagt sie.

Ich blicke auf die Karte, auf der Suche nach dem billigsten Frühstücksgericht. »Ich mag es nicht, wenn das Eigelb verläuft.«

»Nicht so was«, sagt sie. »Was Richtiges.«

»Was denn zum Beispiel?«, frage ich und sehe ihr in die Augen.

»Wo bist du aufgewachsen?«

»Hier«, sage ich. »In einer anderen schäbigen Wohnung.«

»Wo sind deine Eltern?«

Eisfinger umklammern mein Herz und mir schnürt es die Kehle zu. Ich nehme einen großen Schluck Kaffee und lasse ihn auf der Zunge ruhen, bis er bitter wird.

»Meine Mutter ist tot«, sage ich, als ich wieder sprechen kann.

»Oh«, sagt Jane mit trauriger Miene. »Das tut mir so leid, Lexi.«

»Es ist lange her«, sage ich und spüre ein Schluchzen in meiner Brust rasseln. »Und meinen Dad habe ich nie kennengelernt. Ich glaube, sie waren ein paar Monate zusammen, ich weiß nur, dass er wohl ziemlich groß war.« Die Iwanowitschs haben eine ziemlich miese Bilanz, was Beziehungen angeht, sogar die, die andere berühren können.

»Was ist mit dir?«, frage ich, um nicht länger in meinen Erinnerungen wühlen zu müssen.

»Na ja, meine Mom hast du ja kennengelernt«, sagt Jane achselzuckend. »Es war aber besser mit ihr, solange mein Dad da war. Sie haben sich scheiden lassen, als ich acht war, dann ist er nach Toronto gezogen. Er hat wieder geheiratet und weitere Kinder bekommen, insofern ... Er hält nicht wirklich Kontakt.«

»Das ist ätzend«, sage ich.

»Ja«, sagt sie. »Eltern sind manchmal echt daneben, oder?«

»Menschen«, korrigiere ich sie. »Menschen sind manchmal echt daneben.«

»Okay, anderes Thema«, sagt Jane und räuspert sich. »Hmm, lass mal sehen. Warst du je verliebt?«

Ich spucke fast meinen Kaffee aus. »Ich? Nein. Um Gottes Willen, nein.«

Ich habe ein schlechtes Gewissen, als ich es sage, obwohl es die Wahrheit ist. Phillip ist mir wichtig, aber Liebe ist was vollkommen anderes. Glaube ich jedenfalls.

»Ich auch nicht«, sagt Jane. »Das ist unfair. Jeder sollte vor dem eigenen Tod wenigstens mal verliebt gewesen sein.«

»Na ja, vielleicht kannst du dich ja noch verlieben«, sage ich.

Scheiße, das war dämlich. Warum habe ich das gesagt? Jane guckt mich skeptisch an und ich beeile mich, es geradezurücken.

»In der Quantenmechanik existieren Objekte in einer Wahrscheinlichkeitswolke. Es besteht die Chance, dass sie an Punkt a existieren, die Chance, dass sie an Punkt b existieren, und so weiter und so fort. Vielleicht existierst du noch irgendwo, in anderer Form, in einem anderen Universum, und dieses *Du* hat immer noch die Chance, sich zu verlieben.«

Jane blinzelt mich an und sagt nichts und dann ist die Kellnerin an meiner Seite.

»Hast du etwas gefunden?«, fragt sie.

Ich blicke schnell runter auf die Karte, spüre, wie ich rot anlaufe, mit dem Telefon immer noch am Ohr. Ich bestelle Pfannkuchen, weil sie mir als Erstes ins Auge springen und mein Hirn nicht mehr richtig arbeitet.

»Ich hasse Pfannkuchen«, sagt Jane leise, als die Kellnerin verschwindet.

»Echt?«, sage ich und sie grinst schief. »Ich auch.«

Cold Rose Creamery befindet sich in einem kleinen Einkaufszentrum in Santa Monica, neben einem Klamottenladen, dem ich schon ansehe, dass ich ihn mir nicht leisten kann, weil sich drinnen nur eine einsame Stange mit Hemden befindet. Jane und ich warten im Auto, bis der Ansturm nach Schulschluss vorbei ist und die Glocke über der Tür endlich nicht mehr bimmelt.

Einmal ertönt sie noch, als ich den Laden betrete, wo Klimaanlagenluft und Vanilleduft gleichzeitig auf mich einströmen. Hinter dem Tresen stehen ein Junge und ein Mädchen, an einem Tisch sitzt ein Mädchen mit einem Laptop – alle drei jung und auf unbestimmte Art gutaussehend. In dieser Stadt gibt es so viele Menschen, so viele hübsche Mädchen mit weißen Zähnen und rosigen Wangen, so viele hübsche Jungs mit sanftem Lächeln und Grübchen. Nach einer Weile verschwimmen sie, die Gesichter sehen alle gleich aus. Sie verändern sich nie, werden nie älter, werden einfach durch den nächsten Schwung frischer Anwärter ersetzt, die jedes Jahr in die Stadt ziehen, ein endloser Durchsatz an Schönen und Entbehrlichen.

»Delilah ist auch da«, sagt Jane mit Blick auf das Mädchen am Tisch, ihr Haar von einem glänzenden Blond, das wie lackiert wirkt.

»Hallo«, sagt das Mädchen hinter dem Tresen. Sie hat eine schwarze Lockenmähne und Sommersprossen auf ihrer braunen Haut und trägt eine rosa Schürze. »Was kann ich für dich tun?«

»Das ist sie«, sagt Jane traurig.

Ich räuspere mich und nehme die Hände aus den Taschen. »Du bist Macy, oder?«

Sie blinzelt mich an. »Ja?«

»Ich muss mit dir reden. Es geht um Jane.«

Ihre Mundwinkel sacken nach unten und dann kommt sie hinter dem Tresen hervor.

»Hast du sie gesehen? Wurde sie gefunden?«

Das Mädchen mit dem Laptop guckt mit großen Augen hoch.

»Nein«, sage ich, bevor sich jemand noch zu sehr aufregt. »Aber ich helfe ihrer Mom dabei rauszufinden, was passiert ist.«

»Geht es um Jane?«, fragt die Blondine und kommt rüber.

»Brian, kommst du kurz allein zurecht?«, fragt Macy den Jungen mit dem schwarzen Haar und den Tattoos.

»Ja, klar«, sagt er und wirft mir einen anerkennenden Blick zu, den ich nicht erwidere.

»Hier«, sagt Macy und zeigt auf einen größeren Tisch am Fenster. Ich nehme Platz, Jane setzt sich neben mich und die beiden Mädchen setzen sich uns gegenüber.

Einen Moment lang starren wir uns nur an. Macy sieht müde aus, sie hat dunkle Augenringe.

»Das ist Delilah«, sagt sie mit einer Bewegung zu der Blondine.

»Ich bin Lexi«, sage ich. »Ich ... bin mit Jane aufgewachsen.«

»Sie hat dich nie erwähnt«, sagt Delilah stirnrunzelnd und ich komme zu dem Schluss, dass ich sie nicht besonders mag.

»Wir sind nicht mehr so eng«, sage ich.

Macy sieht mich aus schmalen Augen an. »Hör mal, wenn du irgendeine Reporterin bist, die nur auf eine Tränendrüsenstory aus ist ...«

»Nein«, sage ich schnell. »Bin ich nicht, ehrlich.«

»Erklär ihnen, dass ich dir vom Campen in den Frühjahrsferien erzählt habe«, sagt Jane.

»Das letzte Mal, als ich sie gesprochen habe, hat sie mir erzählt, dass ihr in den Frühjahrsferien zusammen zelten wart«, sage ich.

Macys Miene hellt sich etwas auf. »Ja. Mann, das war echt furchtbar.«

»Es hätte bestimmt geholfen, wenn wir was vom Camping verstehen würden«, sagt Delilah.

Jane lacht und das versetzt meinem Herzen einen kleinen Stich, weil ich nicht dazugehöre.

»Jane kommt echt auf die *dümmsten* Ideen«, sagt Macy lächelnd. »Weißt du noch, als sie mit uns Klettern gegangen ist? Oder als sie versucht hat, Macarons zu machen?«

Delilah schüttelt sich scherzhaft, aber ihr Lachen versiegt schnell.

»Gott, sie ist eine miese Köchin«, sagt sie sanft.

»Aber gegessen habt ihr die Dinger doch«, sagt Jane. »Sogar die verbrannten.«

»Seid ihr schon lange befreundet?«, frage ich, bemüht, nicht eifersüchtig zu klingen.

»Seit der zehnten Klasse«, sagt Macy. »Del und ich kannten uns schon ewig und dann tauchte Jane in unserer Klasse auf. Es hat einfach Klick gemacht. Manchmal spürt man das sofort, weißt du?«

Delilah nickt. »Sie kam einfach rüber und fing an zu reden. Sie war nicht schüchtern, und anders als wir schien sie gar nicht nervös zu sein wegen des Starts an der Highschool.«

»Oh doch, das war ich«, sagt Jane. »Ich hab's nur besser versteckt.«

»Ich will bloß helfen«, erkläre ich. »Das ist alles. Ich mache mir Sorgen um sie. Ich weiß, dass Isaac an dem Tag mit ihr Schluss gemacht hat.«

»Der Arsch«, sagt Macy wütend. »Ich meine, was soll die Scheiße?«

»Wessen Idee war der Club?«, frage ich.

»Meine«, sagt Macy.

Ich betrachte sie genauer, frage mich, was unter der hübschen Oberfläche verborgen liegt. »Warum *der* Club?«, frage ich scharf.

»Sie wollte tanzen gehen«, sagt Macy. »Und die haben eine große Tanzfläche.«

»Warst du schon mal da?«

Macy zuckt mit den Achseln. »Ein paar Mal. Die fragen nicht nach dem Ausweis und die Drinks sind echt gut.«

Ich runzle die Stirn. War es einfach Pech, dass Jane im Club war? Falsche Zeit, falscher Ort? Sie hat keine magischen Fähigkeiten, warum also sollte es jemand auf sie abgesehen haben? Es muss irgendeine Verbindung zwischen den Opfern geben. Es kann doch nicht reiner Zufall sein, oder?

»Habt ihr an dem Abend irgendwas bemerkt?«, frage ich, während sich meine Gedanken überschlagen. »War irgendwas verdächtig, als ihr gegangen seid?«

»Wir hatten getrunken«, sagt Delilah schuldbewusst. »Ich bin müde geworden und wollte gehen.«

»Wir wollten beide gehen«, sagt Macy besänftigend.

Delilah bekommt feuchte Augen und ihre Unterlippe zittert. »Wenn wir geblieben wären, wäre vielleicht …«

»Del, schon okay«, sagt Macy. Sie reibt sich das Gesicht. »Die Polizei sucht nach ihr, schon vergessen?«

»Ja«, sagt Delilah, aber ihre Stimme zittert.

Macy sieht zu mir und dann wieder zu ihrer Freundin. »Also, ich muss eine rauchen.«

Delilah zieht die Nase kraus. »Oh, Macy …«

»Du musst ja nicht mitkommen«, sagt sie. »Lexi leistet mir Gesellschaft. Warum bittest du Brian nicht, dir einen Milchshake zu machen?«

Delilah nickt und Macy macht eine einladende Geste. »Komm mit.«

Jane und ich folgen ihr auf die Terrasse, wo ein großer Schirm die Sonne weitgehend blockiert.

»Möchtest du eine?«, fragt Macy und hält mir eine zerknitterte Packung Zigaretten hin.

Ich habe erst ein Mal geraucht, als Ilia mich geradezu herausgefordert hat. Aber etwas an der Art wie sie mich ansieht, lässt mich einwilligen.

»Klar«, sage ich und ziehe eine Zigarette aus der Packung.

»Du rauchst doch gar nicht«, sagt Jane und verschränkt die Arme vor der Brust. Sie steht neben Macy und sieht mich wütend an. »Du weißt schon, dass das nicht gut für dich ist, oder?«

Ich ignoriere sie und lasse mir von Macy Feuer geben. Ich nehme einen Zug, er schmeckt nach Teer, Hitze und etwas Bitterem. Fast wie der Tod.

»Danke«, sage ich und lasse Rauch in Kringeln aus meiner Nase steigen. Mir wird schwindelig, als wäre ich zu schnell aufgestanden.

»Gern geschehen«, sagt Macy und steckt sich selbst eine an. »Tut mir leid wegen Delilah. Sie kommt nicht gut damit klar. Ich finde es im Moment rücksichtsvoller, sie anzulügen.«

Ich erstarre, mache mir nicht mehr die Mühe, die Raucherin zu spielen.

»Jane ist tot«, sagt Macy mit rauer Stimme. »Aber ich denke, das weißt du schon.«

»Scheiße«, sagt Jane.

Ich sehe Macy an, zum ersten Mal richtig. Sie befeuchtet sich die Lippen und schnippt die Asche von der Zigarette, aber ihre Augen bleiben auf mich geheftet und verfolgen jede noch so kleine Bewegung. *Scheiße* trifft es. Diesem Mädchen kann man nichts vormachen.

»Warum sagst du das?«, frage ich, versuche gar nicht erst zu lügen.

»Jane würde nie abhauen, ohne jemandem Bescheid zu sagen.«

»Es wurde bisher keine Leiche gefunden.«

»Spielt keine Rolle«, sagt Macy, während sie mit einem Fuß nervös auf den Boden klopft. »Ich weiß, dass sie tot ist. Sobald ich an dem Morgen aufgewacht bin, wusste ich es.«

»Wie das?«

Ihr Fuß bleibt ruhig, sie kaut auf der Unterlippe und scheint zu überlegen, ob sie mir trauen kann. Schließlich zuckt sie mit den Achseln und nimmt noch einen Zug von ihrer Zigarette. »Ich weiß, es klingt verrückt, aber ich habe manchmal diese ... Ahnungen. Ich bin mit Halsschmerzen und einem ganz miesen Gefühl im Bauch aufgewacht.« Sie reibt sich gedankenverloren den Nacken. »Und irgendwie wusste ich, dass etwas Schreckliches passiert ist. Ich habe ihr Nachrichten geschickt, sie angerufen, aber ich wusste, dass es zu spät war. Sie ist tot.«

»Verdammt«, murmelt Jane. »Davon hatte ich keinen Schimmer.«

Jetzt ergibt das alles schon mehr Sinn. Wenn sie eine Nähe zum Übersinnlichen hat, überrascht es mich nicht, dass sie den Club vorgeschlagen hat. Der Laden zieht Leute wie sie an. Gleich und Gleich gesellt sich gern.

»Du hast recht«, sage ich und betrachte Macy mit neuem Interesse. »Es hört sich verrückt an. Aber ich glaube dir.«

Macy schenkt mir ein breites Lächeln. »Ich habe auch so eine Ahnung, dass du nicht bist, wer du sagst«, meint sie. Ich glaube, wenn ich sie unter anderen Umständen kennengelernt hätte, könnten wir Freundinnen werden. »Denn es ist völlig ausgeschlossen, dass Jane eine Freundin hatte, von der ich nichts weiß. Also, wer bist du wirklich? Eine Informantin? Arbeitest du für die Cops?«

»Nichts dergleichen.« Ich werfe die Zigarette auf den Boden und trete sie aus. »Es stimmt, was ich gesagt habe. Ich will nur helfen. Du kannst mir glauben, dass ich nur versuche rauszufinden, was an jenem Abend passiert ist.«

Macy sieht mir in die Augen und nickt bedächtig. »Tja, dümmer als die Cops kannst du dich eigentlich nicht anstellen.«

»War da irgendjemand, der sie beobachtet hat?«, frage ich.

Sie atmet aus und Rauch quillt zwischen ihren Lippen hervor. »Es hat sie immer irgendwer beobachtet«, sagt sie. »Jane war eine echte Stimmungskanone, schon immer. Aber ich habe nicht darüber Buch geführt.«

»Hat sich jemand merkwürdig verhalten?«

»Keine Ahnung«, sagt Macy. »Wir haben getanzt, hauptsächlich mit Jungs. Auch mit ein paar Mädchen. Aber das waren ... ganz normale Leute. Leute, wie man sie jeden Tag trifft.«

Jane seufzt und ich teile ihre Frustration.

»Hör zu, wenn jemand sie belästigt hätte, hätte sie mir davon erzählt«, beharrt Macy. »Dann wären wir gegangen. Es war ein ganz normaler Abend, bis auf den Schluss.«

»Was war denn am Schluss?«

»Del war müde und irgendwann gegen eins sind wir endlich gegangen. Aber draußen vor dem Club meinte Jane, sie hätte was vergessen. Wir wären sowieso getrennt gefahren, deshalb hat sie nur gesagt, wir würden uns am nächsten Tag sehen.«

Ich sage nichts und Macys Miene zuckt.

»Ich weiß, dass ich sie nicht hätte alleinlassen sollen. Ich *weiß* das. Aber wir haben das schon hundert Mal gemacht und unser Uber war gerade gekommen.«

»Du darfst dir nicht die Schuld geben«, sagt Jane entschieden, aber ich bin nicht sicher, ob ich ihren Worten glaube. Wir treffen Entscheidungen und diese Entscheidungen haben Konsequenzen. Sollten wir uns dafür nicht die Schuld geben? Sollte uns das nicht nachts um den Schlaf bringen?

»Du hast ihr das nicht angetan«, sage ich, aber ich sage nicht, dass sie keine Fehler gemacht hat.

Macy schüttelt den Kopf. »Stimmt. Aber so einfach ist das nicht, oder?«

»Nein, ist es nicht.«

Macy sieht mir in die Augen und nickt langsam, und ich glaube, wir verstehen uns. Wir werden in dieser Sache keine Erlösung erfahren.

»Was hatte Jane denn vergessen?«, frage ich.

Sie runzelt die Stirn und zieht noch mal an ihrer Zigarette. »Ihre Jacke, meinte sie. Sie musste ihre Jacke an der Garderobe abholen.«

Ich erstarre. »Sie hatte eine Jacke dabei?«

Macy zuckt mit den Achseln. »Scheint so.«

»Erinnerst du dich daran, dass sie die früher am Abend bei sich hatte?«

Sie zieht die Augenbrauen zusammen. »Keine Ahnung. Aber muss sie ja, wenn sie sie noch abholen wollte.«

»Was ist denn?«, fragt Jane und starrt mich an.

Ich neige meinen Kopf ganz leicht in ihre Richtung, um zu sagen: *Später.*

Niemand benutzt die Garderobe. Sie ist nicht mal besetzt. Was bedeutet, dass Jane gelogen hat. Irgendwas anderes hat sie zurück in den Club gelockt.

»Da habe ich sie zum letzten Mal gesehen«, sagt Macy mit hohler Stimme. »Ich habe sie von hinten gesehen, als unser Wagen losfuhr. Und das war's.«

Sie schluckt schwer und wischt sich wütend die Augen. Ich schweige einen Moment, damit sie sich wieder sammeln kann.

»Danke«, sage ich dann, während ich meinen Puls in den Ohren rasen höre.

»Klar«, sagt Macy. Sie drückt ihre Zigarette an der Palme aus und schnippt sie zu Boden. »Ich muss wieder an die Arbeit.«

»Okay.« Ich breche auf zum Auto, zögere dann aber. »Hör mal«, sage ich, als ich mich noch mal umdrehe. »Ich kenne Leute, die dir helfen können. Falls du noch weitere Ahnungen hast …«

Ich verstumme, aber Macy blickt interessiert auf. »Wirklich?«

»Ja«, sage ich. »Ich geb dir meine Nummer.«

Ich diktiere sie ihr.

»Ruf einfach an«, sage ich. »Wenn du so ein Gefühl bekommst oder wenn du einfach mit jemandem darüber reden willst.«

»Danke«, sagt Macy. »Aber, ähm … was, wenn ich nicht über meine Ahnungen reden will? Darf ich dann trotzdem anrufen?«

Ich blinzele und einer meiner Mundwinkel verzieht sich zu einem kleinen Lächeln.

»Oh«, sage ich. »Tja. Schätze, das liegt ganz bei dir.«

Macy grinst breiter und Jane räuspert sich laut.

»Bist du jetzt fertig?«, fragt sie, die Augen schmale Schlitze.

»Wir, ähm, wir sehen uns«, sage ich zu Macy und sie hebt die Hand und blickt mir nach, als ich gehe.

»Wie meinst du das, ich hätte gelogen?«, fragt Jane vom Beifahrersitz. Sie ist wütend, ihre Augenfarbe changiert zwischen weiß und braun.

»Wir haben keine Garderobe«, sage ich wieder.

»Das heißt doch nicht, dass ich gelogen habe«, protestiert Jane. »Vielleicht war ich verwirrt.«

»Oder du hast gelogen.«

Jane funkelt mich an. Zwischen uns steht ein dunkles, schweres Schweigen.

»Warum sollte ich lügen?«, fragt Jane schließlich.

»Weiß ich nicht«, sage ich. »Vielleicht … vielleicht wolltest du jemanden treffen.«

»Das würde ich nicht tun.«

»Das weißt du nicht. Du kannst dich ja nicht erinnern.« Ich versuche es sanft zu sagen, aber es kommt falsch heraus, hängt barsch in der Luft.

Ich brauche die Aufnahmen von jener Nacht. Ich muss sehen, was passiert ist, als sie wieder reinkam.

»Ich kenne mich«, sagt Jane mit gepresster Stimme. »Und ich weiß, dass du falschliegst. Und *warum* hast du Macy deine Nummer gegeben?«

»Sie scheint hellseherische Fähigkeiten zu haben«, sage ich. »So was geht nicht einfach weg, indem man es ignoriert. Sie braucht jemanden, der ihr beibringt, wie man es kontrolliert.«

»Aber das musst ja nicht *du* sein«, wendet Jane ein. »Du kapierst schon, dass sie dich um ein Date bitten wird, oder?«

»Na und?«, frage ich, während die Spannung unter meiner Haut kribbelt.

»Was ist mit Phillip?«, fragt sie und kneift die Augen zusammen. »Ich wusste nicht mal, dass du auf Mädchen stehst.«

»Du hast nicht danach gefragt«, sage ich. »Du hast nur gefragt, ob ich schon mal verliebt war. Und was ändert es schon?«

»Nichts«, blafft Jane. »Rein gar nichts, verdammt.«

Und dann ist sie verschwunden und ich sitze allein im Auto, mit nichts als dem Geruch von Kupfer als Gesellschaft.

13

Nicht weit vom Club entfernt parken Polizeiwagen und eine gewisse Spannung liegt in der Luft, während ich den Menschen auf dem Gehweg ausweiche.

»Ich brauche die Videoaufnahmen«, sage ich zu Ilia, als ich endlich im Gebäude bin. Er steht im Flur, das gegelte Haar in Unordnung und einen Stift im Mund, während er eine Lieferliste kontrolliert.

»Du bist zu spät«, sagt er.

»Hast du mich nicht gehört? Ich brauche die Aufnahmen und ich brauche so viele Polizeiberichte über die anderen Vermissten, wie du auftreiben kannst.«

Es muss irgendeine Verbindung zwischen ihnen geben, irgendwas, das den Killer anzieht.

Ilia nimmt den Stift aus dem Mund. Er sieht angestrengt aus. »Doch, ich habe dich gehört. Ich bin da dran, Lexi, aber es ist gerade alles nicht leicht. Draußen parken überall Cops, Urie bekommt noch einen Schlaganfall und alle sind verdammt gereizt ...«

»Ilia, ich mein's ernst.«

»Ich auch.« Seine Augen wandern über mein Gesicht und die Falten um seinen Mund vertiefen sich. »Ich gebe mein Bestes, Lexi.« Er reibt sich den Nasenrücken und ich bekomme eine Ahnung, wie er als alter Mann aussehen wird.

»Das weiß ich«, sage ich irgendwann schuldbewusst. »Alle wissen, dass du tust, was in deiner Macht steht, Ilia.«

Er lächelt mich müde an. »Hör zu, ich hab bald was für dich, versprochen. Ich habe mit einem unserer Leute bei der Polizei geredet. Die Aufnahmen sollten in den nächsten Tagen freigegeben werden. Und ich werde auch nach den Berichten fragen.«

»Halt mich einfach auf dem Laufenden.«

Ilia nickt. »Ich ruf dich an, wenn's was Neues gibt.«

»Danke.« Ich mache mich auf den Weg, bleibe dann aber noch mal stehen. »Gab es denn weitere Angriffe auf den Schutzzauber?«

»Nein. Vielleicht ist es endlich ...«

»Ilia! Dad will wissen ...«

Phillip verstummt, als er in den Flur einbiegt, und ich schließe die Augen. Perfekt. Einfach perfekt.

»Tja«, sagt Ilia und blickt zwischen mir und Phillip hin und her. Ein Funken Humor blitzt wieder in seiner Miene auf. Ihm macht das viel zu viel Spaß. »Dann will ich mal sehen, was mein lieber Onkel wünscht, nicht wahr?«

Im Weggehen zwinkert er mir zu und ich schenke ihm ein gekünsteltes Lächeln. Dann ist er fort und ich stehe da und starre angestrengt zu Boden.

»Hey«, sagt Phillip.

»Hey.«

»Du bist neulich Abend gegangen, ohne dich zu verabschieden.«

»Du warst ... beschäftigt.« Schätze, so kann man es auch nennen. Ich wende mich halb zum Gehen. »Wie geht's Jordan?«

Phillip holt geräuschvoll Luft. »Nicht gut. Aber besser. Er erholt sich ganz langsam.«

»Gut. Ich sollte mich an die Arbeit machen.«

»Okay.«

Ich sehe ihn skeptisch an. Normalerweise gibt er nicht so schnell auf. »Okay?«

»Ja«, sagt er und ich merke, dass er einen Schritt auf mich zu gemacht hat, die strahlenden Augen auf meine Lippen gerichtet. »Ich halte dich nicht auf.« Noch ein Schritt.

»Gut. Ich bin nämlich schon spät dran.«

Und jetzt steht er direkt vor mir, nah genug, dass ich ihn berühren kann.

»Dann mal los«, sagt er und ich fühle seinen Atem auf meinem Gesicht. Ich könnte mich umdrehen und gehen, aber meine Füße rühren sich nicht von der Stelle.

Ich fluche zwischen zusammengebissenen Zähnen und dann, wie sollte es anders sein, küssen wir uns.

Ich öffne den Mund, während mein Hirn schreit, wie dumm das ist. Aber es fühlt sich gut an, und wen kümmert es schon, dass ich nicht in ihn verliebt bin. Jane war auch noch nie verliebt. Plötzlich denke ich an die Mulde über ihren Lippen und wie sie gezuckt hat, als sie mich wegen der Pfannkuchen aufgezogen hat.

»Nein«, sage ich und reiße mich los. Phillip fasst nach mir, Sorge im Blick, aber ich winde mich aus seinen Armen.

»Warte«, sagt er, aber ich bin schon halb den Flur hinunter.

»Es tut mir leid«, sage ich über die Schulter, aber es ist bedeutungslos. Ich laufe immer vor ihm weg, bin zu egoistisch, es zu beenden, und zu rückgratlos, um zu bleiben. Irgendwann wird er es satt haben mir hinterherzublicken.

Ich absolviere meine Schicht, serviere schönen Menschen einen Drink nach dem anderen, ohne sie wirklich zu sehen. Es ist voller als sonst. Der Flirt mit der Gefahr zieht eine bestimmte Art von Leuten an. Die Stimmung ist aufgeheizt. Angst und Lust gehen eine unangenehme, machtvolle Verbindung ein. Nicole lächelt, schiebt Untersetzer unter Gläser und strahlt ihre übliche Ruhe aus, während ich immer tiefer in mir selbst versinke, die Gedanken bei den Toten.

Meine Schicht endet erst weit nach Mitternacht, und als ich durch die dunklen Straßen fahre, brennen meine Augen vor Erschöpfung. Ich parke am Straßenrand vor meiner Wohnung, und noch bevor ich aussteige, höre ich tiefe Bässe aus dem Haus wummern.

Ich seufze und presse den Kopf aufs Lenkrad bis es schmerzt. Aber ich bin so müde, dass mich wahrscheinlich kein Lärm der Welt lange wachhalten wird.

Die Musik wird lauter, als ich die Treppe hochsteige, ein mäandernder, flirrender Beat, der von den Wänden widerhallt und in meiner Brust vibriert. Irgendwo lacht jemand laut, der Geruch nach billigem Bier wabert durch den Flur und vermischt sich mit kaltem Zigarettenrauch. Ich weiß nicht, in welcher Wohnung die Party steigt, aber es ist auch egal. Das hier ist kein Haus, in dem man bei den Nachbarn klopft.

Ich schleppe mich in die Wohnung, fast bereit, samt Schuhen auf dem Bett zusammenzubrechen, als ich abrupt anhalte.

»Was macht ihr denn da?«, entfährt es mir, bevor ich mich bremsen kann, wobei ich Mühe habe, die Musik zu übertönen.

Jane und Trevor bleiben stehen und Jane lacht aus vollem Hals.

»Wir tanzen«, brüllt Trevor mir zu. »Wonach sieht's denn aus?«

Ich weiß nicht, was ich sagen soll. Sieht ganz so aus, als würden in meiner Einzimmerwohnung zwei Geister eine heiße Sohle aufs Parkett legen.

Trevor schnappt sich wieder Jane und wirbelt sie herum, wieder und wieder, bis sie schließlich taumelt. Er fängt sie auf und neigt sie dann in gespielter Eleganz nach hinten.

»Mademoiselle«, sagt er und macht eine gezierte Geste mit der freien Hand.

»Monsieur.« Sie kichert.

Trevor richtet sie wieder auf, gibt sie frei, und Jane stolpert vorwärts und greift nach meinen Armen.

»Lexi«, sagt sie mit fiebrig glänzenden Augen. »Wenn man lange genug herumwirbelt, ist es fast so, als wäre man betrunken!«

»Das ergibt doch keinen Sinn«, sage ich. »Schwindelig wird einem wegen des Trägheitsmoments und der Endolymphe im Innenohr. Aber als Geist …«

»Würdest du bitte einfach die Klappe halten und mit uns tanzen?«, fragt Jane und zieht an meiner Hand.

»Ja, komm schon«, sagt Trevor mit einem irren Grinsen. »Genieß das Leben.«

Eigentlich möchte ich nur ins Bett, aber der Beat wummert durch die Wände und Jane reißt mich mit. Mein Körper ist am Leben, er kann sich immer noch bewegen, atmen, tanzen.

Ich schließe die Augen, lasse mich vom Bass erfüllen, schlucke den Druck in mir hinunter, erlaube meinen Gliedern sich zu lockern. Lexi ist auf einer Seite und Trevor auf der anderen und wir wirbeln herum, sie lachen und drücken sich an mich. Die Musik schwillt an und meine Mundwinkel wandern nach oben, ich bin berauscht von der Berührung und dem Eisengeschmack unter meiner Zunge.

»Oh mein Gott, du lächelst«, sagt Jane und strahlt übers ganze Gesicht.

»Und?«

»Und ich hab dich noch nie lächeln gesehen.«

»Das stimmt nicht«, sage ich kopfschüttelnd.

»Trevor?«, fragt Jane.

Er nickt. »Sie hat recht. Du lächelst nie.«

»Siehst du?« Jane lacht und wirbelt mich herum.

»Da liegt ihr beide falsch«, sage ich.

»Oh, ein finsterer Blick!«, sagt Jane und schwenkt den Zeigefinger in meine Richtung. »Den kenne ich.«

Ich kämpfe dagegen an, aber nicht entschieden genug, und das Lächeln schleicht sich wieder auf mein Gesicht. Und dann folgt ein Lachen, es steigt von dem Ort auf, an dem der Schrei in mir wohnt. Es entwischt mir durch die geöffneten Lippen, rollt über meine Zunge, rau wie Schmirgelpapier.

Jane klatscht entzückt und Trevor umschlingt unsere Taillen mit je einem Arm. Und dann, genauso plötzlich, verklingt der wummernde Bass und Stille umfängt uns.

»Verdammt. Schluss mit lustig«, sagt Trevor, während wir zum Stehen kommen. Seine Stimme klingt seltsam, als wäre ich unter Wasser.

»Lexi kann was auflegen«, sagt Jane und sieht mich hoffnungsvoll an.

»Ein andermal«, sagt Trevor und fährt sich mit der Hand

durch die Haartolle. »Die Party ist vorbei, das heißt, die Bars schließen jetzt. Wenn die Damen mich entschuldigen würden. West Hollywood ruft nach mir.«

Ich verdrehe die Augen. »Voyeur.«

Trevor verpasst mir einen Knuff mit dem Ellbogen. »Prüde Gans!«

»Perversling!«, brülle ich ihm hinterher, woraufhin er mir den Mittelfinger zeigt, bevor er durch die Wand gleitet.

»Was hat er vor?«, fragt Jane, die ihm nachblickt.

Ich räuspere mich. »Die Bars machen zu, was bedeutet, dass die Jungs auf den Gehwegen rummachen werden.«

»Oh.« Jane blinzelt. »Und, ähm, gibt ihm das irgendwas?«

Ich zucke mit den Achseln. »Keine Ahnung. Ich schätze, es ist besser als nur in der Fantasie?«

»Nein, ich meine … er kann das noch? Als Geist? Wir können das noch?«

»Das?«

Jane neigt den Kopf ein klein wenig und da kapiere ich es.

»Ach, *das*«, sage ich. »Ja, ich glaube, es ist wie mit den Klamotten oder dem Stuhl. Wenn es in deinem Kopf real ist, ist es real für dich.«

»Hm.«

Ich reibe mir die Arme und versuche den Zauber der Musik abzuschütteln.

»Ich muss ins Bett.«

Jane nickt, hält dann aber inne und beißt sich auf die Lippe. »Können wir … können wir vielleicht noch ein kleines bisschen tanzen?«

Ich blicke sehnsüchtig zu meinem Bett, aber die Sehnsucht in Janes Augen ist viel größer als meine.

»Klar«, sage ich.

Ich habe keine Stereoanlage oder so was, aber ich stelle mein Telefon so laut, wie es geht, und wähle aus, was als Erstes kommt. Es ist ein langsameres Lied, die Stimme der Sängerin klar und süß, und mein Puls gerät ins Stocken.

»Sorry, ich kann was anderes raussuchen«, sage ich und drehe mich um.

»Nein, nicht«, sagt Jane. »Das ist schön.« Sie lächelt mich an und streckt mir die Arme hin.

Ich schlucke, meine Kehle mit einem Mal wie ausgedorrt, und trete näher. Jane überwindet die Distanz zwischen uns und legt die Hände an meine Taille. Sie ist kleiner als ich, reicht mir nur bis zum Kinn, und ihr Haar kitzelt in meiner Nase, als wir anfangen, uns zu wiegen.

»Ich habe Ilia nach den Videoaufnahmen gefragt«, erzähle ich leise. »Er meinte, er besorgt sie, genau wie die Unterlagen über die anderen Vermissten.«

Jane nickt, sagt aber nichts. Ist sie nervös? Gehe ich es falsch an? Ich weiß nicht, wie man so tanzt, den Körper an den eines anderen geschmiegt.

»Es wird nicht lange dauern«, sage ich, um sie zu beruhigen. »Ein, zwei Tage vielleicht.«

»Darüber will ich nicht reden«, sagt sie mit erstickter Stimme.

Ich höre auf zu tanzen und schiebe sie an den Schultern ein Stück weg.

»Ich dachte, du suchst nach Antworten«, sage ich.

Jane schlingt die Arme um sich, als wollte sie etwas drinnen behalten. »Das habe ich.«

»Und?«

Sie meidet meinen Blick. »Und jetzt suche ich vielleicht nicht mehr.«

»Was ist mit ›ich muss was unternehmen‹? Was ist mit ›du musst mir helfen‹?«

Sie schüttelt den Kopf.

»Jane«, sage ich sanft. »Was ist los?«

Endlich blickt sie hoch. Ihr Gesicht ist im Mondlicht fast durchscheinend.

»Was, wenn …« Ihre Stimme wird rau. »Was, wenn ich gelogen habe, weil ich jemanden treffen wollte? Was, wenn … Gott, was, wenn ich mit demjenigen zusammen sein wollte, der mich getötet hat?«

Ich trete näher an sie heran und fasse sie an den Schultern, damit sie mir auch sicher zuhört. »Nein. Egal, was passiert ist, du hast nicht darum gebeten, ermordet zu werden. Es ist nicht deine Schuld, Jane. Nichts könnte es je zu deiner Schuld machen.«

Langsam, ganz langsam blickt sie mit halb geschlossenen Lidern zu mir hoch und ein Teil von mir weiß schon, was sie tun wird, bevor sie es tut. Ein Teil von mir *will*, dass sie es tut, hat aber nie auch nur gewagt, darauf zu hoffen. Sie neigt den Kopf nach hinten, stellt sich auf die Zehenspitzen und presst die Lippen auf meine.

Die Zeit zieht langsamer an großen Objekten vorbei, aufgrund ihrer Anziehungskraft. Bruchteile von Sekunden stapeln sich an der Basis von Pyramiden. Jane ist genauso. Ich könnte schwören, dass die Zeit um sie herum anders vergeht.

Ich rühre mich nicht mehr, lasse meine Muskeln einrasten, wie sie gerade sind. Wenn ich reglos bleibe, wird sie nicht merken, wie sehr ich mir das gewünscht habe, wie sehr sich mein Körper nach weiteren Berührungen sehnt. Wenn ich reglos bleibe, wird sie nicht merken, wie sehr ich mich an sie pressen, meine Finger in ihr Haar schlingen, mein Gesicht in ihrer Halsbeuge vergraben will, bis ich nur noch den Geruch von heißem Metall wahrnehme.

Die Lampe flackert, Stroboskoplicht hinter meinen geschlossenen Lidern. Ihre Lippen unter meinen sind weich, ihre Arme unter meinen Fingerspitzen zu warm, aber das ist nichts im Vergleich zur Hitze, die mir ins Blut schießt. Ich schmecke nichts als Kupfer und kann nur daran denken, wie laut mein Herz in meinen Ohren pocht. Ich frage mich, ob Jane es hören kann, ob sie sich von meinem rasenden Herzklopfen neben ihrem fehlenden verspottet fühlt.

Erst als sich unsere Lippen lösen, kann ich mich wieder rühren und schnappe lautlos nach Luft. Wir starren uns an, Janes Augen groß und glasig, ihre Lippen noch geöffnet. Ich muss mich mit aller Macht davon abhalten, nicht wieder nach ihr zu greifen, sie an den Hüften zu packen und an mich zu ziehen.

»Jane ...«

»Ich bin einsam«, sagt sie mit kratziger Stimme.

Ein Stein landet in meiner Magengrube und ich lasse die Hände fallen, balle sie fest zu Fäusten, während die Hitze aus meinen Venen weicht.

»Das«, sage ich und trete einen Schritt zurück, »ist kein guter Grund, um jemanden zu küssen.« Die Worte stocken klebrig in meiner Kehle. »Glaub mir.«

Zwischen uns steht dichtes Schweigen, und das Gefühl von glücklicher Fügung, von Aufbruch, verendet geräuschlos.

»Tut mir leid«, flüstert Jane mit Blick zum Boden. »Das

hätte ich nicht machen sollen. Ich … ich vermisse es einfach, jemanden berühren zu können. Berührt zu werden.«

Ich schlucke schwer und in meiner Brust zerbricht etwas schmerzhaft. »Schon gut. Macht nichts.«

Ich verstehe es ja, wirklich. Diese innere Bedürftigkeit ist eine gierige, nach allem greifende Kraft. Aber sie will nicht mich, nicht so, wie ich sie will. Ich schiebe meinen Herzschmerz so tief runter wie möglich, ich brenne die Stelle aus und versiegle sie. Und weil es mehr nicht zu sagen gibt, setze ich mich aufs Bett und ziehe mir die Stiefel aus.

»Soll … soll ich gehen?«, fragt Jane, eine Hand in der anderen verschlungen. Zum ersten Mal erlebe ich sie unsicher, als wüsste sie nicht, was sie mit ihren Armen anfangen soll. So muss ich aussehen, wenn ich mit Phillip zusammen bin.

»Das musst du nicht.«

»Kein Problem«, sagt sie. »Wenn du möchtest, dass ich gehe, mache ich das.«

Sie verbirgt sie gut, die Verzweiflung. Doch ich habe sie meiner eigenen Stimme schon zu oft angehört, als dass ich mich irren könnte. Die schreckliche Furcht, dass man wieder abgewiesen werden könnte, ausgestoßen und verspottet. Das passiert mir jedes Mal, wenn schließlich herauskommt, was ich bin. Ich warte immer auf diesen plötzlichen Ausdruck voller Angst und Abscheu.

»Nein«, sage ich. »Ich will nicht, dass du gehst.«

Janes Lippen entspannen sich vor Erleichterung, aber das Kinn bleibt gereckt.

»Ich brauche allerdings ein bisschen Schlaf.«

»Klar. Natürlich«, sagt sie und nickt zu eifrig.

Ich ziehe mir eine Jogginghose über und putze mir die

Zähne, spüle den intensiven Geschmack nach heißem Metall weg. Über dem Waschbecken halte ich inne, weil mir mein Spiegelbild auffällt. Meine Augen sind zwei dunkle Löcher, meine Wangenknochen rasiermesserscharf und gerötet. Ich schließe die Augen und presse die Stirn an das kalte Glas. Es ist zu viel, alles in mir ist rastlos und bedürftig, der gefangene Schrei wirft sich gegen den Käfig, in dem ich ihn verwahre.

Ich bin einsam, hat sie gesagt. Als wären die paar Tage als Geist mit dem ewigen Begehren zu vergleichen, das in mir haust. Und ich kann ihr nicht mal davon erzählen.

Ich stoße mich vom Spiegel ab und schnappe mir die Schlaftabletten. Heute Nacht will ich nicht träumen.

Mein Telefon weckt mich, zerrt mich aus einem verschwitzten, umnebelten Schlaf. Die Pillen machen mir schwere Glieder und ich habe das Gefühl, durch Luft zu schwimmen, als ich nach dem Handy greife.

»Hallo?«, murmele ich, die Zunge zu groß für meinen Mund.

»Oh, hey, Lex. Hab ich dich geweckt?«

»Schngut.«

»Ich habe die Autopsie beendet. Willst du immer noch vorbeikommen?«

Ich versuche, mein Hirn von den Spinnweben zu befreien und überprüfe den Namen auf dem Display. Carl. Autopsie. Richtig.

»Ja«, sage ich und kicke die Decke weg. »Ja, will ich.«

»Gut, komm irgendwann nachmittags, dann erzähle ich dir, was ich rausgefunden habe.«

»Okay. Danke, Carl.«

Ich lege auf und rappele mich mit Mühe hoch. Ich habe einen eklig süßen Geschmack im Mund, als hätte ich mir einen Liter Cream Soda reingekippt. Ich überfliege das Chaos in meinem Apartment und bleibe an Jane hängen, die sich auf meinem Stuhl zusammengekauert hat. Sie ist wach, rührt sich aber nicht, beobachtet mich nur im Bett. Sie sieht so klein aus, wie sie mit den Knien unter dem Kinn dasitzt. Klein und verletzlich, als warte sie immer noch darauf, dass ich sie auffordere zu gehen. Ich habe einen Knoten in der Brust, der gestern noch nicht da war.

»Hey«, sage ich.

»Hi.«

»Veronicas Autopsie ist fertig. Ich werde bei Carl vorbeifahren.«

»Oh«, sagt sie. »Okay.«

»Willst du mitkommen?«

»Ja«, sagt sie. Erleichterung huscht über ihr Gesicht, als ihr klar wird, dass ich nicht über letzte Nacht reden will. Das ist schmerzlicher, als es sein sollte. »Ja, total gern.«

Die Fahrt ist angespannt, wir sind beide überhöflich, und ich bin fast dankbar für den Gestank nach Verwesung und Lakritz, so kann ich den Klumpen im Magen darauf schieben.

»Lexi! Schön, dich wiederzusehen«, sagt Carl, als läge hinter ihm keine Leiche mit einem klaffenden Loch in der Brust. Ich kann das feuchtrote Glänzen der Organe in der Höhlung sehen. Es erinnert mehr an Eintopf als an Körperteile. Aber vielleicht denke ich das auch nur, weil eine Kelle in der klebrigen Masse steckt.

»Hey, Carl. Wie geht's?«

»Kann nicht klagen«, sagt er lächelnd. »Sicherer Job, was?«

»Ja.« Der Witz hat echt einen Bart. »Also, was hast du für mich?«

Carl streift die rotverschmierten Handschuhe ab.

»Nicht viel, fürchte ich. Es gibt keine verwendbare DNA«, sagt er müde. »Das ganze Blut ist ausschließlich vom Opfer. Der Killer ist sehr präzise, trug wahrscheinlich Handschuhe, hat Vorkehrungen getroffen.«

»Also schlau«, sage ich. »Vorbereitet.«

Carl führt mich in sein Büro, wo er eine Mappe vom Schreibtisch nimmt und sie mir aushändigt.

»Multiple Stichwunden durch eine einseitig geschliffene Klinge«, sagt er.

»Multiple?«, wiederhole ich und blättere durch den Bericht.

Carl nickt. »Einzelner Schnitt über die Kehle, multiple Verletzungen von Brust und Bauch. Die Cops nennen das Overkill.«

»Was heißt das, war der Täter wütend?«, frage ich. Warum hat dieses Mädchen so viele Stichwunden und Jane nur eine?

»Für das Warum bin ich nicht zuständig«, sagt Carl, »nur für das Wie. Die Todesursache ist massiver Blutverlust und ich gehe von einem Tötungsdelikt aus.«

Jane schnaubt leise. »Kein Scheiß«, sagt sie.

»Haben die Cops irgendeine Spur?«, frage ich.

»Noch nicht«, sagt Carl. »Sie werden sauer sein wegen der DNA. Kein Blut, und wir haben auch keine Hautpartikel unter ihren Fingernägeln gefunden, sie hatte wohl keine Chance, sich groß zu wehren. Es gibt tatsächlich überhaupt keine Abwehrverletzungen. Er muss stark gewesen sein oder ist nah an sie rangekommen.«

»Komm schon, Carl, irgendwas musst du mir doch liefern können«, sage ich frustriert.

»Tut mir leid, Lex, das sieht wirklich nach einer Sackgasse aus«, sagt er erschöpft. »Es gibt nicht viel mehr. Es sei denn, du möchtest sie sehen.«

»Sie sehen?«

»Ja«, sagt er. »Die Leiche.«

Ich schlucke schwer. Gott, nein, ich möchte sie nicht sehen. Aber das ist nicht meine Entscheidung. Ich neige den Kopf, bis ich Janes Gesicht sehen kann. Sie wirkt gequält, mit zusammengekniffenem Mund und weiß flackernden Augen.

»Ich glaube nicht …«, fange ich an, aber Jane unterbricht mich.

»Doch«, sagt sie. »Ich will sie sehen. Ich will es sehen.«

»Äh, oder doch«, korrigiere ich mich, während sich mir der Magen umdreht. »Ich möchte sie sehen.«

»Hier lang«, sagt Carl, unbeeindruckt wie immer. Er führt mich zu der Wand aus kleinen Metalltüren, hinter denen sich verbirgt, was einmal Menschen waren.

Er bleibt vor einer Reihe stehen, öffnet eine Tür und greift hinein. Ich wappne mich innerlich.

Die Bahre fährt fast lautlos heraus und das Weiß des Tuchs strahlt im Neonlicht viel zu grell. Ich blinzele, dann zieht Carl das Tuch ab und das Böse, Rachsüchtige der Tat lässt mich nach Luft schnappen.

Das Mädchen auf dem Tisch ist nicht viel älter als Jane oder ich. Sie ist vom Wasser aufgeschwemmt, im Kontrast zum dunklen Haar ist die Haut blass und bläulich. Ich hefte den Blick auf ihr Gesicht, weigere mich, den Rest anzusehen. Ich habe meinem Körper nie viel Beachtung geschenkt, selbst wenn er unter dem eines anderen liegt. Ich gehe rücksichtslos mit ihm um. Ich vergesse, ihn zu ernähren, ihm Pausen zu gönnen, ritze mit Nadeln und Tinte hinein. Ich denke nie darüber nach, dass er mich am Leben hält, dass mein Herz schlägt, dass meine Lungen atmen. Wie leicht es ist, alles zu verlieren, das man immer für selbstverständlich gehalten hat.

»Veronica«, sagt Jane neben mir. »Sie hat einen Namen.«

Etwas klingelt in meinen Ohren und ich brauche einen Augenblick, um zu begreifen, dass es ein Telefon ist.

»Ich bin gleich wieder da«, sagt Carl. »Lauf nicht weg.«

Er verschwindet in seinem Büro und Jane nimmt seinen Platz auf der anderen Seite der Bahre ein.

»Sie sieht aus, als wenn sie friert«, sagt Jane, die mit Geisterfingern über das Gesicht des Mädchens streicht.

»Ich weiß. Aber sie ist nicht mehr sie selbst.«

»Er hat recht, sie hat sich nicht gewehrt«, sagt Jane mit Blick auf den Körper. »Sieh nur. Ihre Nägel sind noch makellos.«

Ich will es nicht sehen, aber ich zwinge mich hinzugucken, so zu tun, als wäre es eine Abbildung in einem meiner Lehrbücher, ein beschriftetes Schaubild von gelben Knochen. Hier ist das Schlüsselbein. Hier ist das Manubrium. Hier verbindet es sich mit dem Brustbein.

Über Brust und Bauch zieht sich eine hässliche Klammernaht in Form eines Ypsilons, aber das verbirgt die dunklen, tiefen Schnitte nicht. Die Arme sind dagegen unberührt, nur fahle, wächserne Haut. Die Fingernägel sind glänzend dunkelblau mit winzigen weißen Sternen.

Jane blickt auf ihre eigenen Hände, mit der cremeweißen, unversehrten Haut. »Ich habe mich auch nicht gewehrt.«

»Dann muss dich der Angriff überrascht haben«, erkläre ich. »Ich habe die letzte Woche mit dir verbracht und es ist ausgeschlossen, dass du einfach still aus dem Leben scheiden würdest.«

»Aber warum wurde ihre Leiche entsorgt und meine nicht?«

»Ich weiß es nicht«, sage ich. »Vielleicht ist es nicht der gleiche Täter. Vielleicht hat Trevor recht und irgendwas hat ihn verjagt?« Ohne nachzudenken hebe ich einen ihrer Finger an, um ihn mir anzusehen, und zu meinem Entsetzen fällt mir der Fingernagel in die Hand.

»Scheiße!«

Ich starre auf den Nagel, bis ich ein Prusten höre. Ich sehe zu Jane, die sich eine Hand vor den Mund presst.

»Acryl«, sagt sie und versucht sich dann wieder das Lachen zu verkneifen.

»Das ist nicht witzig!«, zische ich ihr zu.

»Ein bisschen schon«, sagt sie. In mir vermischen sich Ekel und Panik, aber wenigstens sind Janes Augen wieder braun.

»Das ist ein Beweisstück.«

»Er hat doch gesagt, sie hätten schon nach DNA gesucht. Jetzt ist es nur noch ein künstlicher Nagel. Ist ja nicht so, als würde er ihr fehlen.«

»Carl!«, brülle ich zu seinem Büro gewandt.

Carl steckt den Kopf aus der Tür, den Hörer unters Kinn geklemmt. »Ja?«

Ich strecke ihm meine Hand hin, als würde ich eine Opfergabe darbieten. »Ich hab sie berührt, es tut mir so leid, einer ihrer Fingernägel ist abgefallen.«

Er bedeckt die Sprechmuschel mit der Hand und zuckt mit

den Schultern. »Kein Problem«, sagt er. »Schmeiß ihn einfach weg.«

»In den Müll? Aber …«

»Sie kommt direkt nach Woodlawn. Die sind gerade am Apparat«, sagt er und geht wieder ins Büro.

»Oh.« Ich drehe mich um.

»Was ist Woodlawn?«, fragt Jane.

»Das Krematorium«, erkläre ich. Ich betrachte den Nagel in meiner Hand und frage mich, was sie dafür bezahlt hat. Ob sie sich die für einen besonderen Anlass hat machen lassen. Vielleicht mochte sie einfach Sterne. Ich frage mich, wie schnell der Lack verbrennt.

»Lass uns gehen«, sage ich und decke Veronica wieder zu. Sie verdient etwas Besseres, als offen und ausgestellt für uns dazuliegen.

»Lexi.«

»Mehr ist für uns hier nicht zu holen.«

»Lexi.«

Ich blicke auf und wir sind nicht länger allein.

Veronicas Geist trägt ein tief ausgeschnittenes, cremeweißes Kleid, das blutgetränkt ist. Ein schmieriges rotes Kreuz klebt an ihrem Hals. Ihr Bauch ist ein Durcheinander aus Haut, Stoff und nassem Fleisch, und ich hebe den Blick, bis ich zu ihrem Gesicht mit den aufgerissenen Augen komme.

»Ich dachte, es geht nur mir so«, sagt sie, während sie Jane anstarrt.

»Veronica«, hauche ich.

Der Blick des Geistes flackert von Jane zu mir.

»Du bist keine von uns«, sagt sie stirnrunzelnd.

»Nein.«

»Sie kann uns aber sehen«, sagt Jane. »Sogar berühren. Siehst du?« Sie verschränkt ihre Finger mit meinen und hält unsere Hände für Veronica hoch.

»Wie?«, fragt sie.

»Lange Geschichte«, entgegne ich. Ich sehe mich unruhig um, aber Carl ist noch in seinem Büro.

»Wir können es dir erklären«, sagt Jane. »Komm mit zu Lexi. Wir erzählen dir alles. Da ist noch ein Geist, Trevor. Er kann dich unterrichten.« Sie redet zu schnell und ihre Stimme ist schrill.

Mir wird klar, dass sie aufgeregt ist, weil noch ein Geist da ist. Jemand, der so ist wie sie, vielleicht von der gleichen Person getötet. Etwas Brutales, das sie verbindet. Ich löse meine Hand von ihrer und sie merkt es nicht mal.

»Ich glaube ... ich glaube nicht, dass ich hier sein sollte«, sagt Veronica.

»Was du nicht sagst«, meint Jane. »Es wird aber leichter, versprochen.«

»Nein«, sagt Veronica und tritt einen Schritt zurück. »Ich meine, ich glaube nicht, dass ich *hier* sein sollte. So«, sagt sie und weist auf ihren Körper. »Ich verstehe das nicht. Ich bin tot. Warum bin ich noch da?«

»Du wurdest ermordet«, erkläre ich ihr. »Das sorgt fast immer für ein Echo – einen Geist.«

»Aber ich will das nicht«, sagt Veronica. Ihr Körper verblasst flackernd, dann flackert er wieder auf, wie jemand, der an einem Lichtschalter rumspielt. »Ich will kein Geist sein.«

»Jemand hat uns umgebracht«, sagt Jane. »Willst du nicht rausfinden, wer?«

Veronica schüttelt den Kopf. »Die Toten sollten tot bleiben. Das hier ist nicht richtig.« Ihre Hand wandert zu ihrem Hals, umklammert das Kreuz.

»Lexi?«, fragt Jane mit ängstlichem Blick. »Erklär es ihr.«

»Du musst nicht auf dieser Seite bleiben«, erläutere ich, während ich zwischen Büro und Geist hin- und herblicke. »Ich kann dir helfen, wenn du willst.«

»Was?«, sagt Jane und wirbelt zu mir herum. »Nein, so hab ich das nicht gemeint. Was machst du denn?«

»Bitte«, sagt Veronica. »Ich will einfach dahin, wo ich hingehöre. Wo meine Grandma auf mich wartet.«

»Aber ... nein!«, ruft Jane. »Veronica, bitte, du musst nicht sofort gehen. Bleib doch noch. Vielleicht gefällt es dir ja.«

»Es ist ihre Entscheidung, Jane«, sage ich ruhig.

»Verdammt noch mal, Lexi«, brüllt sie mich an, aber ich blicke an ihr vorbei zu Veronica.

»Darf ich dir erst noch ein paar Fragen stellen? Es geht ganz schnell.«

Veronica schluckt schwer, doch dann nickt sie.

»Hast du gesehen, wer es getan hat?«

Sie schüttelt den Kopf. »Ich erinnere mich nur noch daran, wie ich auf dem Boden lag. Ich konnte mich nicht bewegen. Und dann war da der Schmerz.«

»Du konntest dich nicht bewegen?«, wiederholt Jane.

Veronica nickt. »Ich hab's versucht. Es war, als wären meine Arme und Beine erfroren. Ich konnte nicht mal die Augen aufmachen.« Sie verschwindet wieder flackernd und Jane stöhnt frustriert auf.

»Was ist denn los mit ihr?«, fragt sie mich.

»Ich bin mir nicht sicher«, sage ich stirnrunzelnd. »Ich glaube, sie wird schwächer.«

Veronica flackert wieder auf, aber an den Rändern bleibt ihre Gestalt verschwommen.

»War da noch was?«, frage ich schnell. »Eine Stimme, ein Geruch, ein Geräusch?«

Sie verzieht das Gesicht vor Konzentration. »Ich habe Benzin gerochen. Auf dem Boden. Und jemand sagte ›Nein‹. Jemand Wütendes sagte ›Nein‹. Und jetzt bitte. Hilf mir.«

»Aber dir muss klar sein – ich weiß nicht, was da kommt«, sage ich. »Ich kann dir nichts versprechen. Ich weiß nicht, was dich erwartet.«

»*Ich* weiß, was mich erwartet«, sagt Veronica. »Und ich habe keine Angst.«

»Lexi, nicht«, fleht Jane ein letztes Mal, aber ich gehe an ihr vorbei und stelle mich vor Veronica.

»Okay«, sage ich zu ihr. »Kämpf nicht dagegen an.«

Sie nickt und macht die Schultern gerade. »Ich bin bereit.«

Ich entfalte meine Magie und schiebe. Veronicas Lippen bewegen sich, ein geflüstertes Gebet.

»... und ob ich schon wanderte im finstern Tal ...«

Sie wehrt sich nicht, versucht nicht, zu bleiben. Ich schiebe sanft, bis ihr Geist in was immer auf der anderen Seite wartet hinübergleitet.

»Das hab ich nicht gewusst«, sage ich keuchend. »Dass es so sein kann.«

»Wie denn?«

»Friedlich«, sage ich. »Etwas, gegen das man sich nicht wehren muss. Etwas Gutes, keine Bedrohung, die von mir ausgeht.«

»Tja, schön, dass du glücklich bist«, sagt Jane bitter.

»Es geht nicht um mich«, sage ich. »Sie wollte es so.«

»Du hast ja gar nichts anderes versucht«, sagt Jane, und Blut sammelt sich unter ihrem Kinn.

Ich fahre mir mit der Hand über den Kopf und wende mich wieder Richtung Büro.

»Wo willst du hin?«, fragt Jane.

»Sie meinte, sie konnte sich nicht bewegen«, entgegne ich und mache die Tür weit auf. »Carl?«

Er ist noch am Telefon, bedeckt aber die Sprechmuschel. »Ja?«

»Könnte sie unter Drogen gesetzt worden sein?«, frage ich.

»Haben wir überprüft, die toxikologischen Tests haben nichts Verdächtiges ergeben«, sagt er.

»Möglich, dass was übersehen wurde?«

Er schüttelt den Kopf. »Ausgeschlossen. Wir haben sie zweimal gemacht. Beim ersten Mal war das Ergebnis uneindeutig, also haben wir noch mal getestet, um sicherzugehen.«

»Uneindeutig?« Mir steigt das Blut in den Kopf.

»Ja, aber das waren sicher nur die Krebsmedikamente.«

Ich starre ihn an. »Was?«

»Hast du das nicht gesehen? Im Bericht?«, fragt er. »Das arme Ding hatte nicht mehr lang zu leben. Lungenkrebs im Endstadium.«

Jane flucht laut hinter mir.

»Wie auch immer, die ersten Ergebnisse waren wackelig, die Messwerte Kraut und Rüben. Wir dachten, es ist ein Computerproblem und haben die Tests wiederholt, und da waren die Werte normal. Keine chemischen Stoffe bis auf die Krebsmedikamente.«

Ich nicke, während unter meiner Haut heiße Wut pulsiert. »Danke für alles, Carl«, sage ich. »Du hast was gut.«

»Hey, Lex?«, fragt er und lässt den Hörer sinken. »Pass auf dich auf, ja?«

»Das werde ich.« Ich wende mich ab und Jane bemerkt meinen Gesichtsausdruck.

»Was?«, fragt sie. »Was ist los?«

Ich warte mit der Antwort, bis wir draußen sind. Zauber pfuschen in deinem Körper herum, pfuschen auf molekularer Ebene in dich hinein. Diese Tests waren nicht uneindeutig.

»Du wurdest verzaubert«, sage ich durch zusammengebissene Zähne. »Der Bastard hat dich verzaubert, damit du dich nicht bewegen konntest. Dieses *Schwein.*«

Ich will was kaputtmachen, will meine Schreie rauslassen, bis meine Kehle wund ist.

»Lexi«, sagt Jane und packt mich an den Schultern. »Beruhige dich. Es ist okay.«

»Nichts ist okay«, sage ich. »Du warst allein, du hattest Schmerzen und ich ...« Mir versagt die Stimme. Jane tritt vor und schlingt die Arme um mich. Obwohl sie sauer auf mich ist, obwohl ich *sie* trösten sollte.

»Es ist vorbei, Lexi«, sagt sie. »An den Teil kann ich mich nicht mal mehr erinnern. Ich bin hier und mir geht's gut. Komm schon, verschwinden wir, bevor jemand sieht, wie du die Luft umarmst.«

Ich löse mich widerwillig von ihr und bemerke, dass ich immer noch den falschen Fingernagel in der Hand halte. Ich stopfe ihn in die Hosentasche, ohne recht zu wissen, warum. Er war ja gar nicht wirklich Teil von Veronica.

»Schmeißt du den weg?«, fragt Jane.

»Nein«, sage ich und hole zittrig Luft.

»Warum nicht?«

Ich habe darauf keine rechte Antwort, es fühlt sich einfach falsch an.

»Weil«, sage ich schließlich, »er kein Müll ist.«

14

Am Himmel hängt ein großer gelber Erntemond, der die Millionen Lichtpunkte der Stadt winzig erscheinen lässt. Es ist ein Feuermond, ein Teufelswindmond, einer von der Sorte, die ein Opfer verlangt. Die Hexen werden heute Nacht in voller Truppenstärke draußen sein und die Hände in Lammblut tränken. Oder in etwas Krasserem.

Ich mische bei ihren Pentagrammen und dem Hühnerknochenunsinn nicht mit, aber sogar ich spüre den Sog. Heute Nacht ist es heiß, die Luft ist trocken und geladen mit Vorsatz. Ich kurbele das Fenster runter, lasse mir die Luft ins Gesicht peitschen und das Mondlicht über das Armaturenbrett strömen. Auf dem Mond gibt es praktisch keine Atmosphäre, nur winzige Spuren von Natrium und Kalium. Die Fußspuren der Astronauten werden erst in hundert Millionen Jahren verblassen. Was für eine Vorstellung. Wenn die Sonne schließlich verlischt, werden nur noch die Geister übrig bleiben.

Janes Gesicht schwebt vor meinem geistigen Auge, ihr Blick war wieder getrübt, als ich die Wohnung verließ. Auch jetzt noch möchte ein Teil von mir zurückfahren, sich zu ihr setzen und ihr das Haar zurückstreichen, bis das Blut nicht länger tropft. Ich stecke schon zu tief drin, das merke ich selbst. Wusste ich, dass es so weit kommen würde? Ich wollte nur etwas wiedergutmachen, ihr ein bisschen Frieden verschaffen und mein Gewissen erleichtern. Ich hatte nie vor, sie so nah heranzulassen, wollte mich nie von ihr küssen lassen. Ich konnte mir nicht vorstellen, dass sie sich in mein Hirn graben würde, in die Hohlräume in meinem Inneren. Deda hatte recht – ich werde von ihr verzehrt, von diesem Geist eines Mädchens. Aber er hat nicht geahnt, dass auch ich sie verzehren, ihre nackte Haut an meiner spüren will, bis sie alles Raue in mir geglättet hat.

Ich finde einen Parkplatz und mache den Wagen aus, lege die Stirn auf das glatte Plastik des Lenkrads. Ich habe einen Fehler gemacht. Ich hätte nie damit anfangen sollen, aber nun muss ich es zu Ende bringen. Je länger es dauert, desto schwerer wird es am Schluss. Und einen Schluss muss es geben, obwohl ich bei dem Gedanken vor Wut schreien möchte.

Ein Klopfen am Fenster lässt mich zusammenzucken. Theo hebt entschuldigend eine Hand.

»Sorry«, sagt er. »Kommst du rein? Wir sollen immer zu zweit bleiben. Urie will nicht, dass jemand allein erwischt wird.«

Ich nicke und schlüpfe aus dem Auto, knalle die Tür mit einer Endgültigkeit zu, die mir symbolisch erscheint.

»Ja«, sage ich. »Ich komme.«

Wir gehen zum Club, vertraut miteinander schweigend. Theo und ich verstehen einander, unsere Freundschaft ist zwar oberflächlich, beruht aber auf gegenseitiger Anerkennung. Ich vertraue ihm mit meiner Haut und er mir mit seinen Gaben und mehr müssen wir nicht wissen. Ich stelle ihm keine Fragen und er versucht nicht, mehr über mich herauszubekommen. Nicht wie andere Leute, die bohren, wenn es nicht angebracht ist, und es sofort ausnutzen, wenn man sich mal aus der Deckung wagt …

Es reicht, sage ich mir. Ich grabe die Fingernägel in die Handflächen und heiße den Schmerz willkommen, ein Pawlowscher Reflex.

»Alles in Ordnung?«, fragt Theo mit Blick auf meine geballten Fäuste.

»Alles gut«, lüge ich und versuche die Hände zu lösen. »Und bei dir?«

Theo zuckt mit den Achseln. »Nicht schlecht. Wenn man bedenkt, dass hier ein Mörder frei rumläuft.«

»Hast du Angst?«, frage ich.

»Nicht so sehr um mich«, entgegnet er. »Aber um die anderen, ja. Und du?«

»Ja«, sage ich. »Ich habe Angst. Aber nicht vorm Tod.«

»Wovor dann?«

Ich habe Angst zu versagen. Angst, Jane zu enttäuschen. Und Angst, dass das Ende kommt, bevor ich bereit bin.

»Vor vielen Dingen«, sage ich schließlich.

Theo nickt und hakt nicht weiter nach. »Ich hab eine Idee für ein neues Motiv, das ich ausprobieren will, wenn du Lust hast.«

»Klar«, sage ich. »Was für eins?«

»Es hat irgendwie mit Licht zu tun, glaube ich«, sagt er stirnrunzelnd. »Ich weiß es nicht genau. Die Ideen kommen mir einfach, aber ich bin mir nie sicher, was sie bedeuten, bis ich anfange, sie zu stechen.«

»Ich habe nur bald keinen Platz mehr auf den Armen.« Ich lasse Theo frei über meine Haut verfügen, lasse ihn die Details ausprobieren, als wäre ich Schmierpapier. In der Hälfte der Fälle funktionieren die Entwürfe nicht, wie bei der Uhr auf meiner Schulter, die auf ewig Mitternacht anzeigt, oder bei dem Raben auf meinem Unterarm.

»Dafür hat man Beine«, sagt er. »Arbeitest du heute mit Nic?«

Ich schüttele den Kopf. »Sie hat frei.« Ich werfe ihm einen Seitenblick zu. »Warum fragst du?«

Wenn ich ihn nicht ansehen würde, wäre mir die leichte Rötung entgangen, die seine Wangen dunkler färbt.

»Nur so«, sagt er und wechselt schnell das Thema. »Wie ist die Lage an der Geisterfront?«

Ich kaue innen auf meiner Wange. »Ich arbeite dran.«

»Klingt kompliziert.«

»Das ist die Untertreibung des Jahrhunderts.«

»Sei vorsichtig«, sagt er. »Der Schutz der Tattoos hat Grenzen.«

»Ist das der Moment, in dem du mir sagst, dass ein Sturm im Anmarsch ist?«, frage ich. »Oder irgendein anderer kryptischer Scheiß?«

»Nein«, sagt er kopfschüttelnd. »Der Moment, in dem ich dir sage, dass du mich anrufen sollst, wenn du Hilfe brauchst.«

Wir erreichen die Tür und Theo hält sie mir auf.

»Danke«, murmele ich und stapfe rein. »Merk ich mir.«

»Du weißt ja, wo du mich findest«, sagt Theo. »Ich kenne die Regeln dieses Spiels nicht, aber ich weiß, dass du auf dem Brett stehst.«

»Ach ja?«, sage ich auf dem Weg den Flur hinunter. »Tja, ein paar von uns wollten gar nicht mitspielen.«

Ein Teil von mir ist dankbar, dass Nic heute frei hat, weil ich dann nicht mal so tun muss, als wäre ich gute Gesellschaft. Lila arbeitet normalerweise auf der Hauptetage und sieht mich die ganze Nacht kaum an. Ich weiß nicht, ob sie meine miese Laune spürt oder ob sie sauer ist, weil es hier oben weniger Kunden und Trinkgeld gibt, aber so oder so soll es mir recht sein.

»Bekomme ich einen Gin Tonic?«

Ich nicke dem Mann am Tresen zu und gieße etwas Gin in ein Glas. Jedenfalls glaube ich, dass es Gin ist; der Schnaps ist klar, das muss reichen.

»Ich bin David«, sagt der Mann mit breitem Grinsen. Er ist nicht unattraktiv. Er hat dunkles, weich wirkendes Haar und leicht schiefe Schneidezähne. Aber es ist mir egal, wie er heißt. Er rückt so nah heran, dass meine Hände ihn streifen könnten. Ich stelle den Drink vor ihm ab und starre ihn mit eiserner Miene an.

»Danke«, sagt er und verschüttet etwas Gin Tonic, als er das Glas ergreift.

»Das machst du also die ganze Nacht?«, fragt eine vertraute Stimme. »Leute anstarren?«

Ich hole scharf Luft und versteife mich, um mich vom Zusammenzucken abzuhalten, als eine Hand durch Davids Brust fährt und den Zeigefinger schwenkt.

»Er spürt mich doch nicht, oder?«, fragt Jane und streckt den Kopf hinter ihm hervor. Sie winkt. »Hi, ich bin David«, sagt sie mit tiefer Stimme. »Ich bin dreißig, aber ich grabe immer noch Teenager an. Willst du mein Drehbuch lesen?«

Ich beuge mich vornüber und huste laut, bis Davids Lächeln erlischt und er hastig abzieht. Lila wirft mir einen angewiderten Blick zu, aber ich tue so, als hätte ich nichts bemerkt, und sie ignoriert mich wieder, während Jane durch den Tresen gleitet.

»Was *machst* du hier?«, flüstere ich, ohne die Lippen zu bewegen.

»Auf dieser Etage war ich in jener Nacht nicht«, sagt sie und lehnt sich gegen den Eisbehälter. »Macy wollte gern auf die Tanzfläche. Ich dachte einfach, ich laufe mal ein bisschen rum und gucke, ob ich mich an was erinnere.«

»Und?« Ich blicke mich um, aber niemand achtet auf mich. Vielleicht sieht es so aus, als würde ich zur Musik mitsingen.

»Nada. Dein Typ ist nicht so alt, oder?« Sie weist mit dem Kopf auf den abziehenden David und ihre Augen funkeln abenteuerlustig. »Der, den Trevor erwähnt hat? Phillip?« So wie sie den Namen ausspricht, klingt es wie eine Beleidigung.

Lila wendet mir den Rücken zu, deshalb verziehe ich Jane gegenüber das Gesicht. *»Nein.«*

»Also, wer ist er denn nun? Ist er hier?« Sie beugt sich über den Tresen, stützt sich auf der feuchten Oberfläche ab. Der Anblick lenkt mich ab, die glatte Haut ihrer Unterarme, gesprenkelt mit Sommersprossen.

»Warum interessiert dich das so?«, frage ich und kann nicht widerstehen, mich so nah an sie zu lehnen, dass unsere Schultern sich berühren.

Sie blickt auf meine tintenverzierten Arme, die so ganz anders sind als ihre.

»Wie viele Tattoos hast du?«, fragt sie.

Ich blinzele. »Oh. Keine Ahnung, ehrlich gesagt. Ich habe irgendwann aufgehört zu zählen. Ich lasse Theo auf mir üben.«

»Was bedeuten sie?«

Ich zucke mit den Achseln. »Verschiedenes.«

Jane macht ein genervtes Geräusch. »Das da«, sagt sie und zeigt auf den Kompass auf meiner Schulter. »Wofür steht das?«

»Das ist für den Fall, dass ich mich verirre. Es führt mich zurück zum Club.«

»Und das hier?«, fragt sie und piekt auf den Kreis in der Nähe des Ellbogens. »Sieht aus wie ein Rad.«

»Der ist zur Abwehr von Zwangzaubern.«

»Und das?«, fragt sie und presst einen Finger auf den Schildknoten auf der Innenseite meines Handgelenks, dessen Linien an manchen Stellen seltsam unterbrochen sind.

»Der ist zum Schutz«, sage ich und sehe weg.

»Schutz wovor?«

»Das ist schwer zu erklären.« Es ist eine der ersten Tätowierungen, die ich mir habe stechen lassen. Ich bat Theo um etwas, das meine Kräfte blockiert, damit ich den Tod und die Geister nicht mehr sehen muss. Es brannte beim Stechen, und egal wie viel Macht Theo zu kanalisieren suchte, die Tinte wollte sich nicht verbinden.

»Du hast eine Menge Geheimnisse, was?«, fragt Jane und legt den Kopf schief.

»Muss ich haben. Das ist auch eine Form von Schutz.«

»Lexi«, ruft jemand und ich fahre zusammen, ramme einen Ellbogen in etwas Warmes.

»Vorsicht«, sagt Ilia und weicht aus.

Ich zucke zurück, verfluche mich dafür, dass ich mich habe ablenken lassen.

»Äh, sorry«, stammele ich und versuche, die Spannung und die Bilder, die mein Hirn fluten, abzuschütteln.

Ilia sieht mich stirnrunzelnd an, während ich die Arme um mich schlinge.

»Alles okay?«, fragt er sanft, als wäre ich ein wildes Tier, das er beruhigen will.

»Klar«, blaffe ich, aber das scheint ihn nicht zu überzeugen. Ich stoße so gut wie nie mit Leuten zusammen. Ich passe immer auf, wo ich hingehe, um die Gefahr von Berührungen möglichst klein zu halten.

»Ist *das* Phillip?«, fragt Jane missbilligend.

»Was willst du, Ilia?«, frage ich mit besonderer Betonung seines Namens.

Er wird ernst. »Unsere Leute haben was erreicht. Ich habe die Aufnahmen wiederbekommen.«

Mein Puls fängt an zu rasen, bis ich ihn im Hals spüren kann.

»Meinst du, du könntest deine kleine Freundin herholen?«, fragt Ilia mit in die Höhe gezogener Augenbraue.

»Heute muss dein Glückstag sein«, sage ich und blicke zu Jane.

»Was, sie ist hier? In diesem Moment?« Ilias Augen schießen umher, als würde er nach ihr suchen.

»Er ist nicht allzu helle, oder?«, fragt Jane.

»Er tut, was er kann«, erkläre ich ihr. »Ilia, das ist Jane. Jane, Ilia.«

Ilia richtet den Blick auf eine Stelle links von Jane. »Ähm. Freut mich, dich kennenzulernen?«

»Ganz meinerseits«, erwidert sie voller Ironie.

»Also, legen wir los?«, fragt er.

»Ja«, sage ich. »Gehen wir.«

Ilia geht zum Korridor, ich folge ihm mit einem Schritt

Abstand. Ohne mich umzudrehen, spüre ich Jane hinter mir, ihre Anziehungskraft. Es gibt kein Entrinnen. Sie ist wie mein Kompass, mein Magnet. Ich weiß immer, wo Jane ist.

Ilia lässt uns in Uries Büro und verriegelt dann die Tür hinter mir. Jane sickert durch das Holz und dreht sich langsam im Kreis, um den großen Raum voller Bildschirme auf sich wirken zu lassen. Es brennt kein Licht, aber das Flackern der Schirme legt sich auf Ilias Gesicht und entzieht ihm alle Farbe.

»Einen Moment noch«, sagt Ilia und steckt einen USB-Stick in den Anschluss. »Alle bereit?«

Jane wirkt angespannt und zuckt zusammen, als ich sie an der Schulter berühre.

»Jane? Bist du bereit dafür?«

Sie nickt mit verkniffenem Mund. »Ja. Ich will es sehen. Ich muss es sehen.«

Ihre Stimme ist ruhig, aber ihre Augen werden wieder milchig und die Fernsehschirme fangen an zu flackern.

»Reiß dich zusammen«, fordere ich. »Jane ...«

»Schon gut«, blafft sie und schließt die Augen. Als sie sie wieder aufschlägt, sind sie braun. »Ich schaff das schon.«

Ilia dreht sich zu uns um. »Es tut mir sehr leid, was dir passiert ist«, sagt er an eine Stelle über meiner Schulter gewandt. »Aber wir brauchen wirklich deine Hilfe. Wir finden keine Spur von dem, der es getan hat, deshalb ist alles, woran du dich erinnern kannst, egal wie klein ...«

»Ja«, sagt Jane und schluckt schwer. »Ich versteh schon.«

»Sie weiß Bescheid«, sage ich. »Leg einfach los.«

Ilia nickt, drückt einen Knopf und auf den Bildschirmen

erscheinen neue Bilder. Ich sehe die Aufnahmen vom Club, die dichtgedrängten Körper, die sich zu einem stummen Beat wiegen. Über den Köpfen blitzendes Licht, die Blau- und Grüntöne etwas gedämpft und körnig.

»Ich lasse es ab Mitternacht durchlaufen«, sagt Ilia. Er dreht an ein paar Knöpfen und die Bilder springen im Schnelldurchlauf vor, aus Tag wird Nacht, Gesichter verschwinden und tauchen an anderen Orten wieder auf. Dann hält er an und lässt den Film in normalem Tempo laufen. Vier Bildschirme, auf denen derselbe Raum aus unterschiedlichen Blickwinkeln zu sehen ist. Es sieht aus wie jeder normale Abend im Club, lauter schöne Menschen, so eng beieinander wie möglich. Ich gehe näher heran, bis ich direkt vor den Bildschirmen stehe, und durchforste die Menschenmenge nach dem Gesicht, das direkt neben mir ist.

Wir sprechen kein Wort, während die Aufnahmen laufen. Die Realität jener Nacht wiegt zu schwer, ist für uns beide zu belastet mit Erinnerungen. Jede Bewegung, die jemand macht, fühlt sich an wie eine Entscheidung, die zum unausweichlichen Ende führt. Wenn nur der DJ ein anderes Lied gespielt hätte. Wenn nur dieser Drink nicht verschüttet worden wäre. Ich sehe zu, wie sich jene Nacht vor mir abspielt, ein Film, den ich schon hundert Mal gesehen habe, aber ich hoffe immer noch auf einen anderen Ausgang.

»Da«, sagt Jane schließlich und ich schüttele das schlechte Gewissen ab. Sie zeigt auf eine Gruppe auf dem linken Bildschirm, die der Reihe nach in den Club geht, und Delilahs glänzendes blondes Haar fällt mir als Erstes auf. Dann erkenne ich Macy in einem leuchtend roten Kleid und schließlich Jane. Sie lacht aus vollem Hals. Jane, lebendig, unversehrt und glücklich. Ich blicke zu dem Mädchen neben mir, das ich niemals mit dem auf dem Schirm verwechseln könnte. Sie sehen vielleicht gleich aus, aber meine Jane ist nicht jene Jane. Meine Jane hat nie so sorglos und unschuldig ausgesehen. Meine Jane ist wütend, wild und ein bisschen grausam. Ich weiß, welche mir lieber ist.

»Ich glaube ... ich glaube, daran erinnere ich mich«, sagt Jane leise. »Ich erinnere mich an das unbeschwerte Gefühl. An die Musik.«

Sie berührt die Stelle, wo sie auf dem Bildschirm zu sehen ist, ihre Finger verschmelzen mit dem Glas. Eine quälende Sehnsucht zeichnet sich auf ihrer Miene ab, unverstellt und verletzlich. Das Bild bleibt für eine Millisekunde stehen und sie reißt die Hand weg.

»Tut mir leid«, murmelt sie.

»Das ist sie, oder?«, fragt Ilia. »Das ist Jane?«

»Ja«, sage ich knapp.

Ilia seufzt schwer, während ich zusehe, wie die Mädchen in einem kleinen Kreis und mit Drinks in den Händen miteinander tanzen. Ein Junge kommt dazu, wirbelt Macy herum, bis sie lacht und sich an ihm festkrallt. Irgendwann rufen ihn seine Freunde und er geht wieder. Ein anderer Junge macht mit, dann ein Mädchen mit Pony, aber keiner von ihnen bleibt länger. Ich präge mir jedes Gesicht ein und mache mit meinem Handy körnige Fotos. Glattrasierte Kids, die Wangen noch jugendlich voll. Keiner von ihnen sieht wie ein Mörder aus.

»Ich erinnere mich ans Tanzen«, sagt Jane langsam. »Meine Schuhe haben an den Zehen gedrückt.«

Ich weiß nicht, wie lange wir den Mädchen beim Tanzen,

Trinken und Kichern zusehen. In den Ecken entdecke ich einige von unseren Leuten. Lila und Theo hinter dem Tresen, die im Akkord Drinks servieren. Adam und Jordan, die sich durch die Menge schieben und mit der stoischen Miene von Sicherheitsleuten an den Mädchen vorbeistreifen. Ich habe Angst vorzuspulen, Angst, den Sekundenbruchteil zu verpassen, der uns endlich eine Antwort gibt. Ein anderer Junge kommt tanzend dazu und legt Jane den Arm um die Taille. Ich versuche ein Standbild seines Gesichts hinzubekommen und bin irritiert. Er hat eine schwarze Baseballkappe tief ins Gesicht gezogen. Ich kann ihn nicht richtig erkennen, deswegen sehe ich mir die Bilder aus einem anderen Blickwinkel an, aber da hat er den Kopf weggedreht. In jeder Einstellung ist sein Gesicht verdeckt, fast, als hätte er gewusst, wo die Kameras sind. Fast, als hätte er den Club ausspioniert.

»Der«, sage ich so leise, dass es kaum ein Flüstern ist. Jane geht näher an den Schirm heran und ihre Augen werden wieder glasig, als sie den Mann anstarrt. Ich lege ihr ganz sanft die Hand auf den Arm, berühre gerade so die feinen Härchen.

»Es ist okay«, hauche ich.

»Was?«, fragt Ilia, und ich lasse die Hand sinken. »Die Baseballkappe?«

»Vielleicht«, sage ich.

»Ich kann ihn nicht erkennen«, sagt Ilia und kneift die Augen zusammen. »Er *könnte* einer von uns sein.«

»Er könnte jedermann sein«, sage ich.

Als der Mann genug mit Jane getanzt hat, flüstert er ihr etwas ins Ohr und geht. Ich versuche ihn im Blick zu behalten, aber von einem Augenblick auf den nächsten ist er in der Menge verschwunden. Ist das der Mann, der sie umgebracht hat? Oder ist es nur ein Fremder, der versucht, bei einem hübschen Mädchen zu landen?

»Er hat mit mir geredet«, sagt Jane, ihre Wut wie ein verwundetes Tier. »Er hat irgendwas zu mir gesagt. Ich habe ihn mit mir *reden* lassen. Ich habe ihn mit mir *tanzen* lassen.«

»Erinnerst du dich?«, frage ich fast flehend. »War er das?«

»Ich ... ich weiß es nicht«, presst Jane heraus. »Aber er hat was zu mir gesagt. Und warum versteckt er sein Gesicht?«

»Wir wissen nicht, ob er es war«, sage ich Ilia zuliebe.

»Wir wissen nicht, ob er es *nicht* war«, kontert Jane.

Die Mädchen tanzen noch ein Lied weiter, bis Delilah Macy eine Hand auf die Schulter legt. Wegen des unterdrückten Gähnens und der Kopfbewegung kann ich mir denken, worüber sie reden. Macy schmollt einen Moment, aber Delilah zerrt an ihr, fächelt sich Luft zu, und die Mädchen machen sich auf den Weg durch die tanzenden Menschen. Es dauert einen Moment, bis sie sich Hand in Hand hindurchgewunden haben. Ich folge ihrem Weg von einem Bildschirm zum anderen, während sie sich durch die Pulks von Tanzenden und Trinkenden schieben, bis sie schließlich die Tür erreichen und in die Nacht hinaustreten.

»Da kommen wir«, sagt Ilia.

Auf dem Bildschirm wirke ich blasser, hagerer, wie ein Skelett mit Haut. Ich möchte diesen Teil nicht sehen, aber ich kann auch nicht anders als hinzugucken.

»Da sind wir uns zum ersten Mal begegnet«, sagt Jane. »Oder da bist du der begegnet, die ich einmal war. Meinem früheren Ich.«

Meine Erinnerungen vermengen sich mit den Aufnahmen und lassen alles schärfer hervortreten. Ich erinnere mich an das Geräusch meiner Stiefel auf dem Pflaster, den Geruch von Zigaretten und Parfüm aus dem Club. Das saure Brodeln meines Magens, Ilias Ruf, dass ich warten soll. Hätte ich doch nur auf ihn gehört.

Ich weiß, was kommt, zucke aber trotzdem zusammen, als Jane in mich hineinrennt. Es fühlt sich falsch an, dass es geräuschlos passiert. Er sollte *Bäm!* machen, er sollte widerhallen, dieser verheerende Moment.

»Du siehst völlig panisch aus«, sagt Jane mit verwundertem Blick auf mein aufgewühltes Gesicht. Ich sehe, wie ich zurückstolpere und verzweifelt von dem todgeweihten Mädchen wegzukommen versuche. Arme Unwissende, alle beide.

»Was war das denn?« Jane sieht mich endlich an. »Wovor hattest du solche Angst?«

Ich presse die Lippen zusammen. Ich kann es ihr nicht sagen. Ich werde es ihr niemals sagen.

»Und wieder weg«, sagt Ilia, der mich an Jane vorbeihasten und ins Gebäude rennen sieht.

»Ja«, sage ich mit brechender Stimme. Ich sammele etwas Feuchtigkeit im Mund und richte die Aufmerksamkeit wieder auf Jane, die mit ihren Freundinnen auf dem Parkplatz steht. Sie diskutiert mit ihnen, gestikuliert wild. Lügt sie an.

Delilah gähnt und stemmt die Hände in die Hüften und Macy wirft schließlich kapitulierend die Arme in die Luft. Dann nimmt Delilah Jane kurz in den Arm, während Macy streng mit dem Zeigefinger auf Jane zeigt. Jane lacht und winkt ihnen zum Abschied, als sie in den wartenden Wagen steigen.

»Ich habe ihnen gesagt, dass sie fahren sollen«, sagt Jane,

die ihre Freundinnen verschwinden sieht. »Sie wollten nicht, aber ich muss ihnen gesagt haben, dass sie gehen sollen.«

Als der Wagen nicht mehr zu sehen ist, verschwindet das Lächeln von Janes Gesicht. Ohne sich noch einmal umzusehen marschiert sie über den Parkplatz zurück zum Club. Ich richte den Blick auf die Aufnahmen der nächsten Kamera, suche nach demjenigen, der sie drinnen erwartet. Es muss der Typ mit der Kappe sein, er muss es sein, aber ich kann ihn nirgends entdecken.

Und dann, kurz bevor sie die Tür erreicht, biegt Jane ruckartig nach links ab und marschiert in die Gasse.

»Moment, was?«, stößt Jane hervor. »Wo zum Teufel will ich denn hin?«

Ich blicke von Bildschirm zu Bildschirm, suche nach einem Auto, nach einer weiteren Person, aber in der Gasse haben wir keine Kameras. Ich sehe nur Janes Rücken aus dem Blickfeld verschwinden. Sie geht so zielstrebig, als wüsste sie genau, wohin.

»Drück auf Pause«, fahre ich Ilia an und er lässt das Bild einfrieren.

Ich nehme das Bild unter die Lupe, suche nach irgendetwas, das sich in der Dunkelheit, die Jane umgibt, verborgen hält.

»Ich bin zu ihm gegangen, oder?«, fragt Jane, aber ich glaube nicht, dass sie mich fragt. »Schlimm genug, dass ich mich nicht gewehrt habe. Aber ich bin direkt in die Arme desjenigen gelaufen, der mich umgebracht hat.«

Sie sieht mich entsetzt und mit halb geöffnetem Mund an.

»Weiter?«, fragt Ilia.

Auf dem Schirm ist nichts zu sehen. Nichts außer den flackernden Straßenlaternen, nassem Asphalt und der schmalen Gestalt eines Mädchens auf dem Weg in den Tod. Wen oder was hat sie dort getroffen? Den Typ mit der Kappe? Einen Fremden? Und warum fehlt von Janes Leiche jede Spur, während Veronicas sofort aufgefunden wurde?

»Ich weiß es nicht«, sage ich leise. »Jane, woran erinnerst du dich noch, nach dem Tanzen?«

»An nichts«, sagt sie und krallt die Finger zusammen. »Es wird irgendwie alles schwarz.«

»Wann? Wann genau wird alles schwarz?«

Sie kneift das Gesicht zusammen und ich kann fast hören, wie angestrengt sie nachdenkt.

»Kurz bevor ich mit dem Jungen mit der Kappe getanzt habe«, sagt sie. »Ich kann mich nicht an ihn erinnern. Das Einzige, woran ich mich danach noch erinnern kann ... bist du.«

»Verdammt.« Ich habe zu viele Fragen und zu wenige Informationen. Ich greife in einen dunklen Abgrund und suche blindlings nach einem Seil, ohne zu wissen, ob überhaupt eins da ist.

»Soll ich es noch mal abspielen?«, fragt Ilia.

»Ich glaube nicht, dass das was bringt«, sagt Jane.

Ich schüttele den Kopf. »Ich ...«

Ein Klopfen an der Tür lässt mich so heftig zusammenfahren, dass mir der Brustkorb wehtut. Ilia macht schnell auf und das Gesicht, das reinguckt, beruhigt mich kein bisschen.

»Oh«, sagt Phillip. »Hey. Iwan sucht nach dir, Ilia, du sollst mit ihm den Personalplan durchgehen.«

»Schon gut«, sage ich. »Wir ... ich wollte gerade gehen.«

»Die Berichte«, sagt Ilia und zeigt auf eine Mappe auf dem Tisch. »Über die anderen Vermissten.«

Ich klemme mir die Mappe unter den Arm, während Ilia den Stick rauszieht und hochhält. »Nimm den auch«, sagt er. »Nur zur Sicherheit.«

Ich nicke und er wirft ihn mir zu. Ich fange ihn mit einer Hand und schiebe ihn in die Hosentasche.

»Danke«, sage ich und meide Phillips Blick. Ich folge Ilia aus dem Büro, das er hinter mir abschließt.

»Lexi, ruf mich an, wenn dir noch irgendwas auffällt, okay? Irgendwelche Details, die uns weiterhelfen.«

»Mach ich.«

»Dann such ich mal nach Iwan«, sagt Ilia. »Danke, Phillip.«

Jane schnappt leise nach Luft, als sie seinen Namen hört, und Panik flackert in mir auf.

»Ja, kein Problem«, sagt Phillip und nickt seinem Cousin zu.

Ilia verschwindet und Phillip und ich sehen uns lange an. Ich öffne den Mund, um etwas zu sagen, weiß aber nicht, was, und bevor ich die richtigen Worte finde, tritt Phillip einen Schritt vor.

»Du wirkst so ernst«, sagt er. »Was hast du da drinnen gemacht?«

»Aufnahmen von den Sicherheitskameras angesehen.« Ich blicke zu Jane, kann aber ihre Miene nicht deuten. Ich schlucke und schließe die Lücke zu Phillip.

»Klingt interessant.«

Ich sehe weg, weil mir vor den Emotionen in seinem Blick graut. »Phillip …«

»Ist das der Moment, in dem du wieder wegläufst?«, fragt er mit einem feinen Lächeln. Ich höre ein Schnauben hinter mir, das ich ignoriere.

»Nein«, sage ich und sehe ihm in die Augen. »Diesmal nicht.«

Seine Augen wandern über mein Gesicht und sein Lächeln verschwindet.

»Es tut mir leid«, sage ich und meine es auch so. Phillip verdient etwas Besseres, als ich zu geben bereit bin. »Wir wollen nicht das Gleiche. Und ich kann nicht länger so tun, als ob.«

»Du hast nie so getan, als ob«, sagt er sanft. »Ich wollte es nur nicht hören.«

Ich zucke mit den Achseln. »Ich wollte nicht, dass du es hörst.«

Er lacht leise.

»Oh, bitte«, murrt Jane.

»Ich sollte gehen«, sage ich verlegen und weiche zurück.

»Du weißt, dass du immer mit mir reden kannst, oder? Das machen Freunde so, Lex. Sie reden miteinander.«

Ich runzele die Stirn. »Freunde? Sind wir das?«

Phillip zuckt mit den Achseln, aber sein Blick wirkt aufrichtig. »Wenn wir nicht mehr sein können, dann ja. Jedenfalls würde mich das freuen.«

Ich werfe Jane einen verstohlenen Blick zu. Ihre Miene ist betont ausdruckslos und ich frage mich, was sie unter der Maske verbirgt.

»Mich würde es auch freuen«, sage ich zu Phillip.

Er fasst nach mir und ich zwinge mich, nicht zusammenzuzucken, als er meine Hand an seine Lippen presst.

»Gut«, sagt er und lässt mich los. »Ruf an, falls du mal einsam bist.«

Ich ziehe eine Augenbraue hoch. »Ich dachte, wir wollten Freunde sein.«

»Ich habe ja nicht gesagt, welche Art Freunde«, sagt er grinsend. »Wir sehen uns, Lex.«

»Wir sehen uns«, sage ich und dieses eine Mal geht er, während ich zurückbleibe.

»So«, sagt Jane mit zu heller Stimme. »Das ist also Phillip.«

15

Die Uhr im Armaturenbrett verrät mir, dass es nach drei Uhr morgens ist. Überall sonst wäre der Freeway leer, die Menschen glitten zwischen Traumschlaf und Tiefschlaf hin und her, aber L. A. ist immer wach. Ich überhole andere Autos und frage mich, was die Leute mitten in der Nacht nach draußen getrieben hat. Eine Fahrt zum Flughafen? Drinks mit Freunden? Oder sind sie wie ich, leben sie nur in den Zwischenzeiten, den Nischen, die die Welt ignoriert, in den Stunden des Teufels und der Hexen?

»Also, was ist das Problem mit ihm?« Janes Stimme durchschneidet die Stille im Wagen auf dem Heimweg.

»Wen meinst du?«, frage ich, obwohl ich schon weiß, auf wen sie sich bezieht.

»Phillip. Ist er langweilig? Küsst er zu feucht? Ist er geizig?«

Meine Hände am Lenkrad verkrampfen sich, die Tattoos dehnen sich über den Fingerknöcheln.

»Er ist nichts dergleichen und er geht dich auch nichts an«, sage ich. »Außerdem müssen wir über die Aufnahmen reden.«

»Ach, du meinst, warum ich mich meinem Mörder auf dem Silbertablett serviert habe?«, fragt Jane und verschränkt die Arme vor der Brust. »Tja, darüber möchte ich nicht reden. Ich möchte nicht mal daran *denken*. Ich möchte viel lieber darüber reden, warum dein Exfreund immer noch in dich verliebt ist, während meiner es nicht erwarten konnte mich loszuwerden.«

»So war das doch nicht mit Isaac«, sage ich. »Und Phillip war nie mein Freund.«

»Tja, warum nicht? Er wäre es offensichtlich gern gewesen. Zum Teufel, er wäre es *immer* noch gern.«

Ich presse die Kiefer zusammen. »Es ist kompliziert.«

»Er ist süß und er steht auf dich«, sagt Jane mit einem spöttischen Unterton, der mir unangenehm aufstößt. »Wo liegt das Problem?«

Diese Version von Jane mag ich nicht. Wütend und verbittert wäre sie mir lieber, auch traurig wäre sie mir lieber, Hauptsache, sie ist nicht dieser verächtliche, gehässige Geist, der mich vom Beifahrersitz aus verhöhnt.

»Dieses Gespräch werden wir nicht führen. Lass gut sein, Jane.«

»Stimmte die Chemie nicht?«, fragt sie und macht ungerührt weiter. »Hat es nicht gefunkt?«

»Ich sagte, lass es gut sein«, schnauze ich sie an, die Worte laut und harsch. »Warum führst du dich so auf? Warum musst du auf *allem* rumreiten?«

»Weil es nicht *fair* ist«, blafft sie. »Du hast mit ihm geredet, als wäre ich gar nicht da.«

Ich seufze und fahre uns weiter nach Norden, während sich der Duft von Citronella-Kerzen, der durchs offene Fenster hereinweht, mit Janes Kupferduft mischt.

»Jane, dir ist schon klar, dass ich dich *hören* kann, oder? Ich wusste, dass du da warst.«

»Aber das war ich nicht. Nicht richtig.« Sie wendet sich

ab, aber ich spüre immer noch die Wärme, die von ihr ausgeht. »Du hast noch dein ganzes Leben vor dir, Lexi. Du wirst älter werden, dich verändern, dich verlieben. Und ich werde immer noch die Gleiche sein. Ich werde festsitzen.«

»Das wirst du nicht«, sage ich mit Verbitterung. »Festsitzen, meine ich. Sobald das hier erledigt ist, hält dich doch nichts mehr hier. Du kannst gehen, wohin du willst, die Welt gehört dir. Du kannst nachts in den Louvre, du kannst dich auf die Spitze des Burj Khalifa setzen. Du kannst auf die andere Seite wechseln und rausfinden, was dort auf uns wartet. Ich bin diejenige, die festsitzt. Ich werde bis ans Ende meiner Tage in meiner beschissenen Wohnung hocken und für Urie arbeiten, immer pleite und hungrig.«

Immer leer, immer allein. Und sie wird dann schon lange weg sein, auch wenn ihr das noch nicht klar ist.

»Warum?«, fragt sie gereizt. »Du bist schlau, Lexi. Du könntest alles machen. Warum gehst du nicht ans College?«

Weil ich nicht mal die Highschool geschafft habe, möchte ich antworten. Weil ich nicht unter Leuten sein kann, ohne mich übergeben zu wollen.

»College gibt's nicht umsonst«, sage ich stattdessen. »Und ich kann meinen Job nicht aufgeben, um zu studieren.«

»Na, dann mach ein paar Online-Kurse.«

»Dafür braucht man einen Computer. Und Computer kosten Geld. Und Lehrbücher kosten Geld. Und …«

»Okay, okay, schon klar«, sagt Jane mit erhobenen Händen. »Schön.«

Ich parke den Wagen am Straßenrand und sehe dann zu ihr rüber. »Wir sitzen wohl beide fest.«

Heute Nacht ist keine Musik zu hören, im Treppenhaus

riecht es nur nach Zigaretten und Gegrilltem. Mein Magen knurrt. Ich weiß gar nicht mehr, wann ich zuletzt gegessen habe. Morgen werde ich Deda besuchen, mich mit Kaffee und pappigen Frühstücksflocken versorgen. Von meinem letzten Raubzug in der Cafeteria müssten eigentlich noch ein paar Schachteln übrig sein.

Ich lasse uns rein und durchwühle dann meinen einzigen Küchenschrank, bis ich zwei kleine Schachteln Vollkornflocken finde. Da ich keine Milch habe, esse ich die Flocken trocken, schaufele sie mir einfach mit der Hand in den Mund.

»Gott, bist du von der Rolle«, sagt mir Trevor auf den Kopf zu, der auf meinem Bett alle viere von sich streckt. »Warum kaufst du dir nicht was Richtiges zu essen?«

»Und du zahlst?«, frage ich und spüle die Flocken mit einem Glas Wasser runter.

»Mit meiner Geisterkohle?«, fragt er und wedelt mit imaginären Geldscheinen.

Jane nimmt auf dem Stuhl Platz, während sich Trevor ihr zuwendet und aufsetzt.

»Wie lief's heute Nacht?«, fragt er in sanfterem Ton.

Jane zuckt mit den Achseln. »Nicht so toll.«

»Das stimmt nicht«, sage ich. »Wir haben wenigstens neue Informationen.«

Ich setze mich neben Trevor, schlage die Mappe auf und breite die Berichte aus. Bilder starren mich vorwurfsvoll an, alle unterschiedlich, aber alle irgendwie verbunden. Ein lächelndes Mädchen mit Hund, ein Junge auf einem Skateboard, eine junge Frau mit einem Abschlusszeugnis.

»Sind das die anderen?«, fragt Jane über meine Schulter hinweg. »Wonach suchen wir denn?«

»Irgendwas«, sage ich. »Irgendwas, das eine Verbindung zu dir herstellt. Keiner von euch hat dieselbe Schule besucht, ihr seid unterschiedlichen Geschlechts, Marcus hatte magische Fähigkeiten, aber soweit wir wissen niemand sonst. Doch es muss einen *Grund* geben, warum ihr zur Zielscheibe wurdet. Irgendwas, was dem Mörder an euch aufgefallen ist, was er von euch wollte.«

»Wir sind jung«, führt Jane ins Feld. »Keiner ist über fünfundzwanzig.«

»Im Club sind die meisten unter fünfundzwanzig«, sage ich. »Es muss etwas Spezifischeres sein.«

»Vielleicht ist es einfach ein Irrer«, sagt Trevor. »So einer, der sich in die Haut anderer Menschen hüllt. Er hat die anderen Toten vermutlich gegessen oder so.«

»Trevor, hör auf mit dem Mist«, sage ich. »Er verwendet Zauber, um die Opfer außer Gefecht zu setzen. Das muss irgendeinen Sinn haben.«

Jemanden umzubringen ist nicht schwer. Man braucht keinen Zauber, um jemanden zu erschießen oder jemandem die Kehle durchzuschneiden oder einen schweren Hirnschaden zuzufügen. Aber man braucht einen Zauber, um jemanden zu lähmen, während man die Person mit einem bestimmten Ziel umbringt. Ich rufe das Bild von dem Mann mit der Kappe auf meinem Telefon auf und lege es neben die Berichte, als könnte ich damit erzwingen, dass sich die Verbindung zeigt.

»Wer ist das?«, fragt Trevor.

»Ein Verdächtiger«, sage ich. »Der einzige Typ, dessen Gesicht man auf den Aufnahmen der Überwachungskameras nicht erkennen kann.«

»Ich hab ihn mit mir tanzen lassen«, sagt Jane und schlingt die Arme um ihre Taille. »Ich hab ihn mich anfassen lassen.«

»Hey«, sage ich sanft. »Wir wissen nicht, ob er wirklich der Killer ist.«

»Ja, vielleicht wollte er einfach nur mit dir tanzen«, sagt Trevor, nimmt eine ihrer Hände und löst ihre Arme. Dann hebt er seine Hand mit ihrer an und wirbelt sie herum. »Ich würde dich um einen Tanz bitten.«

»Danke.« Jane zieht leicht den Mundwinkel hoch. »Was ist mit Lexi?«

Trevor neigt Jane nach hinten und sieht mich mit einladend zuckenden Augenbrauen an. Ich verschränke die Arme vor der Brust und starre zurück.

»Hmmm, ich glaube, sie ist nicht in Stimmung«, sagt er trocken.

»Vielleicht käme sie bei *Phillip* in Stimmung«, zieht Jane mich auf. »Er schien ziemlich scharf drauf zu sein, mit dir zu tanzen, wenn man es so nennen will.«

Trevor schnellt hoch und reißt die Augen auf. »Das gibt's nicht! Du hast Phillip kennengelernt? Wie sah er aus? Du musst mir *alles* erzählen.«

»Oh bitte, beruhigt euch, und zwar alle beide«, knurre ich.

»Das ist so unfair«, sagt Trevor. »Du weigerst dich, mir ein Bild zu zeigen. Ich weiß nicht mal, ob er heiß aussieht.«

»Er sieht okay aus«, sagt Jane und ihre Stimme wird etwas härter. »Baggert sie ein bisschen zu doll an. Und Lexi verrät mir nicht, was mit ihm nicht stimmt.«

»Es ist alles in Ordnung mit ihm«, brülle ich, aber meine Stimme wird von den Vollkornflocken gedämpft.

»Warum stehst du dann nicht auf ihn?«

Trevor lacht. »Äh, wahrscheinlich, weil sie ihn nicht anfassen kann, ohne zu sehen, wie er stirbt. Das dürfte ein echter Stimmungskiller sein.«

Mir gefriert das Blut in den Adern und Trevor hört sofort auf zu lachen.

»Es … es tut mir leid«, stammelt er mit gequältem Blick.

»Was?«, fragt Jane stirnrunzelnd. »Wovon redest du?«

Sie klingt nicht wütend, nur verwirrt. Ich sollte etwas sagen. Aber ich kriege den Mund nicht auf. Ich stehe wie angewurzelt da, mit verkrampften Muskeln und verstopften Blutgefäßen.

»Ich hab's nicht so gemeint«, sagt Trevor zu ihr. »Ignorier mich einfach.«

»Lexi?«, fragt Jane. Sie kommt auf mich zu, bis ihr Gesicht nur wenige Zentimeter vor meinem ist. »Was meint er damit, du würdest sehen, wie Phillip stirbt? Er ist kein Geist.«

»Ich sollte gehen«, sagt Trevor.

»Könnte mir mal jemand erklären, was zum Teufel los ist?«, fragt Jane gereizt.

Ich öffne den Mund, aber bringe keinen Ton heraus. Ich weiß nicht, was ich sagen soll.

»Hey, was auch immer es ist«, sagt sie sanft, »es ist schon in Ordnung.«

»Nein«, sage ich schließlich. »Das ist es nicht.«

Jane kommt noch näher. »Was meinte er damit, dass du Phillip sterben siehst?«

»Nicht nur ihn«, sage ich mit belegter Stimme. »Ich kann sehen, wann jemand sterben wird. Es ist ein Teil … es ist ein Teil von mir. Von dem, was ich kann.«

»Du kannst sehen, wann jemand sterben wird?«, wiederholt Jane und starrt mich an. »Himmel, Lexi, das ist ja schrecklich.«

Ich nicke und hoffe, dass sie es dabei belässt. Bitte, lass sie nicht weiterbohren.

»Und wie funktioniert das?«, fragt sie. »Du weißt es einfach? Bei jedem?«

Ich blicke kurz zu Trevor und er schüttelt voller Mitleid den Kopf. Mein Atem geht schneller, mein Herzschlag pocht in den Ohren. Die Kampf-oder-Flucht-Reaktion beginnt in der Amygdala, die den Impuls an den Hypothalamus weitergibt und …

»Lexi!« Jane packt mich an den Schultern und sieht mich besorgt an. Sie sorgt sich um *mich*. Da zerbricht etwas in mir, etwas, von dem ich nicht wusste, dass es mich zusammenhält. Die Worte türmen sich in meinem Mund auf, bis es sich anfühlt, als würde ich an der Wahrheit ersticken.

»Nein.« Es bricht aus mir hervor, schneidet mir über die Zunge. »Ich weiß es nicht einfach. Ich muss nah dran sein. Ich muss jemanden berühren.«

»Warum hast du mir das nicht erzählt? Du hast nie was gesagt …« Sie verstummt und ich schließe die Augen. Aber nicht schnell genug. Ich sehe ihn noch, den Bruchteil einer Sekunde, in dem die Erkenntnis ihr Gesicht verzerrt.

»In der Nacht«, flüstert sie. »In der Nacht, als ich gestorben bin. Da hast du mich berührt.«

Ich schlucke, meine Kehle ist eng und schmerzt. »Jane.«

»Hast du's gesehen? Hast du's gewusst?« Sie klingt verzweifelt, als würde sie mich anflehen, es zu leugnen.

Aber ich gestehe. »Ja.«

Sie lässt meine Schultern los, und wegen der kalten Luft

auf meinem Gesicht reiße ich die Augen auf. Jane tritt von mir weg, mit entsetzter Miene.

»Deshalb sahst du so panisch aus.« Aus ihrem Hals quillt Blut und tränkt ihr T-Shirt.

»Jane«, sagt Trevor und erhebt sich vom Bett. »Alles okay?«

»Es tut mir leid«, erkläre ich, aber das ist schmerzlich ungenügend. »Es tut mir so leid.«

»Du *wusstest* es«, sagt sie wieder und verzieht angewidert den Mund. »Und du hast nichts getan. Du hast mich sterben lassen.«

»So einfach ist das nicht.«

»Dann erklär's mir.« Sie stürzt vor und ich kann die Wut spüren, die von ihrer Haut gerade noch in Zaum gehalten wird. »Erklär mir, warum du es nicht verhindert hast.«

Ich will weggehen, aber sie packt meine Arme und reißt mich zurück. Über ihre Augen legt sich ein weißer Film und Blut sprudelt aus ihrer Kehle.

»Jane, bitte.« Ich versuche mich zu lösen, aber sie gräbt ihre Finger nur tiefer in meine Handgelenke.

»Hast du gesehen, wie er mich aufschlitzt?«, knurrt sie. »Hast du gesehen, wie ich blute?«

Ihre Hände auf meiner Haut sind heiß, zu heiß, sie beginnen zu schmerzen. Ich wehre mich nicht. Ich lasse zu, dass sie mir wehtut, lasse zu, dass ihre Wut an meinen Schutzzaubern vorbei in meine Haut fährt.

»Sag's mir«, brüllt sie und schüttelt mich. »Sag's mir!«

Meine Arme brennen unter ihren Händen und ich beiße die Zähne zusammen, damit ich nicht aufschreie. Mein Verstand stellt die Arbeit ein, brüllt nur noch, dass ich den Schmerz irgendwie beenden soll. Mir bleibt nur ein Ausweg.

»Jane, hör auf«, sagt Trevor und zerrt an ihren Händen, aber sie umschließen mich wie Handschellen.

»Halt dich da raus«, zischt Jane ihn an.

Meine Haut wirft Blasen, der Gestank von versengten Haaren steigt mir in die Nase.

»Wenn du nicht aufhörst, muss sie dich rauswerfen«, schreit Trevor. »Verstehst du? Sie wird dich zwingen zu *verschwinden*, Jane. Für immer. Willst du das?«

Sie weiß, dass ich das nicht tun werde. Ich versuche es nicht mal. Es fühlt sich an, als würde meine Haut bis auf die Knochen versengt und noch immer greife ich nicht zu dem einzigen Mittel, das den Schmerz stoppen würde.

»Tu das nicht«, fleht Trevor. »Bitte, lass nicht zu, dass sie dir das antut.«

Die Ränder meines Sichtfeldes werden schwarz. Ich konzentriere mich auf Janes Gesicht, das bleich, blutig und hassverzerrt ist. Der Schmerz ebbt ab, was kein gutes Zeichen ist, aber ich bin erleichtert. Alles bewegt sich in Zeitlupe und Trevors Stimme dringt nur noch gedämpft zu mir durch. Ich sehe, wie seine Lippen sich bewegen, aber ich verstehe die Wörter nicht mehr.

Dann kracht es laut, ich stürze nach hinten und lande ungebremst auf dem Boden. Ich schreie auf, als mich der Schmerz wieder ins Hier und Jetzt zurückreißt.

Ich blicke hoch und sehe Trevor über Jane aufragen, die Hand noch zur Faust geballt. Er sieht mich an und ich schnappe nach Luft. Seine Augen sind schwarze Löcher. Blaue Flecken und Schnittwunden überziehen sein hageres Gesicht. Blut rinnt ihm über Hals und Arme und sammelt sich an verschiedenen Stellen unter seinem Hemd.

»Geh«, sagt er zu mir. »Ich regel das hier.«

Ich starre ihn an, erkenne den Jungen vor mir kaum wieder. Er wendet sich ab, als wollte er sein Gesicht nicht zeigen. Als könnte er die Tatsache verbergen, dass auch er eines gewaltsamen, qualvollen Todes gestorben ist, dass seine Wut es zwar nicht mit Janes aufnehmen kann, dafür aber viel älter ist, ein kaltes Glimmen anstelle eines Feuers.

Jane gibt ein schreckliches Kreischen von sich und will an ihm vorbei, aber er hält sie an der Taille fest und zieht sie zurück.

»Los«, brüllt er mir zu und ich richte mich hastig und mit schmerzenden Armen auf. Auf wackligen Beinen renne ich zur Tür und reiße sie auf.

Ich sehe mich ein letztes Mal um und bereue es sofort. Sie wird mir nie verzeihen, sie wird mich nie wiedersehen wollen. Das wird meine letzte Erinnerung an Jane sein, diese kreischende, die Krallen reckende Kreatur in Trevors Umklammerung. Ich schließe die Tür hinter mir und sperre damit alles weg, was ich so sehr wollte.

Ich bewege mich zuckend und krampfend, mein Körper gehorcht mir nicht richtig. Auf dem Weg zum Auto merke ich, dass ich den Schlüssel nicht dabeihabe. Also gehe ich zu Fuß weiter, stolpere über den Gehweg, komme irgendwie voran. Ich weiß gar nicht, wo ich hinwill, bis ich an die verschlossene Tür hämmere und Nancy mich fragend durch die Glasscheibe ansieht.

»Lexi?«, fragt sie und entriegelt die Tür. »Es ist mitten in der Nacht.«

»Deda«, sage ich mit seltsam hohler Stimme.

»Er schläft, was ist denn ...« Sie bricht ab, als die Tür halb geöffnet ist und starrt an mir hinunter. »Lexi, was in aller Welt ist passiert?«

Ich sehe auch nach unten und bleibe an meinen Armen hängen. Die Haut an meinen Handgelenken ist grellrot und von Blasen überzogen. Dort, wo sie offen sind, ist die Haut nass und pink.

»Komm rein«, sagt Nancy drängend. »Die Nachtschwester kann sich das ansehen.«

Sie macht die Tür weit auf, aber ich verharre auf der Schwelle. Ich bin müde. Ich bin so, so müde.

»Lexi«, sagt Nancy scharf und streckt mir eine Hand entgegen. Dann wird ihr Ton sanfter, schmeichelnder. »Ich wecke deinen Großvater. Er kann sich zu dir setzen.«

Ich starre auf ihre Hand wie auf etwas Bedrohliches, stelle mir vor, wie die Finger der Nachtschwester meine Handgelenke berühren. Das schaffe ich nicht, nicht heute Nacht. Was mache ich hier überhaupt? Deda hat mich gewarnt und er hatte recht. Es war mein Fehler und ich werde ihn nicht damit belasten.

»Nein«, sage ich und trete einen Schritt zurück, dann noch einen.

»Lexi, du musst medizinisch versorgt werden«, sagt Nancy warnend.

Ich schüttele den Kopf. »Sag ihm ... Sag ihm, dass ich angerufen habe. Ich brauche eine Pause, aber ich komme ihn bald besuchen.«

»Lexi ...«

»Verrat ihm nicht, dass ich hier war«, sage ich und trete weiter zurück. »Verrat ihm gar nichts.«

Nancy ruft mir etwas hinterher, aber ich renne schon fort. Meine Beine tragen mich nicht weit. Ich schaffe kaum zwei Blocks, als meine Knie streiken und ich stehen bleiben muss. Das ist schon okay, ich weiß jetzt, wo ich hinwill. Ich warte an der Bushaltestelle, wo niemand ist, der meine Arme anstarrt oder Fragen stellt. Ich weiß nicht, wie spät es ist. Die Busse fahren ab vier Uhr morgens, es muss bald so weit sein. Ich habe mein Telefon zu Hause gelassen, wie auch alles andere, das mir etwas zu bedeuten schien.

Meine Arme pochen und ich konzentriere mich auf den Schmerz, Hauptsache, ich muss nicht darüber nachdenken, was passiert ist. Ich weiß nicht, wie tief die Verbrennungen sind, wie viele Hautschichten ich verloren habe, ich weiß nur, dass es sich anfühlt, als wäre ich bis auf die Knochen versengt.

Ich lasse mich in den Schmerz fallen, lasse mich von ihm erfüllen, bis mein Körper eine einzige große Pein ist. Ich spüre den Puls in den wunden Stellen auf den Armen, spüre das Blut hindurchrauschen. Jeder Pulsschlag erzählt mir, dass dieser Schmerz wohlverdient ist, und ich heiße ihn willkommen. Wenn das meine Strafe ist, dann nehme ich sie an. Ich verdiene Schlimmeres.

Der Abgasgestank trifft mich, bevor ich den Bus schnaufen höre. Der Fahrer beachtet mich kaum, als ich einsteige und mir einen Platz in den Schatten suche. Ich schließe die Augen und lehne den Kopf ans schmierige Fenster. Die Schmerzen sind zu stark, um einzuschlafen, aber ich lasse mich vom Schlingern und Brausen ein bisschen benebeln.

Mein Halt ist nicht weit entfernt, aber ich muss jedes Fitzelchen Energie zusammennehmen, um auf die Beine zu kommen. Als ich aus dem Bus nach draußen stolpere, treiben mich nur noch mein Delirium und die Gewissheit, dass ich hier genau richtig bin.

Die Türen der psychiatrischen Abteilung gleiten auf, ich wanke hinein und muss beim Anblick der vertrauten grünen Kacheln und des Stationstresens fast weinen.

»Kann ich Ihnen helfen?«, fragt der Pfleger hinter der Scheibe, aber ich höre ihn kaum.

»Lexi?« Jemand berührt mich freundlich am Ellbogen. »Geht es dir gut?«

Ich sehe den weißhaarigen Mann an, der besorgt über mir aufragt.

»Hi, Dr. Ted«, sage ich, während sein Gesicht verschwimmt und wieder scharf wird. »Ich brauche wieder eine Pause.«

»Mit wem reden Sie?«, fragt der Pfleger.

Ich blinzele und es dauert ewig, bis sich meine Lider wieder öffnen.

»Mit niemandem«, sage ich. »Da ist niemand.«

Und dann können meine Knochen meinen Körper nicht länger halten.

16

Die Schwester glaubt, ich hätte mir die Verbrennungen selbst zugefügt. Ich korrigiere sie nicht. So ist es leichter. Sie fragt nicht, wie ich es gemacht habe oder warum, sondern gibt nur leise, missbilligende Laute von sich, während sie Salbe auf die Blasen tupft. Ich zucke jedes Mal zusammen, diesmal tatsächlich mehr vor Schmerz als vor dem, was ich vor meinem geistigen Auge sehe. Nicht, dass ich es ungesehen machen könnte. Welche Ironie, dass sich eine Frau, die in der Psychiatrie arbeitet, umbringen wird.

Ich ziehe scharf die Luft ein, als sie anfängt, mich zu verbinden. Die Gaze schabt über das rohe Fleisch. Wäre ich doch nur noch bewusstlos, aber das war ich bloß ein paar Minuten. Das Vicodin sollte jeden Moment wirken. Im Moment ist mir nur übel davon.

»Stechen Sie die Blasen nicht auf«, sagt die Schwester, während sie den Verband fixiert. »Tragen Sie das Antibiotikum auf und halten Sie alles sauber.«

Ich nicke nur und sie verzieht den Mund.

»Die neue Haut wird sonnenempfindlich sein. Treffen Sie bitte Vorkehrungen. Und es werden ein paar Narben zurückbleiben.«

Ich ziehe die Arme weg und verschränke die tätowierten Finger. Sehe ich aus wie jemand, der sich an Narben stört?

Mich beunruhigt nur die Frage, ob die Tintenlinien auf meinen Handgelenken nachgezogen werden müssen, ob Theos Zauber gebrochen wurde. Spätestens, wenn ich mir eine Erkältung einfange, werde ich es wissen.

Die Schwester seufzt, streift ihre Handschuhe ab und wirft sie in einen Mülleimer.

»Sie sind fertig«, sagt sie mit resignierter Stimme. »Morgen überprüfe ich die Verbände.«

Vielleicht ist es doch keine Ironie. Vielleicht würde das, was sie täglich sieht, jeden fertigmachen.

»Danke«, sage ich und rutsche vom Tisch.

Ich könnte ihr sagen, dass sie sich Hilfe holen soll. Ich könnte ihr sagen, dass sie mit jemandem reden soll, dass ich weiß, wie es sich anfühlt, wenn sich die Dunkelheit über einem schließt. Aber natürlich tue ich das nicht. Stattdessen verschränke ich die dick verbundenen Arme und gehe. Diese sichtbare Erinnerung, dass ich Jane nicht gerettet habe, wird mir immer erhalten bleiben. Narben erzählen eine Geschichte und meine ist eine Warnung. Wer zu nah rangeht, verbrennt sich die Finger.

Das Vicodin ist fast besser als die Schlaftabletten. Es trifft mich wie ein mit Baumwolle umwickelter Hammer und ich brauche lange, um die Schuhe aufzuschnüren und ins Klinikbett zu steigen. Meine Finger sind von den Verbrennungen und dem Medikament ganz ungeschickt.

Ich rolle mich auf der Seite zusammen in dem Gefühl, dass das Bett auf Wellen schaukelt, und lasse mich von der Bewegung in den Schlaf wiegen. Ich versuche, nicht an sie zu denken, aber es funktioniert nicht. Ich hätte nicht zulassen sollen, dass sie mich küsst. Ich hätte den Kuss nicht erwidern sollen. Vielleicht hätte sie mir irgendwann verziehen. Aber ich habe sie sterben lassen und dann habe ich mich von ihr küssen lassen. Das ist eine Form von Verrat, die unverzeihlich ist. Ich hätte die Klinik nie verlassen dürfen.

Ich schlafe und schlafe und wache nur auf, wenn die Schwestern zur Kontrolle kommen, und manchmal nicht mal dann. Die Sonne steht schon tief, als ich endlich die Augen aufschlage und sie offen lasse, es muss mindestens später Nachmittag sein. Die Wirkung des Medikaments ist verflogen und ich habe stechende Schmerzen in den Armen, aber ich stehe trotzdem nicht auf. Die steife Klinikbettwäsche riecht nach Bleiche und Waschpulver, als ich mein Gesicht im Kissen vergrabe. Irgendwann werden sie mich zum Essen aus dem Bett scheuchen, sonst würde ich die ganzen zweiundsiebzig Stunden liegen bleiben.

»Bist du bereit, mir zu erzählen, was passiert ist?«

Verschlafen starre ich Dr. Ted an. Er hat seine Therapeutenpose eingenommen, überschlagene Beine, nachdenkliche Miene.

»Nein«, sage ich und drücke das Gesicht wieder ins Kissen.

»Ich kann dir nicht helfen, wenn du nicht mit mir redest.«

»Sie können mir überhaupt nicht helfen«, sage ich mit erstickter Stimme. »Sie sind tot.«

Dr. Ted reagiert verschnupft. »Ich wüsste nicht, warum das eine Rolle spielt.«

Ich seufze und drehe mich auf den Rücken. »Sie können nicht reparieren, was mit mir nicht stimmt, Doc. Sparen Sie sich die Mühe.«

»Ich ›repariere‹ Menschen nicht, Lexi. Warum erzählst du mir nicht, was *deiner* Meinung nach mit dir nicht stimmt?«

»Gott, müssen Sie so ein … *Seelenklempner* sein?«

Dr. Ted lacht. »Warum solltest du sonst herkommen?«

Ich runzele die Stirn. »Ich komme her, um mich auszuruhen. Hier ist es ruhig.«

»Es gibt viele ruhige Orte, Lexi. Bibliotheken. Hotels.«

»Sie verstehen das nicht.«

Dr. Ted lehnt sich zurück und presst seine Hände zusammen. »Was ich verstehe, ist, dass du in den vergangenen zwei Jahren immer öfter hergekommen bist. Von all den Orten, die du aufsuchen könntest, hast du dir eine Klinik voller Ärzte ausgesucht, deren Aufgabe es ist, Menschen zu helfen, die Hilfe brauchen. Nun mögen die lebenden Ärzte noch nicht dahintergekommen sein, aber ich habe keine anderen Patienten, die mich ablenken könnten. Deshalb frage ich dich noch mal: Warum kommst du her?«

Ich drücke den Kopf ins Kissen, starre an die Decke und auf den Wasserfleck, der sich in einer Ecke ausbreitet. Als ich das letzte Mal hier war, war er kleiner, kaum größer als ein Handabdruck. Jetzt sieht er aus wie ein Wasserball, aus dem komische Tentakel wachsen. Geht das wirklich schon so lange so? Wie viele Stunden habe ich schon damit verbracht, an diese Decken zu starren, in diesen kratzigen Betten zu schlafen? Und wofür?

Sechsundzwanzigtausend Lichtjahre entfernt befindet sich mitten im Zentrum unserer Galaxie ein supermassereiches Schwarzes Loch. Es ist das schwerste Objekt der Milchstraße, die Masse von Millionen Sonnen verdichtet an einem einzigen Punkt. Je näher man herankommt, desto stärker ist die Gravitation. Aus zu großer Nähe gibt es kein Entkommen. Nicht einmal Licht kann noch entweichen.

»In mir … in mir ist dieser Schrei«, sage ich schließlich. »Ich spüre ihn genau hier.« Ich drücke eine Faust aufs Ende meines Brustkorbs. »Manchmal ist er ganz leicht. Und manchmal fühlt er sich an, als wäre er mit Zement gefüllt, wie ein Betonblock, der mich runterzieht.«

»Wie lange spürst du ihn schon?«, fragt Dr. Ted.

»Mein ganzes Leben«, sage ich. »Seit ich weiß, was ich bin.«

»Was glaubst du, wofür er steht?«

»Ich glaube, dafür, wie die Dinge hätten laufen sollen«, sage ich. »Normale Dinge. Eine Mom, die dich umarmt, wenn du dir das Knie aufschrammst. Ein Geheimnis mit deiner besten Freundin haben. Mit jemandem Händchen halten, wenn im Kino das Licht ausgeht. Ich glaube, diese Dinge hätte es geben sollen, aber ich habe sie nie bekommen. Bekommen habe ich …«

Ich halte inne und Dr. Ted nickt mir zu. »Sprich weiter.«

»Schuld«, sage ich. »Jedes Mal, wenn ich jemanden nicht gerettet habe. Einsamkeit, wenn ich jemanden wegstoßen musste. Weil es weh tut Menschen nah heranzulassen. Wut, weil es nicht fair ist. Und als meine Mom gestorben ist …« Ich schlucke an dem Kloß in meinem Hals vorbei. »Ich wusste, wenn ich es rauslasse, würde ich nie wieder aufhören zu schreien. Deshalb habe ich den Schrei in mir begraben. Ich habe ihn verrotten und verkalken lassen und unter meinem Brustkorb in Ketten gelegt.«

»Und du lässt ihn nie raus?«

Ich will nicht an Jane denken. Nicht hier, nicht jetzt.

»Ich hab's versucht«, sage ich. »Nur ein bisschen. Ich dachte, es kann nichts passieren. Aber ich habe mich geirrt.«

Dr. Ted beugt sich vor. »Warum sagst du das?«

»Deshalb.« Ich halte meine verbundenen Arme hoch. »Ich dachte, ich könnte es kontrollieren, aber das kann ich nicht. Ich glaube, ich soll so sein. Nicht nur, was die Geister und den Tod angeht. Ich soll ... festsitzen.«

Ich sehe zu Dr. Ted rüber und er schaut mich ein bisschen traurig an. »Ich habe keine einfache Antwort für dich, Lexi. Vermutlich würdest du der auch nicht trauen. Wir wissen beide, dass es die nicht gibt. Aber ich bitte dich Folgendes in Betracht zu ziehen: Der Schrei, der in dir steckt? Vielleicht geht es nicht darum, *ohne* ihn zu leben. Vielleicht geht es darum, *mit* ihm zu leben.«

Ich rolle mich auf der Seite zusammen, erschöpft, obwohl ich das Bett nicht verlassen habe. Ich weiß nicht, ob er recht hat, ob es eine Möglichkeit gibt, so zu leben. Aber wenn man das, was mit mir nicht stimmt, nicht reparieren kann, habe ich keine Wahl, oder?

»Weißt du, du musst nicht warten, bis du fast zusammenbrichst, bevor du herkommst«, sagt er. »Du könntest mich jede Woche treffen, einfach, um mit jemandem zu reden. Unten gibt es eine Kantine, die meistens leer ist.«

Ich blinzele ihn unsicher an.

»Überleg's dir«, sagt Dr. Ted im Aufstehen. »Ich habe nicht gerade viel zu tun.«

»Ja«, sage ich und ziehe mir die Decke bis unters Kinn hoch. »Vielleicht.«

»Nun ruh dich aus«, sagt er und tätschelt meinen Fuß.

»Hey, Doc«, sage ich, bevor er sich umdreht. »Woran sind Sie gestorben?«

Er lächelt zu mir herunter. »Am Alter«, sagt er. »Bin am Schreibtisch eingeschlafen und nie wieder aufgewacht.«

Ich nicke müde. »Ich glaube, im echten Leben hätte ich Sie gemocht. Hätte nicht geschadet Sie zu kennen.«

Vielleicht erwidert er: »Das hätte mir auch gefallen«, aber ich weiß nicht mehr, ob ich wach bin oder träume.

Zum Abendessen stehe ich auf. Dr. Ted zuliebe. Ich glaube nicht, dass er mir wirklich helfen kann, aber er versucht es, und deshalb versuche ich es auch. Ich ziehe meine Stiefel an, wasche mir das Gesicht, reiße mich zusammen, sodass ich an ein menschliches Wesen erinnere.

Wir essen an einem runden Resopaltisch, vermeiden Blickkontakt. Wie in der Highschool, da habe ich auch nie gern in der Mensa gegessen. Wenigstens muss ich hier nicht so tun, als würde ich dazugehören. Hier sind wir alle Außenseiter.

Das Essen ist eigentlich nicht so schlecht, nicht schlechter als das, was bei Deda serviert wird. Die Spaghetti sind zu weich, die Soße ist zu süß, und Messer dürfen wir auch keine haben, aber die Hackbällchen sind in Ordnung, und so hungrig wie ich bin, ist mir der Rest egal.

Ich sehe mich um, als ich aus dem kleinen Milchkarton trinke. Da ist eine Frau in einem rosa Sweatshirt, ein junger Mann mit scheckigem Bart. Alle sind still und auf ihr Essen und die eigenen Gedanken fokussiert. Niemand sieht so aus, als ob er oder sie hierhergehört. Sie sehen genauso aus wie ich – müde. Als hätten sie lange mit etwas gekämpft, etwas, das sonst keiner sehen kann. Ich habe mir eingeredet, ich sei anders, ich komme nur, um Pause zu machen, aber wie sich herausstellt, wollen alle nur das. Einen Ort, an dem man nicht verbergen muss, wie schwer es ist. Wie viel es einem abverlangt, einfach jeden Tag man selbst zu sein.

»Da bist du ja.«

Ich sehe hoch und lasse die Gabel fallen. Sie prallt auf den Rand meines Tabletts, springt vom Tisch und fällt klirrend zu Boden. Ein ohrenbetäubender Lärm in der Stille und alle Gesichter drehen sich zu mir. Doch ich sehe nur sie.

Ihre Augen sind noch weiß, ihr T-Shirt ist blutgetränkt.

»Jane«, flüstere ich mit tauben Lippen.

»Ich bin nicht hier, um dir wehzutun«, sagt sie.

Mein Blick springt zu meinen Armen auf dem Tisch und sie erbleicht.

»Noch mal«, sagt sie und schluckt. »Ich bin nicht hier, um dir wehzutun.«

Ich kann sie nur anstarren, bin mir sicher, dass sie verschwindet, sobald ich blinzele.

»Können wir reden?«, fragt sie mit Blick zu den anderen. »Vielleicht irgendwo anders?«

Ich stehe zu schnell auf und stoße mein Tablett zur Seite. Das Essen liegt mir schwer im Magen und ich wünschte, ich hätte nicht so geschlungen. Ich haste zu meinem Zimmer und ignoriere den Pfleger, der sich für den kurzen Weg an meine Fersen heftet.

Jane folgt mir und ich bleibe stehen, weil ich den Raum plötzlich mit ihren Augen sehe: Krankenhausbett, Plastiktisch, Zahnbürste, eine kleine Flasche mit hellgrüner Flüssigkeit, Duschgel und Shampoo in einem, von der nichts sauber wird. *Ich bekomme mein Leben nicht auf die Reihe*, sagt dieses Zimmer. Ich setze mich aufrecht und trotzig aufs Bett und sehe sie an. Das bin ich, das ist mein wahres Ich und Jane soll es endlich sehen. Vielleicht bin ich kaputt und am Arsch, aber wenigstens bin ich ehrlich.

»Warum bist du hier, Jane?«, frage ich.

Sie holt tief Luft. »Was ich dir angetan habe ... Das wollte ich nicht. Ich wollte dich nicht so verbrennen.«

»Ich weiß.« Glaubt sie etwa, ich werfe ihr das vor? Es ist alles meine Schuld.

»Es tut mir leid«, sagt sie.

»Mir tut es auch leid.«

»Nicht«, sagt sie und hebt eine Hand. »Tu das nicht.«

»Bitte«, platze ich heraus und stehe auf. »Lass es mich erklären.«

»Erklären?« Sie reißt die Hand runter und tritt auf mich zu. »Deine Chance, etwas zu erklären, hast du an jedem unserer gemeinsamen Tage verpasst. Ich kann nicht glauben, dass ich dir vertraut habe. Dass ich dich gemocht habe. Dass ich ...« Sie schließt die Augen. »Gott, wenn ich dich nur sehe, will ich irgendwas kaputtmachen.«

»Ich hatte Angst, dass du mich hassen würdest«, sage ich fast flehentlich. »Dass du abhauen würdest und ich dich nie wiedersehe.«

»Deine Angst war völlig berechtigt.«

Ich schlinge die Arme um mich, bis die Verbrennungen stechend schmerzen. »Jane, ich war feige, ich weiß. Ich hätte dir die Wahrheit sagen müssen, sobald ich dich damals in der Gasse getroffen habe.«

»Nein, du hättest mich *in der Nacht* retten müssen!«, brüllt sie.

»Das *konnte* ich nicht!«, brülle ich zurück.

Wir starren uns an, beide verzweifelt, blutig und wütend.

»Erklär's mir«, sagt Jane schließlich mit harscher Stimme. »Du willst es erklären, schön, ich geb dir diese eine Chance.

Du hast fünf Minuten. Erklär mir, warum du mich hast sterben lassen.«

Ich schlucke schwer und nicke. »Okay. Setzt du dich?« Sie rührt sich nicht. »Bitte?«

Sie beißt die Zähne zusammen und setzt sich aufs Bett, so weit weg von mir wie möglich. Aber sie ist immer noch so nah, dass ich die Hitze spüre, die von ihrem Körper ausgeht.

»Das Universum ... neigt zum Chaos«, sage ich auf der Suche nach einem Anfang.

»Was?«, blafft Jane.

»In der Thermodynamik nennt man die Veränderung in einem System, das nicht von selbst wieder in seinen Ausgangszustand gelangen kann, einen irreversiblen Prozess«, sage ich. »Hitze strömt von einem heißen Körper zu einem kalten, und zwar immer. Man kann ein Rührei nicht entrühren. Manche Dinge lassen sich nie wieder rückgängig machen. Einmal angestoßen können sie nicht mehr aufgehalten werden. Die Entropie des Universums nimmt immer weiter zu.«

»Ich verstehe kein Wort«, sagt Jane.

»Das habe ich auch lange nicht«, gebe ich zu. »Ich wusste nur, dass ich anders bin. Weil ich zum Beispiel wusste, dass meine Mutter mit dreiundsechzig an einem Blutgerinnsel sterben würde. Deda hat das verstanden. Er meinte, wir wären zwei vom gleichen Schlag, anders als die anderen. Und er hat mich schwören lassen, dass ich, sollte ich jemanden berühren, demjenigen nie verraten würde, wie er stirbt. Er hat mir allerdings nicht gesagt, was passieren würde, wenn ich es doch täte.«

Die Bitterkeit in meiner Stimme ist nicht zu überhören und Jane holt scharf Luft.

»Du hast es versucht, oder?«, flüstert sie.

»Ich bin kein Monster«, sage ich mit belegter Stimme. »Egal, was du von mir denkst. Ich habe nicht darum gebeten.«

»Was ist passiert?«

Ich verschließe die Augen vor den Erinnerungen, die auf mich einstürmen, dem fauchenden Loch in meinem Innern. »Mrs Kimble war meine Lehrerin in der zweiten Klasse. Sie hat mich an meinem Tisch zu Mittag essen lassen, statt in der Schulkantine, damit ich nicht unter Leuten sein musste. Sie hat mir ihre alten *National-Geographic*-Hefte mitgebracht. Sie hat mir beigebracht, was Stalagmiten und was Stalaktiten sind.«

»Du hast versucht sie zu retten.« Das kommt nicht als Frage.

»Ich habe es zum ersten Mal gesehen, als sie mir auf die Schulter geklopft hat«, sage ich. »Ich wusste, wann es so weit ist. Sie musste mir versprechen, an dem Tag den Anschnallgurt anzulegen. Sie musste es *schwören.*«

Ich breche ab, weil ich mich nicht an den nächsten Teil erinnern möchte.

»Was ist passiert, Lexi?«, fragt Jane und ich schüttele mich. Sie will die Wahrheit wissen und ich schulde sie ihr.

»Sie ist heil nach Hause gekommen.« Ich versuche mit fester Stimme zu sprechen. »Und in genau dem Moment, als sie sich mit dem Auto um einen Baum wickeln sollte, ist meine Mutter in der Küche umgekippt. Sie ist nie wieder aufgestanden.«

»O Gott.« Janes Lippe zittert. »Aber … du meintest, deine Mom …«

»So hätte sie nicht sterben sollen«, sage ich tonlos. »Das habe ich ihr angetan. Ich habe mich eingemischt und sie hat dafür bezahlt. Genau wie meine Grandma, als Deda das Gleiche versucht hat.«

Jane starrt mich fragend an. »Was ist aus Mrs Kimble geworden?«

Ich blicke zu Boden. »Ich habe ihr eine Woche mehr verschafft. Niemand kann dem Tod lange entkommen. Wenn die Dinge erst mal angestoßen wurden ...«

»Lexi ...«

»Ich wollte dich retten, Jane«, sage ich. »Ich will alle retten. Aber so läuft es nicht.« Ich begegne ihrem Blick, denn diesen Teil muss sie wirklich verstehen. »Man kann dem Tod nicht davonlaufen. Wenn man versucht ihn reinzulegen, kommt er nur gieriger wieder. Er hat meine Mutter geholt. Meine Großmutter. Ich habe nur noch Deda. Ich kann ihn nicht aufhalten. Ich kann nur versuchen ihm aus dem Weg zu gehen.«

Jane steht auf und entfernt sich von mir. Ich sehe ihr zu, sehe sie vor mir weglaufen wie alle anderen.

»Warum hast du mir das nicht früher gesagt?«, fragt sie.

»Weil ich nicht wollte, dass du mich so ansiehst, wie du es jetzt tust«, sage ich. »Als wäre ich diejenige, die dich umgebracht hat.«

»Du hast mich nicht umgebracht, Lexi.«

»Und was ändert das?«

»Wie meinst du das, was *ändert* das?«, fragt Jane und hält ungeduldig die geöffneten Hände vor sich. »Wie kannst du so was sagen?«

»Weil es keine *Rolle* spielt«, brülle ich. »Du bist immer noch tot, genau wie Trevor und Mrs Kimble. Ihr seid alle immer noch tot, also was spielt es für eine Rolle? Wozu habe ich diese scheiß *Sache*, wenn ich überhaupt nichts damit anfangen kann? Soll ich einfach darunter leiden?«

Jane bleibt stehen, aber ich sehe nicht mehr hin.

»Ich dachte, ich könnte es wiedergutmachen«, sage ich mehr zu mir selbst als zu ihr. »Ich dachte, wenn ich dir helfe, könnte ich vielleicht wiedergutmachen, dass ich dich nicht gerettet habe. Aber ich hab's verbockt, oder? Ich wollte einfach ...« Ich seufze, versuche die Wahrheit zu entwirren. »Keine Ahnung. Ich *wollte* einfach.«

Ein Paar schwarzer Schuhe schiebt sich in mein Blickfeld, und als ich aufsehe, steht Jane vor mir. Ihr T-Shirt ist immer noch blutig, aber ihre Augen sind braun und sie blicken auf mich herunter.

»Waren das fünf Minuten?«, frage ich.

Ihr entfährt ein dünnes Lachen. »Keine Ahnung. Ich habe nicht drauf geachtet.«

»Danke, dass du gekommen bist«, sage ich. »Du verdienst die Wahrheit.«

Sie nickt, dann setzt sie sich vorsichtig neben mich. Ihre Schulter streift meine, ein kleiner Hitzeschwall.

»Ich war mir nicht sicher, ob ich kommen sollte«, sagt sie. »Ich hätte es fast nicht gemacht. Beinahe wäre ich wieder umgedreht, aber dann habe ich dich gesehen. Da war es klar. Ich wollte die Dinge zwischen uns nicht so stehen lassen. Ich wollte nicht, dass das unsere letzte Begegnung war.«

»Ich auch nicht.« Ich merke, wie ich mich an sie lehne und muss mich zwingen, auf Abstand zu gehen.

»Es spielt eine Rolle«, sagt Jane sanft. »Für mich. Dass du mir geholfen hast.«

»Ja«, sage ich. »Ich hab bisher wirklich einen super Job gemacht. Deshalb ist dein Mörder immer noch da draußen und ich bin in einer Klinik.«

»Das meinte ich nicht«, sagt Jane. »Ich meine den Rest. Du hättest mich in der Gasse zurücklassen können und ich wäre irgendwas Schreckliches geworden. Irgendwas Durchgedrehtes. Aber mit dir zusammen zu sein, mit dir zu reden, dich zu berühren ...« Sie stupst mich mit der Schulter an. »Das bedeutet mir etwas.«

»Es tut mir leid«, sage ich. »Dass ich dich nicht retten konnte. Dass du so gestorben bist. Niemand sollte so sterben.«

Jane blinzelt, blickt auf irgendwas in der Ferne, das für mich nicht sichtbar ist. »Ich bin wütend«, sagt sie. »Nicht auf dich, das nicht mehr. Aber ich bin wütend. Ich werde vermutlich immer wütend sein.«

»Na ja.« Ich zucke mit den Achseln. »Ich bin auch wütend.«

Jane lächelt fast und zwischen uns breitet sich Schweigen aus.

»Und was jetzt?«, frage ich in die Stille.

»Jetzt holen wir dich hier raus«, sagt sie mit Blick zur Tür.

Ich runzele die Stirn. »Wie hast du mich überhaupt gefunden? Ich habe Trevor nie erzählt, wo ich bin.«

»Ja«, sagt Jane mit einem schiefen Lächeln. »Aber du hast es deinem Großvater erzählt.«

Ich sehe überrascht auf. »Du bist bei Deda vorbeigegangen?«

»Trevor hat lange gebraucht, um mich zu beruhigen. Ich konnte nicht klar denken, ich wollte nur ...« Sie verstummt. »Jemandem *wehtun*. Aber Trevor hat es nicht zugelassen. Er hat mich festgehalten, sogar als ich mich gewehrt habe. Ich mag gar nicht dran denken, was ich ohne ihn gemacht hätte.«

Trevor hätte nicht stark genug sein dürfen, um einen ermordeten Geist aufzuhalten, aber bei Jane ist alles anders.

»Du hättest schon aufgehört«, sage ich.

Jane blickt mit zusammengepressten Lippen auf meine Arme. »Da bin ich mir nicht so sicher. Das war nicht ich. Das war dieses Ding, das du in der Gasse aufgelesen hast. Ich weiß nicht, was das für eine ist, aber ich traue ihr nicht. Und das solltest du auch nicht.«

»Aber jetzt bist du hier«, gebe ich zu bedenken. »Du bist zurückgekommen.«

»Nur wegen Trevor«, sagt sie. »Ich weiß nicht mal mehr, was er gesagt hat. Ich glaube, das meiste war Unsinn, aber es war so, als würde ich seiner Stimme durch die Dunkelheit folgen. Und irgendwann habe ich wieder nach draußen gefunden. Da warst du nur schon lange weg.«

»Deshalb bist du zu Deda gegangen?«

»Trevor meinte, du würdest manchmal einfach verschwinden, mehrere Tage am Stück. Er wusste nicht, wo du hingehst, aber er hat vermutet, dass dein Großvater Bescheid weiß. Ich könnte schwören, dass er mich erwartet hat.«

Ich zucke zusammen. »Ja. Ich hab da so 'ne Art Szene gemacht.«

»Ich hörte davon«, sagt Jane trocken. »Ich habe mich hingesetzt, er hat mich angesehen und gesagt: ›Sie ist in der L. A. County Psychiatrie. Sag ihr, dass sie Nancy nie wieder so erschrecken soll.‹ «

»Klingt ganz nach Deda«, sage ich. »Hat er noch was gesagt?«

»Ja«, sagt Jane mit einem kleinen Lächeln. »Er meinte, ich solle dir fünf Minuten geben.«

Ihr Lächeln zupft an etwas in meiner Brust, aber ich habe plötzlich Angst. Ich kann diesen Weg nicht wieder einschlagen, ich kann nicht wieder versuchen mich mit Jane auszufüllen, das Loch mit einer Form von Wiedergutmachung zu stopfen. Es schmerzt zu sehr, das wieder zu verlieren. Und ich werde es wieder verlieren, wenn wir den Mörder finden, wenn Jane beschließt, dass sie bereit ist zu gehen. Ich kann sie nicht für immer halten.

»Komm schon«, sagt Jane und nimmt meine Hand. »Gehen wir nach Hause.«

Da wird mir klar, dass es egal ist, ob es wehtun wird. Ich würde ihr überallhin folgen, denn selbst wenn ich mit Verbrennungen in der Klapse sitze, zögert Jane nicht, meine Hand zu nehmen.

»Moment«, sage ich, als sie aufsteht. »Gib mir eine Minute. Ich muss noch was erledigen.«

17

Die Ärzte wollen, dass ich bleibe, aber nicht so sehr, dass sie sich an den Papierkram machen mögen, der mich zum Bleiben verpflichten würde. Ich entlasse mich selbst und suche nach Dr. Ted, um mich von ihm zu verabschieden. Er macht kein Theater, jedenfalls nicht, nachdem ich verspreche, ihn jede Woche für eine Stunde zu besuchen. Er klopft mir sogar auf den Rücken und sagt, dass wir »gut vorankommen«, was immer das bedeuten soll.

»Lag es an mir?«, fragt Jane leise, als wir auf den Bus warten. »Dass du hergekommen bist?«

»Nein«, erwidere ich. »Nicht nur. Ich komme schon lange hierher und ich werde Dr. Ted vermutlich auch noch besuchen, wenn du schon lange weg bist.«

»Weg?«, fragt sie. »Wohin denn?«

»Keine Ahnung«, sage ich. »Buenos Aires? Paris? Istanbul? Wo immer du hinwillst, wenn du die Waldbrände und die Palmen irgendwann satt hast. Und dann ist da immer noch ...« Ich kann es nicht aussprechen, weil ich mir keine Welt ohne Jane vorstellen kann, egal in welcher Form.

»Ja. Da ist immer noch das.« Sie schüttelt den Kopf. »Aber Trevor geht auch nicht weg. Nicht mal aus L. A.«

»Trevor kommt aus Midland, Texas«, erkläre ich. »Los Angeles ist sein Paris.«

In einer Abgaswolke trifft der Bus ein und ich muss husten, als wir einsteigen.

»Weißt du, ich bin noch nie aus Kalifornien rausgekommen«, sagt Jane und lässt sich auf einen Fensterplatz fallen.

»Ich auch nicht«, sage ich leise, sodass der laute Bus meine Stimme verschluckt.

»Zu meinem Geburtstag ist meine Mom mit mir immer zum Zoo von San Diego gefahren«, sagt Jane. »Und einmal haben wir einen Schulausflug nach San Francisco gemacht. Wir haben eine Glückskeksfabrik besucht und Tüten mit Glückskeksen geschenkt bekommen, aber da steckte kein Glück drin. Das waren nur so flache, knusprige Scheiben.«

Der Bus fährt ruckartig wieder an. Der Feierabendverkehr verstopft die Straßen.

»Wir könnten zusammen irgendwohin gehen«, sagt Jane. »Mit Trevor. Wir könnten eine Reise machen, all die Orte besuchen, an denen wir noch nie waren.«

Ich sehe es fast vor mir, Janes nackte Füße auf dem Armaturenbrett, Trevor, der brüllt, ich solle andere Musik anmachen. Wir könnten nach Osten fahren, irgendwohin, wo die Sonne nicht immer scheint und ihre Lügen vom Glück über alles ergießt. Dann hält der Bus abrupt an und das Traumbild zerplatzt. Ich kann mir keine Reise leisten und mein Auto würde es nie über die Staatsgrenze schaffen.

»Ja«, sage ich leichthin. »Irgendwann vielleicht.«

Trevor wartet draußen auf uns und seufzt übertrieben erleichtert, als er uns sieht.

»Endlich«, sagt er und legt uns die Arme um die Hälse. »Ich war ganz krank vor Sorge, Kinder.«

Er klingt scherzhaft, aber die Umarmung dauert lang genug, um mir zu verraten, dass er Angst hatte.

Ich neige meinen Kopf ein Stück, sodass ich direkt in sein Ohr sprechen kann. »Danke.«

Ich weiß nicht, ob Jane es wirklich hätte durchziehen können, aber ich weiß, dass ich sie nicht aufgehalten hätte. Ohne Trevor hätte ich zugelassen, dass sie mich tötet.

Er drückt mich ganz fest und gibt mich dann frei.

»Na, dann ist die Gang ja wieder beieinander«, verkündet er mit ausladenden Gesten. »Das Wichtigste zuerst. Lexi, wir haben abgestimmt und es steht zwei zu eins: Du brauchst einen Fernseher.«

Ich verdrehe die Augen, weiß aber zu schätzen, was er macht. Er tut so, als wäre alles normal. »Geisterstimmen zählen nur halb«, sage ich.

»Das ist Diskriminierung«, wendet Trevor ein.

»Wenn ihr anfangt, Miete zu zahlen, könnt ihr auch Forderungen stellen«, entgegne ich. »Spielt Schere Stein Papier, wenn ihr so dringend Ablenkung braucht.«

Trevor stöhnt, während Jane sich auf mein Bett fallen lässt und mein Telefon auf der Kommode brummt.

»Irgendwas ist immer«, murre ich, als ich rangehe. »Was? Ich arbeite heute nicht, Ilia. Du brauchst gar nicht zu fragen.«

»Du musst mir einen Gefallen tun«, sagt er angespannt.

»Willst du mich verarschen?«

»Wer ist dran?«, fragt Jane.

»Ich lege jetzt auf«, sage ich.

»Du schuldest mir was, Lexi«, sagt Ilia. »Das weißt du.«

Ich beiße die Zähne zusammen und zähle im Kopf bis drei. »Was brauchst du denn?«, frage ich widerwillig.

»Eine Mitfahrgelegenheit«, sagt er. »Jetzt gleich.«

»Echt jetzt, Ilia? Ruf dir einfach einen Wagen.«

Er lacht hohl. »Keine gute Idee. Kommst du nun oder nicht?«

Ich seufze und fahre mir mit der Hand übers Haar. Es wird länger, wandelt sich von flauschig zu pieksig. Ich werde es bald wieder kürzen müssen.

»Ja«, sage ich. »Ich komme.«

»Ich schicke dir die Adresse«, sagt er. »Komm allein.«

Das Gespräch bricht ab und ich widerstehe der Versuchung, das Telefon an die Wand zu pfeffern.

»Was gibt's?«, fragt Trevor, während er meine Miene studiert.

»Ich muss noch mal los«, sage ich knapp.

»Du bist gerade erst nach Hause gekommen«, sagt Jane.

»Ich weiß.«

Ich schnappe mir ein sauberes T-Shirt vom Fußboden und ein Paar Jeans ohne Flecken und verschwinde im Badezimmer. Für eine Dusche bleibt keine Zeit, aber ich wasche mir das Gesicht und schäle mich aus meinen Klamotten, damit ich nicht mehr nach Krankenhaus rieche.

»Wo musst du denn hin?«, fragt Jane durch die Tür.

Ich stoße sie auf, während ich die schmutzigen Kleider zur Seite schiebe.

»Ich weiß es nicht«, sage ich. »Ilia braucht jemanden, der ihn abholt.«

»Kann ich mitkommen?«

Ich schüttele den Kopf. »Ich weiß nicht, was los ist, aber es kann nichts Gutes sein. Ich werde ihn nur einsammeln und zu Hause absetzen. Dürfte nicht lange dauern.«

Jane geht mit mir zur Wohnungstür, die Stirn in Sorgenfalten.

»Sei vorsichtig«, sagt sie. »Und komm direkt wieder nach Hause.«

»Mach ich«, sage ich. An der Tür drehe ich mich noch mal nach ihr und Trevor um. »Ich bin bald wieder da, okay?«

»Gut«, sagt Trevor. »Dann reden wir weiter über den Fernseher.«

Ich schüttele den Kopf. »Kann's kaum erwarten.«

Mein Handy leuchtet auf, sobald ich den Wagen anlasse. Ilia ist in der Nähe des Wilshire Boulevard, bei dieser Konzertlocation. Ich mache mich auf den Weg nach Süden und kurbele das Fenster hoch, als mir auf dem Freeway der Wind ins Gesicht bläst. Draußen riecht es wild, nach Rauch, Eukalyptus und Benzin. Ich selbst rieche immer noch nach billiger Seife und gestärkten Laken. Sobald ich diesen Job erledigt habe, werde ich duschen und in mein eigenes Bett fallen.

Ich fahre auf den Parkplatz einer im Dunkeln liegenden Autowaschanlage und vergewissere mich noch mal, dass ich am richtigen Ort bin. Ich stelle die Scheinwerfer aus, aber nicht den Motor. Dann huscht eine schwarze Gestalt an meinem Fenster vorbei.

»Himmel.« Ich fahre zusammen, während Ilia um das Auto herum zur Beifahrertür rennt. »Mach dich nächstes Mal bemerkbar.«

»Los«, sagt er, wirft sich auf den Sitz und knallt die Tür zu.

Ich sehe ihn von der Seite an. Er trägt eine schwarze Kapuzenjacke, genau wie ich, und hält die Arme vor der Brust verschränkt, während er sich in den Sitz kauert. Er hat sich die

Kapuze tief ins Gesicht gezogen, sodass ich nur Mund und Kinn sehen kann.

»Los, Lexi«, sagt er.

Ich schalte die Scheinwerfer wieder an und fahre von der Waschanlage auf die Straße.

»Verrätst du mir, was hier vor sich geht, Ilia?«, frage ich.

»Nein«, sagt er. »Verrätst du mir, was mit deinen Handgelenken passiert ist?«

Ich funkele ihn an und ziehe die Ärmel über den Verband. »Nein.«

»Siehst du«, sagt er. »Danke fürs Mitnehmen.«

»Tja.« Ich zucke die Achseln. »Damit sind wir quitt.«

»Kannst du mich bei den Apartments absetzen?«, fragt er. »Du kennst den Weg noch, oder?«

»Ja, ja«, murre ich. Ilia wohnt in Echo Park wie die meisten anderen, in einem kleinen Schuhkarton, der nicht viel schöner ist als meine Wohnung.

Ich halte an einer roten Ampel und sehe noch mal zu ihm. Er hat die Arme immer noch verschränkt und die Schultern hochgezogen.

»Geht es dir gut?«, frage ich. »Hast du dich verletzt?«

»Alles in Ordnung.«

Ich suche in seinem Gesicht nach Verletzungen, nach Spuren auf seiner Kleidung, aber er sieht unversehrt aus. Zerzaust und müde, aber heil. Die Ampel springt um und im grünen Neonlicht zieht er die Kapuze noch weiter vor.

»Es ist grün, Lex«, sagt er mit Nicken zur Ampel. »Fahr.«

Stattdessen fasse ich rüber und ziehe die Kapuze weg. Er saugt scharf die Luft ein, als der Stoff das blutgetränkte Haar auf seinem Hinterkopf streift.

»Was ist passiert?«, frage ich durch zusammengebissene Zähne.

Er gibt keine Antwort, sondern stülpt sich die Kapuze wieder über.

»Ilia, was ist *passiert*?«

»Nichts«, sagt er. »Mir geht's gut.«

Ich trete das Gaspedal durch, zu sauer, um was drauf zu geben, dass die Ampel mittlerweile wieder rot ist. Ilias Kopf knallt gegen die Sitzlehne und er flucht.

»Immer noch alles gut?«

»Verdammt, Lexi, das hat wehgetan«, motzt er.

»Erzähl mir, was passiert ist, Ilia, oder du gehst zu Fuß nach Hause«, befehle ich.

Ilia knurrt irgendwas, schiebt dann aber die Kapuze so weit zurück, dass ich sein Gesicht sehen kann.

»Ich habe einen Fehler gemacht, okay?«, fragt er. »Ich hätte nicht hinfahren sollen.«

»Wohin?«

»Da wir den Tarnzauber nicht überwinden können, dachte ich, wir könnten vielleicht eingrenzen, wo er herkommt«, sagt er. »Ich habe ein paar unserer Hellseher gebeten, gezielt nach blinden Flecken zu suchen. Orte, die sie *nicht* sehen können, weil sie etwas blockiert.«

Ich blinzele ihn an. »Das war schlau.«

»Jetzt tu nicht so überrascht«, sagt er und funkelt mich an. »Warum halten mich alle für einen Idioten?«

»Tut mir leid«, sage ich. »Das tu ich nicht. Was haben sie entdeckt?«

»Ein schwarzes Loch um die Konzerthalle, auf das sie sich nicht fokussieren konnten. Ich wusste nicht, wie lange es dableibt, deshalb wollte ich es mir lieber gleich ansehen. Ich habe zwei Schritte von meinem Auto weg gemacht und dann *bäm.*« Ilia weist auf seinen Kopf. »Ich habe keine Ahnung, was mich erwischt hat. Oder wer. Ich bin mitten auf der Straße aufgewacht, wie ein überfahrenes Tier. Schien mir keine gute Idee zu sein, selbst mit dem Auto nach Hause zu fahren.«

»Moment«, sage ich stirnrunzelnd. »Du bist da *alleine* hin? Du weißt doch, dass wir das nicht machen sollen. Urie wird dich bei lebendigem Leib häuten.«

Ilia zuckt zusammen. »Nicht, wenn er es nicht erfährt.«

»Ach, jetzt versteh ich. Ich soll dich auch noch decken.« Ich werfe ihm einen bösen Blick zu. »Warum zum Teufel hast du keine Verstärkung mitgenommen?«

»Weil ich nicht wollte, dass noch jemand verletzt wird«, sagt er.

»Ich nehm alles zurück«, sage ich. »Du bist ein Idiot.«

»Erspar mir die Vorträge«, sagt Ilia. »Ich hab's verbockt, okay? Aber wenigstens ist nicht noch jemand in die Falle getappt.«

Mein Auto stöhnt, als ich es zu einer Geschwindigkeit zwinge, für die es nicht gemacht wurde.

»Du hättest jemanden anrufen sollen«, erkläre ich. »Oder jemanden anders hinschicken. Du solltest dich nicht so einem Risiko aussetzen.«

»Doch, das sollte ich«, sagt er. »Ich bin nicht wie du oder die anderen. Ich habe keine Gaben. Aber so was kann ich machen und deshalb mache ich es.«

»Das ist ein Haufen Scheiße«, sage ich und komme fast ins Schleudern, als ich auf den Freeway fahre, so wütend bin ich und kann nicht mal sagen, warum. »Glaubst du etwa, nur weil du keine Gespenster siehst, ist dein Leben nichts wert? Weißt du, was ich dafür geben würde, so wie du zu sein?«

Ilia lacht bitter. »Toll, also führen wir beide ein Scheißleben«, sagt er. »Hör doch trotzdem bitte auf, uns umbringen zu wollen, und fahr einfach.«

Ich beiße die Zähne zusammen und spüre den Schrei im Käfig rasseln.

»Es geht nicht immer so weiter, oder?«, frage ich, ohne wirklich mit einer Antwort zu rechnen. Es muss ein Ende geben, irgendwann einmal.

»Ich weiß es nicht, Lexi«, sagt Ilia, die Worte mit Erschöpfung getränkt. »Ich kann nicht in die Zukunft sehen.«

Die Straßen sind wie ausgestorben, als ich über den Freeway gleite und ohne zu blinken die Spuren wechsele. Da mich keine Scheinwerfer im Rückspiegel blenden, ist es wohl die Nacht vor einem Werktag. Ich fahre wie auf Autopilot, nehme Ausfahrten und Abzweigungen, ohne darüber nachzudenken. Ilia wohnt in dem Mietshaus, das Urie gehört. Die Wohnungen stapeln sich wie Ziegel. Das Gebäude ist leuchtend orange, was in der Dunkelheit wie Rost aussieht.

»Welche Nummer noch mal?«, frage ich.

»Zwölf-null-sieben«, sagt Ilia.

Ich kurve durch das Labyrinth des Parkhauses, bis ich die richtige Ebene erreiche.

»Danke fürs Mitnehmen«, sagt Ilia und öffnet die Tür, sobald ich geparkt habe.

»Moment«, sage ich, als er aussteigen will.

»Fang nicht wieder an, Lexi«, entgegnet er müde.

»Tu ich nicht«, sage ich. »Kommst du wirklich klar?«

Er sieht zu mir rüber, mit matten, glasigen Augen. »Mach

dir um mich keine Sorgen«, sagt er und versucht zu lächeln. »Ich kann selbst auf mich aufpassen.«

Er knallt die Tür ohne Verabschiedung zu. Ich warte noch einen Augenblick, sehe ihn auf wackeligen Beinen zur Tür wanken und seufze tief.

»Verdammt«, murre ich und stelle den Motor aus. »Warte, Ilia«, brülle ich ihm hinterher.

Er dreht sich langsam um. »Ich hab gesagt, mir geht's gut.«

»Tja, das war offensichtlich totaler Schwachsinn. Du kannst ja nicht mal gerade laufen.«

Ich gehe näher an ihn heran und hole tief Luft, bevor ich ihm den Arm um die Taille lege.

»Lexi, du musst das nicht machen«, sagt er.

Ich schlucke und lege mir seinen Arm um den Hals. Ich schaudere, als seine Hand meine Haut streift.

»Halt einfach die Klappe und lass mich dir helfen«, sage ich und gehe los.

Ilia grummelt irgendwas, aber lehnt sich an mich und lässt sich von mir stützen. Er ist schwerer, als er aussieht, und ich sacke ein bisschen zusammen. Ilia hält seinen Schlüssel vor ein Kontaktfeld, und die Tür, die aus dem Parkhaus führt, öffnet sich zu einem langen Flur.

»Die Vierte links«, sagt Ilia und ich führe ihn durch den Gang. Seine Wohnung ist die einzige ohne Fußabtreter, und als er aufschließt, rieche ich ranziges Öl und sein schreckliches Aftershave.

»Danke«, sagt Ilia und schaltet das Küchenlicht ein. Es sieht aus wie in einem Hotel, lauter leere Ablageflächen und der Mülleimer voll mit Papptellern und Bierdosen. »Von hier an komm ich klar.«

»Ja, ja«, sage ich. Ich ziehe die Kapuzenjacke aus, wobei sich der Stoff an meinem Verband verhakt, und werfe sie auf die Arbeitsplatte.

Dann folge ich Ilia ins Wohnzimmer, wo er auf einem verschlissenen schwarzen Kunstledersofa zusammenbricht. Er stellt einen riesigen Fernseher an und lehnt sich mit schmerzerfülltem Grunzen zurück.

»Echt jetzt«, sagt er mit Blick zu mir. »Du musst nicht bleiben.«

»Wo hast du Seife?«

Er runzelt die Stirn. »Äh, da sind Geschirrspültabs unter der Spüle.«

Ich verdrehe die Augen. »Für deinen Kopf, Ilia. Hast du irgendwas, um ihn sauberzumachen?«

»Ich dachte, dafür nimmt man so was wie Wasserstoffperoxid?«

Ich reibe mir das Gesicht. »Nein, damit zerstörst du gesundes Gewebe. Was ist mit Verbandszeug?«

Ilia starrt mich nur an und meine Miene verfinstert sich.

»Okay, ich geh kurz was besorgen.«

»Du musst nicht ...«

Es klopft laut an der Tür und Ilia verstummt. Er sieht mich mit großen Augen an und es klopft wieder, drängender diesmal.

»Scheiße«, flüstert er.

Ich sehe zur Tür und wieder zu Ilia. »Hast du jemanden gesehen, der uns gefolgt ist?«, frage ich leise.

»*Scheiße*«, sagt er.

»Ilia ...«

»Geh ins Bad«, flüstert er, als er nach etwas unter dem Sofa greift. »Schließ die Tür von innen ab.« Und dann holt er eine kleine, aber sehr echt aussehende Pistole hervor.

»Eine Pistole?«, frage ich zu schrill. »Eine *Pistole*, Ilia? *Spinnst* du?«

»Geh ins Bad«, befiehlt er und zeigt hinter mich.

Das Klopfen ertönt wieder und diesmal auch eine Stimme dazu.

»Hallo? Ilia? Ich weiß, dass du da bist. Kannst du bitte aufmachen?«

Ilia erstarrt und macht ein ungläubiges Gesicht.

»Ist ... ist das *Nicole*?«, flüstert er.

»Leg das Ding weg«, blaffe ich ihn an und zeige auf die Pistole. Ich gehe schnell durch die Küche und reiße die Tür auf.

Da steht Nicole, klopft ungeduldig mit einem Fuß auf den Boden und schiebt sich eine frisch gefärbte rote Strähne hinters Ohr.

»Endlich«, sagt sie. »Warum dauert das so lang?«

»Nicole, was zum Teufel machst du hier?«

»Keine Ahnung«, sagt sie und hält eine Plastiktüte von der Apotheke hoch. »Erzähl du's mir. Wofür ist die Wundsalbe?«

»Du hattest ... einfach so ein *Gefühl*?«, fragt Ilia und wiederholt Nicoles Worte.

»Jep«, sagt sie, während sie die Tüte auf Ilias Couchtisch wirft. »Ich wollte von der Arbeit nach Hause, aber irgendwas hat mir gesagt, dass ich dieses Zeug besorgen und hierherkommen soll. Du schuldest mir vierzig Dollar und acht Stunden Schlaf.«

Ein Plastikfläschchen mit Schmerztabletten rollt aus der Tüte, gefolgt von Kochsalzlösung und Wattebäuschen.

»Also, erklärt mir mal jemand, was hier los ist?«, fragt Nicole und blickt von Ilias blutverschmiertem Haar zu den Verbänden an meinen Handgelenken.

Ilia presst die Lippen zusammen und ich schüttele den Kopf.

»Frag nicht«, sage ich. »Das willst du gar nicht wissen.«

»Schön, wie ihr meint«, grollt sie. »Zeig mir mal deinen Kopf«, befiehlt sie Ilia.

»Ich kann das machen«, sage ich. »Du musst nicht.«

»Ja, sicher«, sagt sie augenrollend. »Offene Wunden zu versorgen ist toll, um die eigenen zu heilen, was? Du fasst ja auch so gerne Leute an.«

»Da fehlt wohl jemandem 'ne Mütze Schlaf«, murre ich, woraufhin sie aufs Sofa zeigt.

»Setz dich einfach und reich mir die Sachen an, okay?«

Ich recke kapitulierend die Hände und hocke mich ans Ende des Sofas. Nicole tränkt einen Wattebausch mit Kochsalzlösung und gibt mir dann das Fläschchen zum Halten. Sie dreht Ilias Kopf und tupft vorsichtig mit dem Wattebausch die Wunde ab. Ilia verzieht das Gesicht, gibt aber keinen Mucks von sich.

»Ich geb dir das Geld zurück«, sagt er.

»Ja, weiß ich«, sagt Nicole verschnupft. »Wobei ehrlicherweise einiges davon für Süßigkeiten draufgegangen ist.«

Ich wühle in der Tüte, bis ich eine Packung mit roten Lakritzstangen finde.

»Gib mir mal eine«, sagt Nicole, als ich die Packung aufreiße. Ich stecke ihr vorsichtig eine Stange in den Mund und sie hängt da wie eine Zigarette, während Nicole zu Ende säubert.

»Salbe«, murmelt Nicole um die Lakritzstange herum.

Ich finde die Tube und lasse sie in ihre Hand fallen, ohne sie zu berühren. Sie tupft etwas Salbe auf Ilias Wunde, die grellrosa durch sein Haar schimmert. Nicoles Hände arbeiten geschickt, klinisch, und ich sehe zu, wie sie Ilia berührt, während ich auf meiner Lakritzstange kaue und schmerzlich eine andere Art von Verlangen spüre. Ich drücke die Faust auf die Stelle unter dem Brustkorb, als könnte ich den Druck wegreiben, aber es ist ein so alter und stabiler Käfig, dass ich niemals dahin vordringen könnte.

»Okay«, sagt Nicole und wischt sich die Finger an ihrer Jeans ab. »Was jetzt? Pflaster?«

Die Pflaster haben die Form von dicken H's. Ich werfe Nicole die Schachtel zu.

»Woher wusstest du, welche du kaufen musst?«, frage ich sie.

»Ich bin mir nicht sicher«, erwidert sie, während sie die Schachtel aufreißt. »Diese fühlten sich irgendwie richtig an. Irgendwie ... wärmer als die anderen? Ich weiß nicht, wie ich das erklären soll.«

»Ziemlich hilfreich«, sagt Ilia und einer seiner Mundwinkel hebt sich ganz leicht.

Nicole zuckt mit den Achseln. »Eigentlich nicht. Hilfreich wäre es, von diesen Sachen zu wissen, bevor sie passieren, nicht danach. Ich bin längst nicht so stark wie meine Tante. Sie hat seherische Fähigkeiten und kann in Gegenständen lesen, habe ich das schon erwähnt?«

Sie sagt es zu beiläufig und ich mustere sie kurz, aber sie konzentriert sich auf die Pflaster.

»Ich glaube ja«, sage ich. »Aber die Zukunft zu kennen wird überbewertet. Ich bin einfach froh, dass du genau in diesem Moment aufgetaucht bist.«

»Fertig«, sagt Nicole und steht auf. »Wie fühlt sich das an?«

»Besser«, sagt Ilia und seufzt erleichtert. »Danke.«

»Hast du Eis im Gefrierfach?«, frage ich ihn.

Er nickt und Nicole folgt mir in die Küche. Wir finden keine Geschirrtücher, aber neben dem Schrank liegt ein Haufen schmutziger Wäsche, weshalb ich ein T-Shirt mit Eiswürfeln fülle und es zudrehe.

»Hey, könntest du mich vielleicht mitnehmen?«, fragt Nicole, während sie im Geschirrspüler nach einem sauberen Glas sucht. »Ich bin mit einem Uber hergekommen.«

»Klar«, sage ich. »Vielleicht kriegst du jetzt endlich ein bisschen Schlaf.«

»Keine Chance«, sagt sie. »Ich habe meiner Tante versprochen, dass ich ihr heute Morgen helfe, den Laden aufzumachen. Du kannst mich einfach da absetzen, das ist nicht weit weg. Und es ... Gott, es ist schon fast sechs.«

Ich sehe blinzelnd zur Uhr am Herd und merke, dass ich die ganze Nacht wach geblieben bin. Scheiße. Ich hatte Jane versprochen, dass ich schnell zurück bin, das ist Stunden her. Ich kann sie nicht mal anrufen.

»Okay«, sagt Nicole und geht wieder ins Wohnzimmer. »Wasser. Tabletten.« Sie reicht Ilia die Flasche und das Glas. »Und Eis.«

Ich setze mein improvisiertes Kühlpad auf dem Couchtisch ab. »Das sollte die Schwellung eindämmen«, sage ich.

Ilia nickt müde und schluckt Tabletten.

»Tut mir leid, Ilia«, sagt Nicole mitleidig.

»Bedauer ihn nicht zu sehr«, sage ich knapp. »Er ist zum Teil selbst schuld.«

»Bist du fertig damit?«, fragt Ilia und funkelt mich an.

»Ja, ich bin fertig.«

»Toll. Nicole, ich schulde dir einen Riesengefallen«, sagt Ilia und lächelt sie an. Dann blickt er zu mir und nickt bloß. »Lex. Du weißt, wo die Tür ist.«

»Los jetzt«, sage ich mit einem Kopfnicken zu Nicole.

»Sollten wir nicht ...«

»Nein«, sage ich schon auf dem Weg zur Tür. »Sollten wir nicht. Tschüs, Ilia.«

18

Wahrsagen mit Priscilla ist ein kleiner Laden am Ventura Boulevard, eingeklemmt zwischen einem koscheren Deli und einem Nagelstudio. Das blaue Vordach mit der gewellten Kante verspricht eine Handleserin, Beraterin für alle Lebenslagen und Expertin in Liebesdingen. Es schreit nicht gerade »seriös«, aber Hellseher haben einen Ruf zu verteidigen, schätze ich.

»Hier gut?«, frage ich, als ich vor dem Laden halte.

Nicole war die Fahrt über still. Ich weiß nicht, ob die Sache mit Ilia sie beschäftigt oder ob sie einfach müde ist.

»Nic?«, frage ich noch mal, weil sie nicht antwortet.

»Hm?« Sie blickt auf und bemerkt, wo wir sind. »Oh. Ja, hier ist es gut.«

»Danke noch mal für deine Hilfe.«

»Kein Problem«, sagt sie, steigt aber nicht aus.

»Ist deine Tante da?«, frage ich. »Ich will nicht, dass du alleine draußen wartest. Das ist zu gefährlich.«

»Sie ist immer schon ganz früh da«, sagt Nicole und klopft wieder mit dem Fuß auf den Boden. »Hey, willst du reinkommen? Sie würde dich bestimmt gern kennenlernen.«

Ich bin schon Stunden zu spät und brauche dringend eine Dusche. Mal ganz abgesehen davon, dass ich es hasse Leute kennenzulernen.

»Vielleicht ein anderes Mal«, sage ich.

Nicole dreht sich auf dem Beifahrersitz um, und ich rechne schon damit, dass sie die Tür öffnet, als sie etwas vom Boden aufhebt.

»Was ist das denn?«, fragt sie und hält ein gefaltetes Blatt Papier hoch. Janes Skizze hatte ich ganz vergessen und habe gleich ein schlechtes Gewissen. Ich hätte sie irgendwo hinlegen sollen, wo sie nicht zerknickt, aber sie ist wohl unter den Sitz gerutscht.

»Oh«, sage ich und räuspere mich. »Das ist nichts. Hat eine Freundin von mir gezeichnet.«

»Ist gut geworden«, sagt Nicole, als sie das Blatt auseinandergefaltet hat. Sie streicht leicht über die Zeichnung, fast so, als wollte sie ihr etwas entlocken, und mir dreht sich der Magen um, als ich es endlich begreife.

»Du meintest, deine Tante kann in Dingen lesen«, sage ich tonlos.

Nicole blickt zu mir. Ihr bewusst ausdrucksloses Gesicht verrät mir, dass ich richtig liege. »Ja.«

Ich seufze und lasse den Kopf gegen die Lehne fallen. »Hübsch eingefädelt.«

Sie gibt sich unbekümmert. »Ich weiß gar nicht, wovon du redest.«

»Es ging heute Nacht nicht um Ilia, oder?«, frage ich.

Nicole grinst schief. »Zum Teil schon. Er war nur nicht das Wichtigste.«

Ich murre leise in mich hinein.

»Es tut mir leid«, sagt Nicole. »Na ja, nicht allzu sehr. Ich war mir einfach nicht sicher, ob du mitgekommen wärst, wenn ich gesagt hätte, dass mein Gefühl *dir* galt. Ich weiß ja, dass du nicht gern … über dich redest. Aber ich glaube, es ist wichtig.«

Nicole reicht mir das Bild und ich nehme es. Das Papier ist noch warm von ihren Händen. Wenn ihre Tante ist, wer sie zu sein behauptet, könnte sie vielleicht etwas herausfinden. Einen Versuch ist es wert.

»Okay«, sage ich. »Du hast mich hergelockt, da kann ich das Ganze wohl auch durchziehen. Wo geht's lang?«

Nicoles Miene hellt sich auf und sie steigt endlich aus. »Mach dir keine Sorgen«, sagt sie aufgeregt. »Tante Priscilla ist ein Original. Du wirst sie mögen.«

»Ich mag niemanden«, sage ich.

Nicoles Lachen durchbricht die Stille und ich muss den Impuls zu grinsen unterdrücken.

»Komm schon, Lexi«, sagt sie. »Wir wissen beide, dass das gelogen ist. Du bist gekommen, als ich dich brauchte, und heute Nacht hast du dich gefreut, mich zu sehen. Sieh's ein: Wir sind Freundinnen.«

Ich strecke ihr die Zunge raus und sie lacht wieder, während sie ein Schlüsselbund aus der Tasche zieht, um den Laden zu öffnen. Drinnen klingelt ein Glöckchen, als sie mir die Tür aufhält.

Der Laden sieht in etwa so aus wie erwartet: Rote Blinklichter zieren die Wände und billige Seidentücher sind über nachgemachte viktorianische Sessel gebreitet. Auf allen Oberflächen stehen Kerzen, die meisten nur noch klumpiges Wachs. Auf einem Regal werden Bettelarmbänder und Schmuck gegen das böse Auge zum Kauf angeboten, mit einer Ermäßigung für Stammkunden. Alles an diesem kitschigen Ort suggeriert »Schwindel«.

Aber die Sache ist die: Hellseher, echte Hellseher, tun gern so, als wären sie Schwindler. Niemand glaubt daran, dass sie echte hellseherische Fähigkeiten besitzen, nicht mal die Leute, die zu ihnen kommen. Vielleicht reden sie sich ein, dass sie daran glauben, aber tief drin wissen sie, dass sie nur dafür bezahlen zu hören, was sie hören wollen. Deshalb tun die Hellseher so, als wären sie Betrüger, sie mischen die Wahrheit mit ein paar simplen Lügen und werden mit etwas belohnt, das uns anderen verwehrt bleibt: Sie müssen sich nicht verstecken. Zum Teufel, sie können ihre Fähigkeiten in einem Schaufenster anpreisen, wenn sie wollen. Das ist vielleicht nicht gerade ehrlich und von manchen Menschen werden sie auch verspottet, aber trotzdem sind sie frei. Sie müssen nicht im Schatten leben. Und vielleicht hasse ich sie dafür ein wenig.

»Tante Priscilla?«, ruft Nicole in den leeren Laden. »Ich bin's.«

Ein Perlenvorhang vor einer Tür nach hinten klimpert und eine Frau tritt hindurch.

»Nicole«, sagt sie mit tiefer Stimme. »Du bist früh dran.«

»Tante P, das ist meine Freundin Lexi«, sagt Nicole. »Ich habe dir von ihr erzählt.«

Priscilla legt den Kopf schief, als sie mich unter die Lupe nimmt. Sie ist klein und zart und hat die gleiche goldene Haut wie ihre Nichte. Sie trägt Sandalen und ein weites weißes Kleid und ich kann ihre Miene nicht deuten, als ihre Augen über mein Gesicht, die Verbände an meinen Armen und die Tattoos auf meinen Händen wandern.

»Hmm«, macht sie mit zusammengepressten Lippen. »Nicole hat mir nicht erzählt, dass der Tod dich berührt hat.«

»Was *hat* sie denn erzählt?«, frage ich und verschränke die Arme, aber Priscilla lächelt nur.

Wie sie mich ansieht, gefällt mir nicht, so als wäre ich ein Insekt, das aufgespießt und studiert werden soll. *Lexicus mortem.* Sie nähert sich, steht plötzlich vor mir und fasst nach meiner Hand. Ich stolpere rückwärts.

»Bitte«, sagt sie und streckt mir ihre Hand entgegen wie eine Opfergabe.

»Ich ... das ist keine gute Idee«, erkläre ich. »Für uns beide nicht.«

»Lexi wird nicht gern berührt«, sagt Nicole.

»So hat sie das ausgedrückt?« Priscillas Mundwinkel heben sich. »Ich weiß schon, was mich erwartet, Liebes«, sagt sie zu mir. »Kannst du das Gleiche behaupten?«

Sie hebt ihre Hand etwas höher und sieht mir in die Augen. Langsam, den Blick haltend, lege ich meine Hand in ihre.

Spannung durchfährt mich, betäubt meine Finger und bringt meine Gedanken zum Rasen. Ihr Tod streift um mich wie eine Katze, reibt sich an der Innenseite meiner Haut. Priscilla sieht mit stechendem Blick zu mir hoch, ihre Augen glänzen.

»Interessant«, sagt sie und fährt mit den Fingern leicht über die Linien meiner Hand. »Nicht nur berührt vom Tod. Geliebt von ihm.«

»Das reicht«, sage ich schroff und ziehe die Hand weg, bevor ich noch etwas tue, das ich hinterher bereue. Wenn der Tod mich liebt, hat er eine scheißkranke Art, es zu zeigen. »Das hilft mir nicht weiter.«

»Entschuldige«, sagt Priscilla und tritt anmutig zurück. »Deine Gabe ist ziemlich selten und ich muss gestehen, dass sie mich neugierig macht. Hast du jemals daran gedacht, damit Geld zu verdienen?«

Ich reibe mir die Handfläche an der Jeans ab, damit das Kitzeln verschwindet. »Nein. Was ich kann, will niemand wissen. Ich würde auch niemandem etwas verraten.«

»Das meine ich nicht«, sagt Priscilla und winkt ab. »Aber du kannst mit ihnen reden, oder? Mit den Toten? Medien sind immer gefragt.«

Ich verziehe den Mund. »Meine Geister tun viel mehr als reden.«

»Es gibt auch andere«, sagt sie. »Großmütter, die wissen möchten, ob ihr gutes Porzellan benutzt wird. Ehemänner, die sich immer noch nach ihrer Witwe verzehren.«

Sie sagt es so, als könnte ich in diese Geschichte passen, als könnte ich bei Kerzenschein Hinterbliebene mit Botschaften von ihren Liebsten trösten. Als hätte ich irgendeine Form von Trost zu spenden.

»Deshalb bin ich nicht hier«, sage ich.

»Natürlich nicht«, sagt sie ungerührt. »Aber falls du es dir anders überlegen solltest, betrachte es als Angebot.«

Ihre herablassende Art bringt mich auf und Nicole tritt zwischen uns.

»Sie hat ein Objekt dabei, das du lesen musst«, sagt sie.

Priscilla schließt kurz die Augen und gibt ein Summen von sich. »Ja«, sagt sie sanft. »Du hast mir etwas mitgebracht, dem sich der Tod eingeprägt hat.«

»Stimmt.«

»Es ist ziemlich mächtig«, sagt Priscilla und schlägt die Augen auf. »Komm. Hier lang.« Sie führt mich zu zwei Sesseln mit hoher Lehne in der Mitte des Raums. Schwungvoll nimmt sie auf einem davon Platz, ihr kleiner Körper schmiegt sich hinein, ohne dass der Seidenüberwurf auch nur verrutscht.

Ich setze mich ihr gegenüber. Zwischen uns steht ein kleiner runder Tisch. Es überrascht mich, keine Kristallkugel darauf zu sehen.

»Also«, sagt Priscilla, »dann gib mir mal das Andenken.«

Sie hält mir die Hände entgegen und einen Augenblick lang habe ich den seltsamen Drang, das Bild zu verstecken, sodass es niemand außer mir jemals sieht. Ich schüttele mich und hole tief Luft, bevor ich ihr die Skizze auf die Handflächen lege. Sie blickt hinunter und runzelt die Stirn. Der träumerische Ausdruck auf ihrem Gesicht verschwindet.

»Nein«, sagt sie. »Das ist nicht richtig.«

»Wie meinen Sie das?«, frage ich.

»Das ist fast leer. Es ist einsam und verschlossen.«

Sie nimmt die Hände weg, die Skizze fällt auf den Tisch.

»Tante P?«, sagt Nicole fragend.

»Das ist nicht das Richtige«, sagt Priscilla. »Das ist nicht das, was ich wahrnehme.«

»Wovon reden Sie?«, frage ich und schnappe mir die Zeichnung. »Sie müssen das lesen. Es ist wichtig.«

»Nein«, sagt sie kopfschüttelnd. »Da gibt es für mich nichts zu finden. Es gibt noch etwas anderes, etwas, das mich geradezu anschreit.«

»Ich habe nichts anderes.«

Priscilla gibt einen wütenden, frustrierten Laut von sich. »Steh auf«, befiehlt sie mit einem Fingerschnippen.

Ich gehorche, aber nur, weil mir diese herrische Version von ihr besser gefällt als die hochtrabend-esoterische.

»Nicole«, sagt sie, »nimm das Bild und geh zur Wand. Es verursacht Störungen.«

Ich reiche Nicole die Skizze und sie lehnt sich damit neben den Blinklichtern an die Wand.

»Und jetzt?«, frage ich.

»Steh still«, sagt Priscilla. Sie richtet sich zu voller Größe auf, reicht mir aber kaum bis ans Kinn und hebt die Hände. Sie berührt mich nicht, sondern lässt nur ihre Finger vor meinem Gesicht schweben, bevor sie sie meinen Hals entlang und dann über die Schultern bewegt. Mit den Händen immer in Bewegung umkreist sie mich, so als würde sie die Luft streicheln, die meinen Körper umgibt. Nach einer vollen Umdrehung überprüft sie Brust und Bauch und bückt sich dann zu meinen Beinen. Dort hält sie inne, direkt vor mir, und auch ihre Hände verharren reglos vor meiner rechten Hüfte.

»Da«, sagt sie zufrieden, während sie sich wieder aufrichtet. »Da ist etwas drin.«

Stirnrunzelnd fasse ich in die Tasche meiner schmutzigen Jeans, die ich zu Hause vom Boden geklaubt habe. Meine Finger schließen sich um etwas Kleines, Scharfes. Sobald ich es berühre, fällt es mir wieder ein. Dann ziehe ich den falschen Fingernagel eines toten Mädchens hervor.

Priscilla holt geräuschvoll Luft. »Hörst du das?«, fragt sie, aber ich habe nicht den Eindruck, dass sie mit mir spricht. »Klingt wie Trommeln. Wie ein Herzschlag.«

Sie hält mir die geöffnete Hand hin und diesmal zögere ich nicht. Der Nagel fällt auf ihre Handfläche und sie schaudert, tritt zurück und sackt im Sessel zusammen.

»Priscilla?«, frage ich und setze mich, aber sie hebt abwehrend die freie Hand.

»Moment«, sagt sie angespannt.

»Schon gut«, sagt Nicole und stellt sich neben ihre Tante. »Am Anfang braucht sie immer etwas. Lass sie arbeiten.«

Eine Woge kühler Luft überspült mich, wie eine kalte Meeresströmung. Diese Magie ist anders, unterscheidet sich von meiner wie Öl von Wasser. Sie ist glatter, dünner und riecht nach Salz und Bleiche. Mir tränen die Augen, während Priscillas Hand zuckt.

»Da ist sie ja«, flüstert sie fast ohne Lippenbewegung.

»Was sehen Sie?«, frage ich und beuge mich vor.

»Armes Mädchen«, sagt sie. »So verängstigt. Sie konnte sich nicht bewegen.«

»Sie wurde verzaubert«, erkläre ich. »Wurden sie alle. Können Sie sehen, wer sie getötet hat?«

Priscilla schüttelt den Kopf. »Ich kann nicht sehen, was sich außerhalb von ihr befindet. Ich sehe nur das Innere.«

»Was noch?«, hake ich nach. »Da muss noch mehr sein.«

»Es ist verschwommen«, sagt Priscilla stirnrunzelnd. »Alles ist dunkel.«

»Ich brauche mehr«, sage ich. »Ich muss wissen, *wer* es war.«

»Sie hat sein Gesicht nicht gesehen«, sagt Priscilla. »Nein, das stimmt nicht. Sie *konnte* sein Gesicht nicht sehen.«

Ich schlucke schwer. »Hat er eine Kopfbedeckung getragen? Eine Baseballkappe?«

Sie presst die Lippen zusammen. »Ich kann es nicht sagen. Sein Gesicht … ist verwischt. Wie wegradiert.«

Ich balle die Hände zu Fäusten, Wut pocht in meinen Adern. Ich will rennen, schreien, etwas zerstören.

»Sie hat es gespürt«, sagt Priscilla, aber den Teil möchte

ich nicht hören. Den habe ich schon zu oft gesehen, zu oft davon geträumt. Ich stehe auf, versuche die Ohren zu versperren.

»Sie hat gespürt, wie das Leben ihren Körper verlassen hat, wie es ihr genommen wurde«, sagt Priscilla. »Es war nicht mehr viel übrig. Es hätte mehr sein sollen. Bevor die Krankheit von ihr Besitz ergriffen hat, war sie so voller Leben.«

Ich erstarre, beuge mich zu ihr.

»Was haben Sie gesagt?«, frage ich.

»Das hat sie ständig zu hören bekommen«, haucht Priscilla. »Veronica. Sie war voller Leben. Und er hat es ihr genommen.« Sie schlägt die Augen auf, die fiebrig wirken, viel zu hell für das Licht im Raum. »Er hat es jedenfalls versucht.«

Ein stechender Schmerz flammt in meinen Armen auf, und als ich nach unten sehe, merke ich, dass ich die Nägel in meine Haut bohre.

»Lexi, was ist denn?«, fragt Nicole.

Ich gebe keine Antwort. In meinem Kopf verschwimmen verschiedene Gesprächsfetzen. *Sie hat noch ihr ganzes Leben vor sich*, sagt Janes Mutter. *Jane war eine echte Stimmungskanone*, erzählt mir Macy. *Die Wucht in Tüten*, flüstert Isaac.

»Ich muss los«, sage ich, ohne zu verstehen, was ich verstehen muss.

Ich gehe zur Tür, ich muss weg von diesem Ort und dem Chlorgeruch, der in den Augen beißt.

»Es tut mir leid«, sage ich zu Nicole. »Ich kann's nicht erklären.«

»Warte«, sagt Priscilla und steht auf. Sie hält mir die Hand hin, in der immer noch der Fingernagel liegt.

Ich schüttele den Kopf. »Behalten Sie ihn.«

Ihre Finger schließen sich schnell und sie lächelt mich breit an.

»Danke für Ihre Hilfe«, sage ich mit der Hand am Türknauf.

»Du kannst mich jederzeit besuchen, Liebes«, ruft Priscilla mir nach. »Und vergiss mein Angebot nicht.«

»Ja«, murmele ich. »Klar.«

Das Glöckchen perlt wie ein Lachen, als ich gehe.

Der Schrei, der in meinen Lungen gefangen ist, wird immer größer. Meine Kehle ist heiß und eng, mein Atem geht keuchend, so als würde der Schrei meinem Körper alle Luft entziehen. Draußen geht die Sonne auf und die Palmen wirken vor dem roten Morgenhimmel wie schwarz getüncht. Ich kurbele das Fenster runter und beschleunige, in der Hoffnung, dass der Wind den zerklüfteten Lärm in mir beruhigt.

»Wo zum Teufel hast du gesteckt?«, brüllt Jane mich an, als ich endlich nach Hause komme.

»Lange Geschichte«, sage ich und knalle die Tür hinter mir zu. Ich fühle mich immer noch wund und wild.

»Erzähl schon«, sagt Trevor.

»Ilia wurde verletzt«, sage ich, während ich mir die Kapuzenjacke ausziehe. »Und dann wurde es kompliziert.« Ich sehe mich in der Wohnung um, trete gegen einen Haufen Wäsche. »Wo sind die Berichte, die Ilia mir gegeben hat?«

»Was meinst du mit ›kompliziert‹?«, fragt Trevor.

Ich entdecke die Papiere, ins Bücherregal gestopft, und ziehe sie hervor.

»Lexi, du machst mich fertig«, sagt Jane. »Würdest du uns bitte sagen, was los ist? Wonach suchst du denn?«

Ich lasse mich auf dem Boden nieder und breite die Berichte über die Vermissten und Veronicas Autopsie vor mir aus. »Weiß ich noch nicht. Aber da ist etwas, etwas, das wir übersehen haben.«

Ich fange von vorn an, erzähle von Ilia, von Priscilla und ihrer Lesung.

»Sie war wie du«, sage ich mit Blick auf die Autopsie. »So wie die Leute dich beschreiben. Strahlend, voller Leben. Das muss die Verbindung sein. Auch die anderen sind jung. Energiegeladen. Seht euch den an.«

Ich halte Jane den Bericht hin. Sie blinzelt mich an. »Echt jetzt? Geist, Lexi, weißt du noch?«, sagt sie und wedelt mit der Hand vor mir herum.

»Tut mir leid«, sage ich und klatsche den Bericht mit dem Bild eines Jungen mit Skateboard wieder hin. »Seine Mom meinte, er wäre so lebensfroh gewesen. Er hätte ›carpe diem‹ auf sein Skateboard gesprüht.«

»Ich ... ich weiß nicht, Lexi«, sagt Jane. »Das wirkt ein bisschen weit hergeholt.«

»Trevor?«, frage ich und blicke zu ihm hoch. »Du siehst es.«

»Ich bin mir nicht sicher«, sagt Trevor stirnrunzelnd. »So werden viele Menschen beschrieben.«

»Also ist es nur ein blöder Zufall?« Das Papier in meiner Hand zerknittert. »Nicole meinte, Marcus sei so aufgeschlossen gewesen. Dass er pausenlos geredet hat.«

»Aber woher sollte der Typ das wissen?«, sagt Jane und setzt sich neben mich. »Ich bin ihm vor diesem Abend noch nie begegnet. Woher sollte er wissen, wie ich bin? Wie irgendjemand ist?«

»Ich weiß, dass es keinen Sinn ergibt«, sage ich. »Aber er

wusste es. Er muss etwas über dich erfahren haben. Deshalb wollte er Veronica nicht, denn sie hatte Krebs. Sie hatte das richtige Temperament, aber die Krankheit zehrte an ihr.«

»Lexi, du bist schon die ganze Nacht wach«, sagt Jane sanft. »Vielleicht sollten wir uns alle ein wenig ausruhen.«

»Ja, gute Idee«, sagt Trevor. »Warum legst du dich nicht eine Weile hin. Wir sind auch ganz still.«

Ich schüttele frustriert den Kopf. Die Antwort ist zum Greifen nah, aber ich sehe sie nicht. Sie ist wie ein Wort, das mir auf der Zunge liegt, ein Song, den ich nicht richtig unterbringen kann. Ich betrachte den Bericht in meiner Hand, Veronica, die mich anstarrt und ganz anders aussieht als der flackernde Geist. Der nicht genug Energie zu haben schien, um an einem Ort zu bleiben.

»Lexi? Ins Bett?«, schaltet Jane sich ein.

Sie hat gespürt, wie ihr das Leben genommen wurde, flüstert Priscilla in meinem Kopf. Ich könnte schwören, dass ich daraufhin höhnisches Lachen höre. Ich schlucke schwer, weiß nicht, was ich als Nächstes tun soll. Ich fürchte, danebenzuliegen. Ich fürchte noch mehr, richtigzuliegen.

Veronicas Geist hat geflackert. Jane sollte stärker sein, als sie ist. Und Marcus hat sich gar nicht materialisiert.

»Er hat es genommen.« Ich breche ab und räuspere mich. »Er hat euch das Leben genommen. Aber nicht, weil er euch töten wollte.«

»Verstehe ich nicht«, sagt Jane.

»Er hat euch etwas genommen, als er euch umgebracht hat. Eure Lebenskraft. Energie kann nicht zerstört werden, nur umgewandelt. Deshalb kannst du deine Gestalt nur schwer beibehalten, deshalb konnte Trevor dich stoppen.«

»O Gott.« Jane schüttelt den Kopf und rutscht von mir weg. »Nein, das ... nein.«

Solchen Scheiß machen wir nicht mehr, hat Jordan gesagt. *Nicht mal die alten Hasen.* Aber vielleicht irrt er sich.

»Ich muss mit einer Hexe reden«, sage ich und sehe auf mein Telefon.

»Äh, okay«, sagt Trevor. »Dann ruf deinen Freund an.«

»Nein«, sage ich. »Ich brauche eine alte Hexe. Jemanden mit Zugang zu sehr viel älteren Zaubern.«

Nur leider kenne ich kaum Hexen, weder in meinem Alter noch ältere. Tatsächlich ist die einzige Person, die mir einfällt ...

»Scheiße«, sage ich.

»Was denn?«, fragt Jane.

»Ich muss los.«

Sie schüttelt schon den Kopf. »Auf keinen Fall«, sagt sie. »Nicht ohne mich.«

»Oder mich«, sagt Trevor.

»Okay«, sage ich nur.

»Okay?«, wiederholt er blinzelnd. »Echt?«

»Echt. Ich werde Hilfe brauchen. Wir besuchen eine Hexe mit einem Geist-Problem.«

19

Das Haus sieht noch genauso aus wie vorher. Die Gitter vor den Fenstern bräuchten einen neuen Anstrich, die Dachschindeln sind von der Sonne ausgeblichen. Ich weiß nicht, was sich hätte verändern sollen, aber es ist schwer, das unauffällige Äußere mit dem zusammenzubringen, was drinnen wartet. Nichts zeigt je sein wahres Gesicht, weder potenzielle Mörder noch Häuser, in deren Mauern die Finsternis haust.

»Ist es das?«, fragt Jane mit Blick durchs Autofenster.

»Ja«, sage ich, aber ich will nicht aussteigen.

»Und?«, fragt Trevor. »Worauf warten wir?«

Ich ziehe den Schlüssel ab und drehe mich nach hinten um. »Es ist nur ... macht euch auf was gefasst. Sie will nicht gehen und es könnte übel werden.«

»Übler als das, was ich dir angetan habe?«, fragt Jane.

Unwillkürlich klemme ich mir die verbundenen Arme unter die Achseln. »So habe ich das nicht gemeint.«

»Was hast du denn gemeint?«, fragt Trevor.

»Euch beiden würde ich so was nie antun, okay?«, sage ich und reibe mir müde das Gesicht. »Vergesst das nicht.«

»Das wissen wir, Lexi«, sagt Jane.

»Na gut, dann los.« Ich öffne die Tür und trete in die Morgenhitze. »Bleibt dicht bei mir.«

Der Weg zur Tür dauert lange, jeder Schritt fällt mir

schwer. Es ist still, als ich klopfe. Vielleicht ist sie nicht zu Hause und wir sind umsonst hier rausgefahren. Dann höre ich leise Schritte und strecke den Rücken durch, als sich die Tür knarrend öffnet.

»Oh. Du«, sagt sie und blinzelt mit ihren hellen Augen hinter der dicken Brille.

»Hallo, Mrs Hallas«, sage ich.

»Was gibt es denn?«, fragt sie neugierig.

»Ich brauche Ihre Hilfe. Und im Gegenzug kann ich Ihnen helfen.«

Sie bleibt stumm, ihre Miene eine Mischung aus Vorsicht und Hoffnung.

»Komm rein«, sagt sie schließlich und macht die Tür weit auf.

Ich blicke zu Jane neben mir und folge dann Mrs Hallas hinein.

Drinnen riecht es noch schlechter als beim ersten Mal. Der Geruch von bitteren Kräutern wird überlagert von dem nach feuchter Erde und Schimmel. Es gibt keinen Abwehrzauber, der einen entschlossenen Geist draußen hält, aber es riecht so, als habe sie alles versucht. Unter dem Gestank nehme ich das intensive Kupfer des Todes wahr und über allem liegt überwältigende Verzweiflung.

»Gott, ist das trostlos hier«, flüstert Jane mir zu, obwohl Flüstern gar nicht nötig wäre.

»Ich weiß nicht, man könnte was draus machen«, sagt Trevor. »Wenn man den Geruch und den Geist loswürde und dann einmal frisch streicht?«

Ich trotte hinter Mrs Hallas her in ihr düsteres Wohnzimmer. Die Kerzen können die Dunkelheit nicht in Schach halten, sie glimmen schwach vor sich hin. Der Fernseher ist immer noch kaputt, der Bildschirm schwarz und verkohlt.

»Was ist diesmal anders?«, fragt Mrs Hallas und dreht sich zu mir, lädt mich aber nicht ein, Platz zu nehmen. »Letztes Mal konntest du nichts ausrichten. Du meintest, sie wäre zu stark.«

Ihre Stimme klingt verzweifelt, fast so sehr, dass ich Mitleid empfinde.

»Diesmal habe ich Unterstützung«, sage ich und spüre Trevors und Janes solide Wärme neben mir. »Aber Sie müssen mir etwas versprechen. Wenn ich Ihnen helfe, beantworten Sie alle meine Fragen. Ohne Halbwahrheiten, Ausweichmanöver oder Ausreden.«

Mrs Hallas richtet sich zu voller Größe auf.

»Ich gebe dir mein Wort. Wenn du mein Haus von Unruhe befreist, dann schwöre ich dir bei meinem Blut und meinen Knochen, dass ich dir helfe, wie auch immer ich kann.«

Ich nicke, aber sie ist noch nicht fertig.

»Aber solltest du versuchen mich aufs Kreuz zu legen«, sagt sie mit plötzlich tieferer Stimme, »dann schwöre ich, dass es kein Versteck für dich gibt, in dem meine Flüche dich nicht finden und dein Ende besiegeln.«

»Schon klar«, sage ich. »Ich will Sie nicht zur Feindin, Mrs Hallas. So dumm bin ich nicht.«

Sie reagiert mit einem sparsamen Lächeln. »Dann tu, wozu du fähig zu sein behauptest.«

Ich stelle mich mitten in den Raum, die Füße fest am Boden, und blicke zu Mrs Hallas.

»Wenn ich Bescheid sage, heben Sie die Abwehrzauber auf«, sage ich. »Und vielleicht treten Sie etwas zurück.«

Sie nickt und zieht sich in den Flur zurück, von wo aus sie zusieht.

»Bereit?«, frage ich leise.

»Bereit.« Trevors Stimme kommt von meiner Schulter und Jane nickt.

Ich lasse meine Magie ausströmen, spreize die Finger, sodass schwarze Fetzen der Finsternis den Raum umschließen.

»Lexi?«, fragt Jane mit zögerlicher, unsicherer Stimme.

»Schon okay«, murmele ich. »Das bin nur ich.« Ich fasse durch die heiße, elektrische Dunkelheit, lasse sie in meine Poren eindringen und verströme sie mit meinem Atem. Als ich etwas Großes, Fühlendes streife, balle ich die Hand.

»Jetzt, Mrs Hallas«, rufe ich und die Zauber zerspringen mit einem hörbaren Knacken.

Emily wirft sich gegen mich, ich stürze und schlage mit dem Kopf hart auf dem Boden auf. Als ich die Augen öffne, sehe ich alles verschwommen, mit roten, pinken und orangen Streifen.

»Ich habe dir gesagt«, faucht sie voller Wut, »raus aus diesem Haus!«

»Verzieh dich«, knurrt Jane.

Es folgt ein dumpfes Poltern und dann ist Jane an meiner Seite und hilft mir, mich aufzusetzen. Trevor steht zwischen mir und Emily, die Hände zu Fäusten geballt.

»Alles okay?«, fragt er, während er sich nach mir umsieht.

Ich nicke hustend. »Ja.«

»Wer zum Teufel bist du?«, fragt Emily fordernd.

»Wer, ich?«, fragt Trevor. »Ich bin Trevor. Das ist Jane. Wir sind diejenigen, die dir die Hölle heiß machen, weil du dich mit unserer Freundin angelegt hast.«

Jane steht auf und hält mir eine Hand hin. Ich ergreife sie und sie zieht mich hoch und bleibt an meiner Seite.

»Du hast Verstärkung mitgebracht?« Emily funkelt mich an.

»Verschwinde aus diesem Haus«, fordere ich. »Und komm nie wieder.«

Sie schüttelt den Kopf. »Du weißt, dass ich das nicht kann.«

»Echt jetzt?«, fragt Trevor. »Du kannst eine alte Dame nicht in Ruhe lassen? Was hast du für ein Problem?«

»Ich wurde *ermordet*«, brüllt Emily.

»Willkommen im Club!«, brüllt Jane zurück.

»Ich bin der Tod, Emily«, sage ich. »Der echte, endgültige Tod. Ohne Wiederkehr, ohne Zuschauerplatz in den Schatten.«

Emily sieht mich an. Etwas Furchtbares und Endloses liegt in ihrem Blick. Mir dreht sich der Magen um und ich unternehme einen letzten Versuch.

»Geh einfach«, sage ich. »Wohin du willst, bloß hier kannst du nicht bleiben. Du kannst immer noch eine Art Leben führen, Emily. Bitte zwing mich nicht dazu. Zwing mich nicht, dir ein Ende zu setzen.«

»Es ist zu spät«, sagt sie fast traurig. Und dann stürzt sie sich auf mich.

»Nein«, brüllt Jane.

Emilys Hände fassen nach meinem Hals, aber Trevor ist da, schlingt seine Arme um ihre Taille und zieht sie weg.

»Lass mich los«, brüllt Emily, sich windend und zappelnd. Jane springt vor sie, packt Emilys Schultern und schiebt sie weg.

»Jetzt, Lexi«, sagt Trevor angestrengt.

Ich schließe die Augen, blende die Kampfgeräusche aus und ziehe die Dunkelheit an mich.

»Nein«, schreit Emily, als ich anfange zu schieben.

Sie wehrt sich und selbst gefangen von Jane und Trevor ist sie noch stark. Sie stemmt sich meiner Magie entgegen, kämpft mit allem, was sie hat, gegen mich an, bis mir die Ohren klingeln und die Knochen vibrieren. Ich beiße die Zähne zusammen, um die Schmerzen in den Gelenken zu ertragen, und zwinge die Finsternis in sie hinein, in ihren offenen Mund, die Nasenlöcher, Ohren, wo immer sie Einlass findet. Meine Nase beginnt zu bluten und meine Zunge schmeckt nach Kupfer.

Sie schreit, ein formloser Schrei vor Schmerz und Wut, der mir in die Glieder fährt, weil ich weiß, dass in mir der gleiche Laut steckt. Mit einer letzten Kraftanstrengung schleudere ich die Finsternis in sie hinein, schiebe mich hindurch und auf der anderen Seite wieder hinaus, sage mir, dass es keinen anderen Weg gibt, bis sie schließlich zerplatzt und sich in Nichts auflöst. Ich stütze die Hände auf die Oberschenkel und schnappe nach Luft, während sich Schweiß und Blut um meinen Mund sammeln.

»Ist es vorbei?« Jane sieht sich nach mir um, mit weißen, heimgesuchten Augen.

Ich nicke nur, weil ich zu erschöpft zum Antworten bin.

»Falls mir so was jemals passiert …« Sie bricht ab und räuspert sich. »Lass nicht zu, dass mir so was jemals passiert.«

»Werde ich nicht«, keuche ich. »Werde ich nicht.«

»Alles okay bei dir?«, fragt Trevor. Sein Haar riecht leicht nach Ozon, als er einen Arm um mich legt und mir hilft, mich aufzurichten.

»Ja.« Ich wische mir das Gesicht mit dem Ärmel ab. »Nur eine blutige Nase. Das wird schon.«

Dann trete ich mit wackligen Beinen zur Seite und blicke zum dunklen Flur.

»Mrs Hallas«, rufe ich barsch. »Zeit, die Schulden zu begleichen.«

Sie tritt wieder ins Wohnzimmer, mit verhärmter Miene hinter ihrer großen Brille.

»Ich mache uns Tee«, sagt sie.

Sie zieht den Vorgang in die Länge, wiegt Zutaten ab und besteht darauf, dass wir den Tee ganze fünf Minuten ziehen lassen. Das Ergebnis ist eine süße Mischung aus Linden- und Holunderblüten, die nach Sommer schmeckt. Ich könnte sie vielleicht genießen, wenn ich nicht so voller Adrenalin wäre, aber ich zwinge mich zu trinken, weil ich weiß, dass es mich beruhigen soll. Mrs Hallas setzt sich im Wohnzimmer mir gegenüber und schlürft in aller Ruhe ihren Tee. Alles wirkt heller, die Lampen leuchten endlich kräftig und die Kerzen sind erloschen.

»Sie ist wirklich weg«, sagt Mrs Hallas und betrachtet staunend die Lampen.

»Ich habe meinen Teil der Abmachung erfüllt«, sage ich. »Jetzt sind Sie dran.«

»Noch Tee?«, sagt sie mit Blick auf meine Tasse.

»Nein«, sage ich. »Er beruhigt mich sowieso nicht.«

Sie atmet scharf durch die Nase aus und setzt ihre Teetasse klirrend ab.

»Nun gut«, sagt sie. »Stell deine Fragen.«

»Gibt es einen Zauber«, frage ich langsam, »mit dem sich

Menschen mit einer spezifischen Eigenschaft aufspüren lassen?«

»Wenn die Eigenschaft spezifisch genug ist, ja. Möglicherweise.«

Ich bekomme schwitzige Hände und reibe sie an meiner Jeans ab.

»Spezifisch inwiefern?«, frage ich.

»Etwas mit einem begrenzten Spektrum. Man könnte keine Menschen mit blauen Augen finden. Das wäre zu weit gefasst. Für so einen Zauber würde die Kraft nicht reichen. Aber man könnte Menschen mit blauen Augen finden, wenn sie ein bestimmtes Alter erreicht haben und in einem bestimmten Radius leben sollen.«

»Was, wenn es kein äußerliches Merkmal wäre? Was, wenn man jemanden finden wollte, der zum Beispiel voller Energie wäre? Jemanden mit viel Lebenskraft.«

»Ja«, sagt sie stirnrunzelnd. »Solange das Ziel klar umrissen ist, ja. Ein veränderter Lokalisierungszauber würde funktionieren.«

Janes Finger schieben sich zwischen meine, als ich die Frage stelle, die ich am meisten fürchte.

»Und gibt es einen Zauber«, frage ich vorsichtig, »wenn man jemandem dieses Leben, diesen Funken nehmen wollte? Nicht töten, sondern rauben? Für sich behalten?«

Mrs Hallas wird ganz blass und reißt die Augen auf. »Solche Zauber sind verboten«, erwidert sie schroff. »Tödliche Zauber sind schon lange nicht mehr unser Metier.«

»Für einen von Ihnen schon, Mrs Hallas. Die Vermissten aus den Nachrichten werden nicht nur vermisst. Sie sind tot. Und wer immer sie tötet, *nimmt* ihnen etwas.«

Mrs Hallas steht schneller auf, als ich es jemandem in ihrem Alter zugetraut hätte.

»Du verstehst das nicht. Ein veränderter Lokalisierungszauber«, sagt sie, »wäre kompliziert, aber machbar. Das andere aber, das würde keine Hexe versuchen.«

»Aber möglich wäre es?«, frage ich. »Jemandem auf diese Weise das Leben zu nehmen?«

Mrs Hallas blickt zu Boden und nickt dann vehement. »Die Zauber sind sehr alt und schwierig. Die Lebenskraft ist nicht leicht zu erhalten und außerhalb des Körpers verfällt sie enorm schnell. Man müsste den Körper behalten, um einen erfolgreichen Transfer zu gewährleisten, man müsste ihn sichern, während man ihn leert. Dazu müsste man bestimmte Rituale vollführen, im Moment des Todes und danach. Und man bräuchte ein Ziel mit wirklich starker Energie, jemanden Junges, Gesundes. Aber das würde niemand von uns riskieren.«

»O Gott, deshalb hat er Veronicas Körper zurückgelassen«, sagt Jane. »Sie war krank. Er konnte sie nicht gebrauchen, deshalb hat er sie weggeworfen.«

»Warum würde eine Hexe das Risiko nicht eingehen?«, frage ich.

»Tödliche Magie ist die schwärzeste Magie überhaupt. Man kann sie nicht anwenden, ohne einen hohen Preis zu bezahlen«, sagt sie. »Zauber, die Schaden zufügen, wirken immer auf den, der sie ausführt, zurück. Und die Wirkung kumuliert sich. Ein kleiner Fluch verursacht vielleicht nur leichte Kopfschmerzen. Aber mehrere starke Flüche könnten dem, der sie ausspricht, den Arm brechen. Und tödliche Magie? Dagegen kann man sich nur begrenzt wappnen. Wenn man diese Art von Zauber mehrmals einsetzt, würde das zu umfassenden Schäden führen. Dann kann man von Glück sagen, wenn man da heil rauskommt.«

Ich schüttele den Kopf. Das kann nicht stimmen. Jemand mit solch schweren Verletzungen wäre uns aufgefallen. Wie konnte derjenige das verbergen? Der Einzige, der zu Schaden gekommen ist, war Jordan, und der wollte bloß helfen ...

Alles wird ganz still, Mrs Hallas Atemzüge genauso wie das Klopfen in meiner Brust. Das menschliche Gehirn nimmt elf Millionen Informationen pro Sekunde auf, aber bewusst nehmen wir nur ungefähr fünfzig davon wahr. *Dann kann man von Glück sagen, wenn man da heil rauskommt.* Mein Hirn sagt mir etwas, das mein Verstand nicht verarbeiten kann, das er nicht glauben will.

»Was ...« Meine Stimme klingt heiser und ich versuche zu schlucken. »Was würde passieren, wenn man versucht einen Tarnzauber zu durchbrechen? Würde es einen verletzen, wenn man nicht stark genug ist?«

Mrs Hallas sieht mich stirnrunzelnd an. »Verletzen? Nein. Tarnzauber funktionieren anders. Sie absorbieren Energie, statt sie zurückzuwerfen. Deshalb sind sie so schwer zu durchbrechen. Man bekäme von dem Versuch höchstens Kopfschmerzen.«

»Lexi?«, fragt Trevor, der mich besorgt ansieht. »Was ist?«

Ich blinzele. Der Gedanke bricht sich endlich Bahn.

»Er hat gelogen.«

20

Ich habe eine Hand am Steuer und die andere am Telefon. Jedes Klingeln vibriert an meinem Ohr.

»Geh ran, geh ran«, brülle ich, aber ich bekomme nur Ilias Stimme, die mich bittet, eine Nachricht zu hinterlassen, die er nie abhören wird.

»Lexi, fahr langsamer«, sagt Jane. »Sollten wir nicht die Polizei rufen?«

»Um was zu sagen?«, fragt Trevor vom Rücksitz. »Eine Hexe hätte uns erklärt, wie wir den Mörder finden?«

Jane bleibt still und ich probiere es als Nächstes bei Phillip, aber sein Telefon springt sofort auf die Mailbox um. Ich pfeffere mein Handy gegen das Armaturenbrett, wo es abprallt, durch Jane hindurchfliegt und auf dem Sitz landet. Der Schrei, der in meinen Lungen wohnt, reißt sich endlich los und ergießt sich wie heißes Öl durch meine Kehle in die Nacht.

»Lexi«, brüllt Jane mich an. »Lass den Scheiß.«

»Wie kannst du nur so verdammt ruhig sein?«, brülle ich zurück.

»Weil ich es sein muss«, entgegnet sie.

Ich sehe zu ihr rüber und ihre Augen blitzen weiß auf. Sie schließt sie, ballt die Hände, und als sie die Augen wieder aufschlägt, ist ihr Blick klar.

»Ich darf nicht die Fassung verlieren«, sagt sie mit angespannter Stimme. »Nicht wieder, nicht, wenn wir so nah dran sind. Würdest du dich also *bitte* zusammenreißen?«

Ich hole tief und schaudernd Luft. *Bitte nicht er. Bitte nicht er.*

»Es tut mir leid«, sage ich mit vom Schreien kratzigem Hals. »Es tut mir leid. Ich komme klar. Wir schaffen das.«

Jane ballt immer noch die Fäuste. »Er hat mich nicht nur umgebracht«, sagt sie. »Er hat mir mein Leben geraubt. Er hat es mir genommen.« Sie knurrt die letzten Worte und muss wieder die Augen schließen. »Ich will ihn zu nichts verbrennen. Und dann will ich die Welt niederbrennen, weil sie ihn hervorgebracht hat.«

»Immer eins nach dem anderen«, sage ich sanft.

Sie blickt zu mir und auf ihren Lippen liegt der Hauch eines Lächelns. »Würdest du die Welt mit mir niederbrennen?«

»Ich würde dir die Zündhölzer reichen«, sage ich.

Nun zeigt sich ein echtes, wenn auch zittriges Lächeln.

»Hey«, sagt Trevor und streckt den Kopf zwischen uns durch. »Das ist ja alles gut und schön, aber vielleicht kümmern wir uns erst mal um den Mörder?«

Die Wut in meinem Blut kann ich nicht abschütteln. Ich schlittere auf den Parkplatz hinter dem Nex und würge den Motor ab, ohne mich darum zu kümmern, wie ich geparkt habe. Die Luft ist warm und drückend. Rauch verdeckt die letzten spärlichen Sonnenstrahlen. Ich stürme Richtung Club, die Kapuzenjacke wie eine Kampfmontur zugezogen, Jane und Trevor neben mir.

Das Nex ragt vor uns auf. Seine fensterlose Masse blockiert das Laternenlicht. Er war die ganze Zeit hier, hat sich direkt vor meiner Nase versteckt und uns alle ausgelacht.

»Bleibt nah bei mir«, sage ich zu den beiden und trete kräftig gegen die Hintertür.

Nur Sekunden später wirft Georgie die Tür auf. »Verdammt, Lexi«, flucht er, »zum letzten Mal ...«

»Aus dem Weg«, sage ich.

Irgendwas in meiner Miene lässt Georgie verstummen und er tritt zur Seite. Ich eile zum Fahrstuhl und drücke so heftig auf den Knopf, dass sich mein Fingernagel umbiegt. Die Türen gehen auf, ich trete ein und Jane und Trevor folgen mir. Jedes Stockwerk dauert eine gefühlte Ewigkeit.

Die Türen haben sich gerade mit einem *Ping* wieder geöffnet, da marschiere ich schon den Flur entlang. Der Teppich dämpft meine schweren Schritte.

»Ilia«, brülle ich durch den leeren Korridor. Die Tür zum Büro ist geschlossen. Ich hämmere mit der Faust dagegen. »Ilia, bist du da drin? Urie?«

Ich probiere den Türgriff, aber es ist abgesperrt. Wütend trete ich gegen das Holz und frage mich, ob ich die Tür mit meiner Schulter aufbrechen könnte. Ich würde zu gern all die kleinen Bildschirme da drinnen einschlagen, all diese Augen, die zugesehen, aber nichts bemerkt haben.

»Lexi, komm schon«, sagt Jane. »Da ist niemand.«

Ich wirbele wieder herum und mache mich auf zur Tanzfläche. Da es noch früh ist, sind nicht viele Gäste da. Hauptsächlich Leute, die direkt von der Arbeit gekommen sind und an den kleinen Tischen abhängen. Nicole steht hinter der Bar und ich gehe direkt zu ihr, mache mit einem Winken auf mich aufmerksam.

»Du hast heute keinen Dienst«, sagt sie stirnrunzelnd.

»Wo sind denn alle? Ich muss mit Urie reden.«

»Er ist unterwegs. Aber ich glaube, Ilia füllt die Bestände auf. Ist alles in Ordnung?«

»Nein, ist es nicht«, sage ich. »Du musst hier raus. Setz dich in dein Auto, verriegel alle Türen und komm erst wieder raus, wenn ich es dir sage. Verstanden?«

Sie nickt heftig. »Ja.«

»Bin gleich wieder da.«

Auf der Fahrt nach unten würde ich vor Ungeduld am liebsten wieder schreien. Wir sind so kurz davor ihm gegenüberzutreten, dass meine Beine vibrieren, weil sie losrennen möchten. Als die Türen aufgehen, stürze ich raus und mit riesigen Schritten zum Lagerraum.

Die Tür wird von einer Bierkiste offen gehalten und von drinnen höre ich Männerstimmen. Wer hilft Ilia? Mir dreht sich der Magen um, als ich eintrete, weil ich mir sicher bin, dass ich gleich einem Mörder gegenüberstehe.

»Lexi?« Phillip sieht überrascht zu mir hoch und ich atme schaudernd aus.

»Was machst du denn hier?«, fragt Ilia und setzt eine Kiste mit Mixgetränken ab.

»Wo ist Jordan?«, frage ich und meine Stimme hallt merkwürdig in meinen Ohren.

»Er macht wieder die Security auf der Haupttanzfläche«, sagt Ilia. »Er hat darum gebettelt, wieder arbeiten zu dürfen.«

»Scheiße«, sage ich und wechsle einen Blick mit Jane. Er könnte schon nach einem neuen Ziel suchen.

»Lex, geht es dir gut?«, fragt Phillip, der mein Gesicht genau beobachtet.

»Urie ist nicht da?«, frage ich.

Ilia schüttelt den Kopf. »Was ist denn los?«

»Du musst die Tanzfläche räumen«, sage ich.

»Warum?«, fragt Ilia und hastet die Treppe zu mir hoch.

»Weil Jordan der Mörder ist, deshalb.« Ich drehe mich um und gehe zur Tür, aber Ilia überholt mich und Phillip ist direkt hinter ihm.

»Er hat Marcus und Jane und all die anderen getötet«, sage ich.

Ilia schüttelt den Kopf und sieht so krank aus, wie ich mich fühle. »Nein.«

Ich habe Jordan geglaubt. Ich habe ihm vertraut.

»Doch«, entgegne ich. »Und jetzt lass mich durch.«

»Warte«, sagt Phillip, aber ich schneide ihm das Wort ab.

»Es ist keine Zeit für Erklärungen«, sage ich. »Er ist da oben, mit all diesen Leuten.«

»Ich weiß«, sagt Phillip. »Was machen wir jetzt?« Mich durchfährt ein warmes Gefühl, weil er keine Sekunde zögert. Und mir wird klar, dass ich mehr auch nicht für ihn empfinde, nur bittersüße Zuneigung.

»Wir finden ihn. Ilia, kannst du seinen genauen Aufenthaltsort bestimmen?«

»Ich rufe Georgie an«, sagt Ilia, tritt beiseite und holt sein Telefon raus.

»Wir brauchen auch die Polizei, Lexi«, sagt Phillip. »Es werden zu viele Menschen vermisst, das können wir nicht allein übernehmen.«

Er hat recht. Jordan hat sie in diese Welt gezerrt. Ihre Familien verdienen es zu erfahren, was passiert ist.

»Kannst du das machen?«

Phillip nickt. »Ich werde einen von unseren Leuten bei der Truppe anrufen. Die kümmern sich.«

Ilia kommt mit grimmigem Gesicht wieder zu uns. »Georgie kann ihn auf der Tanzfläche nicht entdecken, aber er sagt, er hätte das Gebäude nicht verlassen.«

»Er muss hier irgendwo sein«, sage ich. »Wir müssen ihn nur finden.«

Ich sehe zu Jane, die einen wilden Blick hat. Trevor knackt mit den Fingerknöcheln.

»Gehen wir«, sagt er.

Es ist der längste Fußmarsch meines Lebens. Meine Hände zittern vor Adrenalin und ich kann gar nicht genug Luft in meine Lungen saugen. Im Kopf zähle ich die Schritte. Mein Herz rast so viel schneller als die Zahlen.

»Teilt euch auf«, sage ich endlich, während mein Magen rumort. »Phillip, du nimmst die Hintertür. Ilia, du die Vordertür. Ich überprüfe den Seiteneingang und die Flure.«

Phillip schenkt mir ein angespanntes Lächeln. »Sei vorsichtig.«

»Du auch«, sage ich. Dann macht er sich auf nach hinten.

»Bist du sicher, dass ich nicht mit dir kommen soll?«, fragt Ilia. »Er ist verletzt, aber stark.«

Ich balle die Hände und nicke. »Ich bin mir sicher.«

Er atmet tief aus. »Okay. Pass gut auf dich auf.«

»Na klar«, sage ich mit Blick zu meinen Geistern. »Los geht's.«

Ich öffne die Tür zur Tanzfläche und schlüpfe in den abgedunkelten Raum. Es dauert einen Moment, bis sich meine Augen an das Dämmerlicht gewöhnt haben. Jane gleitet einfach durch die geschlossene Tür, Trevor an ihrer Seite.

»Ilia hat recht«, sagt sie. »Jordan könnte über irgendeinen Zauber verfügen, der dir schaden kann.«

»Ich weiß«, sage ich. Ich ziehe den Ärmel meiner Kapuzenjacke hoch und tippe auf das Rad, das auf die Innenseite meines Handgelenks tätowiert ist. »Schutz, schon vergessen? Mach dir keine Sorgen.«

Die Sicherheitsleute räumen die Tanzfläche und es bildet sich eine Schlange von Leuten, die vorn aus dem Saal strömen wollen. Ohne die Musik ist es unheimlich still, die bunten Lichter durchschneiden die Dunkelheit zu einem stummen Beat.

Ich durchkämme die Tanzfläche, die Muskeln so angespannt, dass es schmerzt. Bilder aus der Vergangenheit spielen sich lautlos vor meinem geistigen Auge ab, wie ein Videofilm. In einem anderen Leben hat hier ein Mädchen mit Freundinnen getanzt, lachend im Durcheinander. In einer anderen Zeit hat ein Zauber etwas in ihr entdeckt und ein Junge wollte es haben.

Ich ducke mich unter dem Tresen hindurch und schlüpfe durch die Seitentür. Der hässliche Teppich dämpft meine Schritte. Ich gehe den Flur hinunter, fange dann an zu rennen. Ich biege um die Ecke, aber der Flur ist immer noch leer.

»Wo steckt er?«, fragt Trevor.

»Er kann nicht weit gekommen sein«, sage ich und renne noch schneller. Ich biege um eine weitere Ecke und bleibe abrupt stehen, als ich zwei Leute von hinten sehe.

»Stopp«, brülle ich und einer der beiden dreht sich schrecklich langsam um. Ich kann sein Gesicht nicht richtig sehen, aber ich erkenne ihn an der Bewegung. Der Körper ist noch steif. Ich hoffe, er hat Schmerzen. Höllische Schmerzen. Ich habe ihn berührt. Ich habe versucht ihn zu *trösten*. Das macht mich krank.

»Lexi«, flüstert Jane.

»Ich weiß.« Der leuchtend rote Schopf neben ihm ist unverwechselbar.

»Jordan«, sage ich und meine Stimme schwebt durch den luftleeren Flur.

»Hey, Lexi«, entgegnet er. Seine Stimme ist locker, seine Haltung entspannt. Es genügt fast, um mich zu überzeugen, dass er keine Ahnung hat, was los ist.

Ich baue mich vor ihm auf, unsere Augen sind auf einer Höhe. Sein Gesicht ist von verblassenden blauen Flecken überzogen, seine Lippe ziert eine verschorfte Stelle. Er ist dünner als bei unserer letzten Begegnung und seine Haut hat einen gelblichen Stich. Er hat immer noch eine markante Kieferpartie, aber seine Augen wirken eingesunken, mit dunklen Ringen darunter.

»Nicole, geht es dir gut?« Sie starrt mich ausdruckslos an und mir kriecht ein Schauer den Rücken hoch. »Nicole? Was hast du mit ihr gemacht?«

»Sie hat mich gebeten, sie zum Auto zu begleiten«, sagt Jordan. »Was ist denn los, warum wird die Tanzfläche geräumt?«

»Nicole, du musst weg von ihm«, sage ich und mache einen Schritt auf sie zu, aber sie tritt zurück, näher an Jordan heran.

»Boah, Lexi, entspann dich mal«, sagt er.

»Lex«, sagt Trevor leise. Ich sehe zu ihm und er zeigt auf Jane. Sie ist ganz still und zittert so stark am ganzen Körper, dass ihre Füße vom Boden abheben.

»Diese ... diese Stimme«, stammelt Jane, während Blut ihren Hals hinterläuft. »An die erinnere ich mich. Es war, als wäre sie in meinem Kopf. Sie hat mir befohlen, mich von meinen Freundinnen zu verabschieden, allein in die Gasse zu gehen. Sie hat mir befohlen, keinen Mucks zu machen.«

»Lexi?«, fragt Jordan und fuchtelt mit der Hand vor meinem Gesicht herum. »Hallo?«

Ich sehe wieder zu ihm. Ich werde niemanden je so hassen wie den Mann, der vor mir steht.

»Du hast ihr gesagt, sie soll ruhig bleiben«, sage ich. »Du hast ihr die Kehle durchgeschnitten und sie konnte nicht mal schreien.«

Jordan starrt mich lange an, dann sehe ich, wie sein Kehlkopf sich bewegt, als er schluckt.

»Wie …« Er bricht ab, tritt zurück, zieht Nicole mit sich. »Okay. Welche ist es?«

»Sie heißt Jane«, sage ich. »Kanntest du ihre Namen überhaupt? Hat es dich interessiert?«

»Das würdest du nicht verstehen«, sagt er schroff. »Ich musste es tun. Egal, wer sie ist. Es tut mir leid.«

»Es tut dir leid?« Jane stürzt sich wutentbrannt und schreiend auf Jordan. Sie gleitet einfach durch ihn hindurch, taucht in seine Brust ein und fällt hinter ihm auf den Boden. Die Lampen über uns flackern und brummen und Jordan sieht blinzelnd zu ihnen hoch, während Trevor zu Jane läuft, um ihr aufzuhelfen.

»Nicole«, versuche ich es wieder. »Sieh mich an.«

»Sie kann dich nicht hören«, sagt Jordan. »Lass uns einfach gehen. Ich will dir nicht wehtun.«

»Du wirst dieses Gebäude nicht mit ihr verlassen«, sagt eine Stimme hinter mir.

»Halt dich da raus, Ilia«, erwidert Jordan und stolpert rückwärts.

»Einen Teufel werd ich«, sagt Ilia mit wutverzerrter Miene. »Ich habe dir vertraut. Urie hat dir vertraut. Wie konntest du uns nur so verraten?«

»Ich habe *euch* verraten?«, fragt Jordan und verzieht den Mund. »Nein. Ihr habt *mich* verraten. Ihr mit all euren Kräften und Gaben, keiner von euch konnte mich retten.«

»Wovon redest du?«, fragt Ilia.

»Ich sterbe«, sagt Jordan, und seine Stimme bricht. »Inoperabler Tumor. Genau wie bei dem letzten Mädchen. Es tut mir leid für sie. Ich hab's erst erfahren, als es zu spät war. Der Zauber verrät mir nur das Potenzial.«

Ein Tumor? Ich hole scharf Luft. Daran stirbt er nicht. Ich habe gesehen, wie er stirbt.

»Du tötest Menschen, um dein eigenes Leben zu verlängern«, erklingt eine andere Stimme, als Phillip sich rechts neben uns stellt. Jordan tritt noch einen Schritt zurück. Der einzige Fluchtweg liegt hinter ihm.

»Warum bist du nicht zu mir gekommen?«, fragt Phillip sichtlich erschüttert. »Warum bist du nicht zu meiner Mutter gegangen? Wir hätten dir helfen können, wir hätten ...«

»Bin ich doch!«, brüllt Jordan. »Und weißt du, was deine Mutter zu mir gesagt hat? Dass Magie mich nicht retten kann. Dass meine Zeit gekommen ist. Da hab ich mich lieber auf meine eigenen Kräfte besonnen.«

»Magie kann dich nicht vor dem Tod bewahren«, erkläre ich. »Dem Tod kann man nicht entkommen.«

»Das vielleicht nicht«, sagt Jordan, während sich seine Finger fester um Nicole schließen. »Aber sie kann mir helfen, euch zu entkommen.« Er schleudert eine Hand in einem weiten Bogen von sich.

»Runter«, brüllt Ilia, aber es geht zu schnell.

Als Erster wird Phillip vom Zauber getroffen. Er erstarrt, die Arme an die Seiten gepresst, und seine Augen verdrehen sich nach oben. Dann kippt er um und schlägt mit einem Krachen auf dem Boden auf, das hinter mir widerhallt.

Der Fluch trifft mich wie ein Faustschlag in die Brust und ich krümme mich zusammen, den Geruch von Erde und Wermut in der Nase. Ich spüre, wie er ölig und verwesend über mich hinweggleitet und nach Einlass sucht. Die Magie in meinem tätowierten Rad erwacht zum Leben, das kühle Kribbeln von Theos Kraft ein vertrautes Gefühl. Wütend gleitet der Fluch von mir ab und verliert sich in der Dunkelheit.

Ich gucke hoch und sehe Jordans Rücken, der durch die offene Tür verschwindet. Nicole trottet brav nebenher.

»Scheiße«, sage ich und schüttele Ilia. »Wach *auf*.«

»Lass die beiden!«, schreit Jane mir zu. »Wir dürfen ihn nicht entkommen lassen.«

»Ich bleibe bei ihnen«, sagt Trevor. »Los!«

Ich richte mich auf, als Ilia sich gerade rührt.

»Jordan ist hinten raus«, rufe ich ihm über die Schulter zu, ohne zu wissen, ob er schon bei Bewusstsein ist. »Kümmer dich um Phillip. Ich renne ihm nach.«

Ich senke den Kopf und sprinte so schnell ich kann in die Dämmerung. Die Straßenlaternen gehen gerade an.

»Lexi, komm schon«, bellt Jane.

Ich blinzele, weil ich mich nach dem grellen Korridor erst an das Dämmerlicht gewöhnen muss, und versuche ihrer Stimme zu folgen, während ich über den Asphalt des Parkplatzes stolpere. Ich fange gerade an besser zu sehen, als ich gegen eine Gruppe warmer Körper pralle.

Der Tod überschwemmt mich und ich zucke zurück, schlinge die Arme um mich und versuche mich kleiner zu machen.

»Wir verlieren ihn«, brüllt Jane mit verzweifelt hoher Stimme.

»Komme schon.« Ich beiße die Zähne zusammen und tauche durch die Menge.

Nach einer Weile kann ich die Menschen nicht mehr auseinanderhalten, die Tode verschwimmen, lauter Bilder von versagenden Herzen, schwarzen Lungen, verbogenem Stahl und leeren Pillendosen. Mein Magen rumort und meine Kehle brennt, aber ich wehre mich nicht dagegen, sondern lasse mich von der sauren Flut mitreißen, bis ich auf der anderen Seite wieder herauskomme.

Keuchend und würgend breche ich am Ende des Parkplatzes zusammen und versuche zu Atem zu kommen.

»Lexi?«, fragt Jane, nimmt meinen Arm und hilft mir auf die Beine.

»Wo lang?«, frage ich und suche die leere Straße ab.

»Gasse«, sagt Jane düster.

Sie muss mir nicht erklären, welche. Ich begegne ihrem trüben Blick. Zorn ist ein zu schwaches Wort, um zu beschreiben, was ich darin sehe.

»Er kommt nicht davon«, verspreche ich ihr.

»Rette Nicole. Sie soll nicht so enden wie ich.«

Wir biegen um die Ecke, stapfen durch Ölflecke und Pfützen mit schwarzem Wasser und gehen hinter dem Xanadu in Deckung. Es kommt mir so vor, als hätte es schon immer hier enden sollen, hier, wo ich sie gefunden habe, wo alles anfing.

Im schwindenden Licht sieht die Gasse trostloser aus, die Flecken dunkler, die Ziegelsteine verfärbt und bröckelig.

»Jordan«, schreie ich und er wirbelt wie angestochen herum, mit bleichem, klammem Gesicht. Ich mache einen Schritt vor und er reckt eine Hand.

»Bleib, wo du bist«, sagt er.

»Deine Zauber wirken bei mir nicht«, sage ich.

»Stimmt«, sagt er. »Aber sie wirken bei ihr.« Er stößt Nicole vor sich auf den Boden und kalte, zersetzende Angst breitet sich in meiner Brust aus. Ich habe sie nie berührt. Ich weiß nicht, wie sie stirbt. So darf sie nicht sterben. Bitte lass sie nicht so sterben.

»Sie ist deine Freundin, Jordan«, sage ich. »Lass sie in Ruhe.«

»Das kann ich nicht. Von *deiner* Freundin habe ich nicht so viel bekommen, wie ich sollte. Und von der Letzten so gut wie gar nichts. Länger als heute halte ich nicht durch«, sagt er keuchend. »Der Zauber wählt die in meiner Nähe aus, die am stärksten strahlen. Ich wusste nicht, dass es Nicole sein würde.«

»Du meinst, es ist dir egal«, sage ich. »Ist es das wert? So viele Menschen zu töten, nur um ein paar Extratage rauszuschinden?«

Schweiß perlt auf seiner Stirn und seine Schultern beben, als er hustet. Er wird mit jeder Sekunde blasser. Das Leben schwindet aus seinem Körper.

»Lass mich einfach gehen, Lexi«, sagt er leise. »Ich haue ab. Ich werde euch allen keine Schwierigkeiten mehr machen und ihr werdet auch nie wieder von mir hören. Ich gehe weit weg, so weit weg wie möglich.«

»Und du wirst weiter töten«, sage ich, während ich einen Fuß vorschiebe. »Das kann ich nicht zulassen.«

Jordan verzieht das Gesicht und fletscht die Zähne.

»Gut«, sagt er schroff. »Ich habe versucht vernünftig zu sein.« Er fasst in die hintere Hosentasche und holt ein Klappmesser heraus. Vorsichtig entfaltet er die lange, glänzende Klinge.

Jane zischt ihn an und hält schützend den Arm vor mich. Ich schmecke ihre Wut, die wie Rauch in der Luft hängt.

Doch dahinter, hinter Jordan am anderen Ende der Gasse, kann ich vage den Schimmer blonder Haare ausmachen und noch etwas anderes, das im Licht der Straßenlaterne funkelt. Da endlich verstehe ich, was ich sah, als ich Jordan in jener Nacht berührt habe. Das dritte Newtonsche Gesetz: Kräfte wirken immer wechselseitig. Zu jeder Aktion gehört eine gleich große, aber entgegengerichtete Reaktion. Eine Waffe, die abgefeuert wird, übt eine Kraft auf eine Kugel aus, und die Kugel übt eine gleich große, aber entgegengerichtete Kraft auf die Waffe aus. Nichts wird je geschaffen oder zerstört, alles wird nur umgewandelt.

»Wenn ich dir Bescheid sage, lösch das Licht«, flüstere ich Jane zu und drücke die Daumen.

»Lexi«, sagt sie, und als sich unsere Blicke treffen, entdecke ich in ihrem keine Wut, sondern Angst. »Er ist es nicht wert. Er ist es nicht wert, dass du dein Leben verlierst.«

»Vertrau mir«, sage ich.

»Ich wollte nicht, dass es so läuft«, sagt Jordan, während das Messer in seiner Hand zittert. Er holt mühsam Luft und stürzt dann auf mich zu. Im Laternenlicht funkelt die Klinge, die auf mein Herz zielt.

»Jetzt«, sage ich und Jane fängt an zu schreien. Nur ich kann es hören, aber die Laterne über uns zerplatzt in einem Funkenregen.

Jordan zuckt zusammen und holt dann weit aus. Ein Messerstich schrammt mir über Schlüsselbein und Schulter, als ich mich zu Boden werfe und abrolle. Jordan wirbelt auf der Suche nach mir herum. Und da entdeckt er Ilia am Ende der Gasse.

Jordan grunzt, als ihn der erste Schuss trifft. Der zweite bringt ihn zu Fall. Dann folgt ein langer, schrecklicher Moment, in dem er mir gegenüberliegt und unsere Blicke sich über dem schmutzigen Asphalt begegnen. Er sieht überrascht aus, sogar noch, als seine Züge schließlich erschlaffen. Ich hatte geglaubt, ihn sterben zu sehen wäre befriedigend, aber ich fühle mich wie betäubt.

»Lexi?« Jane kniet sich neben mich und versucht an meiner Jacke zu ziehen, um den Schaden zu begutachten, aber ihre Hände gleiten einfach durch die Kleidung.

»Alles okay«, sage ich und in meinen klingelnden Ohren höre ich meine Stimme nur gedämpft. »Es ist kein tiefer Schnitt.«

»Gut«, sagt Ilia, der zu mir herüberhumpelt. Er hält mir eine Hand hin, um mir aufzuhelfen, bevor ihm einfällt, dass er es lieber lassen sollte. Er will sich zurückziehen, aber ich packe seine Hand, erlaube, dass mich Säure überspült und er mich hochzieht.

Ich lasse los, sobald ich stehe, aber er grinst weiter.

»Woher wusstest du, dass ich hier bin?«, fragt er.

»Das ganze Gel in deinem Haar hat das Licht zurückgeworfen«, sage ich. »Und du hast mich gezwungen ihn anzufassen, weißt du noch? Ich habe gesehen, wie er stirbt, und du bist der einzige Idiot mit einer Waffe, den ich kenne.«

Sein Grinsen wird breiter.

»Geht es Phillip gut?«, frage ich.

Ilia nickt. »Er ist noch ein bisschen neben der Spur, aber das wird schon wieder.«

»Entschuldigt, aber warum bin ich in einer Gasse? Was ist … ist das Jordan? Was zum *Teufel* ist hier los?«

Ich blicke rüber zu Nicole und seufze erleichtert.

»Frag Ilia«, sage ich, weil ich das taube Gefühl nicht loswerde.

Ilia funkelt mich an, aber er nickt Nicole zu.

»Komm mit, einer unserer Cops sollte gleich da sein«, sagt Ilia. »Wir müssen uns um ihn kümmern. Ich erklär's dir auf dem Weg. Kommst du auch?«, fragt er mich.

»Ja«, sage ich. »Gib mir einen Moment. Ich komme gleich nach.«

Jane sitzt auf dem Boden der Gasse und starrt auf Jordans Leichnam. Sein Blut bildet eine Pfütze um ihn herum und sie zieht ihre Füße ein Stückchen zurück, als wollte sie mit nichts von ihm in Berührung kommen.

Ich warte, bis Ilia mit Nicole verschwunden ist, dann setze ich mich neben Jane und drücke das Bein an ihres.

»Er ist tot«, sage ich. »Egal, wie lang du ihn ansiehst, er bleibt tot.«

Sie schluckt, ihr langer Schwanenhals bewegt sich.

»Ich dachte, ich würde mich anders fühlen«, sagt sie. »Ich dachte, ich würde … keine Ahnung, meinen Frieden finden. Ich dachte, deshalb wäre ich geblieben, damit ich Rache nehmen könnte. Aber wenn ich ihn jetzt ansehe … dann sieht er nur krank aus. Und jung. Und ich fühle mich nicht anders.«

»Tja«, sage ich, »vielleicht bist du nicht deshalb geblieben.«

Jane wendet den Blick endlich vom Leichnam ab. »Warum dann?«

Ich schüttele den Kopf. »Ich weiß es nicht. Vielleicht bist du noch nicht fertig.«

Sie blickt wieder zu Jordan. »Was, wenn *er* zurückkehrt?«

»Das glaube ich nicht. Aber falls er es tut, gehört er ganz dir.«

Da lächelt sie fast und ich stupse sie mit dem Knie an.

»Komm, lass uns Trevor suchen«, sage ich. »Du hast genug Zeit in dieser Gasse verbracht.«

Ich stehe auf und halte ihr meine Hand hin. Als sie sie ergreift, kann ich nicht anders, als sie mit Ilias zu vergleichen – es tut nicht weh und ihre Finger fühlen sich warm an.

»Was unsere erste Begegnung angeht, lag ich falsch«, sagt sie leise.

»Hmm?«, mache ich und versuche um das Blut auf dem Boden herumzutreten.

»Wir sind uns nicht im Club zum ersten Mal begegnet«, sagt sie. »Sondern hier. Dieses Du und dieses Ich, die sind sich hier zum ersten Mal begegnet.«

Ich sehe mich um und denke daran, wie sie bei unserer ersten Begegnung aussah, wie pure Wut, die kaum in fleischlicher Form zu halten war.

»Das stimmt wohl.«

»Lexi«, sagt sie mit ernster Stimme. »Danke. Dass du mir geholfen und dass du ihn gefunden hast. Und dafür, dass du dafür gesorgt hast, dass er niemandem mehr wehtut.«

»Du musst mir nicht danken«, sage ich. »Ich hätte dich lieber gerettet.«

Ihre Lippen heben sich zu einem traurigen Lächeln.

»Und was jetzt?«, fragt sie.

Ich gebe keine Antwort und zwischen uns breitet sich Schweigen aus, etwas Neues und Schmerzliches, das sich anfühlt wie das Ende.

21

»Bist du bereit?«, frage ich.

Jane streicht mit zitternden Händen ein schlichtes graues Kleid glatt. Ich habe mich noch nicht daran gewöhnt, sie in anderer Kleidung zu sehen, aber als Jordan starb, kehrte mit Macht zurück, was immer er ihr genommen hatte.

»Und du bleibst bei mir?«, fragt sie.

»Die ganze Zeit.«

Der Morgen ist wolkenverhangen, die diesige Meeresluft schwer und klebrig. Bis zum Nachmittag wird sie verflogen sein, aber es passt zu diesem Tag, dass der Himmel saure graue Trauer trägt.

Der Friedhof liegt in Mid City. Ohne erkennbare Ordnung und dicht gedrängt ziehen sich die Gräber hin. Ich fahre die Straße entlang. Mausoleen in Pyramidenform ragen neben flachen Grabsteinen und weinenden Engeln auf. Das Gras ist trocken und brüchig, darüber thronen Palmen, deren schmale Schatten die Grabreihen durchschneiden.

»Die sind so dicht beieinander«, sagt Jane, das Gesicht an die Scheibe gelehnt. »Die Gräber. So dicht. Hier hat man überhaupt keinen Raum zum Atmen.«

Ich nicke. Mir schnürt es die Brust zu, als die Grabsteine vorbeiziehen. Ich steuere langsam eine kurze Reihe parkender Autos an. Hinter dem letzten halte ich, doch Jane macht keine Anstalten auszusteigen. Ihre Hände liegen verkrampft im Schoß, und als ich sie ansehe, hat sie die Augen fest zugekniffen.

»Bist du dir sicher, dass du das machen willst?«, frage ich.

»Ja«, sagt sie. »Ich ... brauche nur eine Minute.«

Das graue Kleid kräuselt sich und kurz sehe ich ein blutiges T-Shirt. Als ich blinzele, verschwindet es wieder und endlich schlägt Jane die Augen auf.

»Okay«, sagt sie. »Gehen wir.«

Wir gehen auf eine kleine Gruppe weiter hinten zu, eine verschwommene schwarze Wolke, die langsam schärfer hervortritt. Janes Mutter trägt ein zerknittertes dunkelblaues Kleid und eine riesige Sonnenbrille, die ihr halbes Gesicht verdeckt. Neben ihr geht eine ältere Frau, zierlich, aber mit markantem Kinn und steifen Schultern in einem perfekt sitzenden Kostüm.

»Gott, meine Grandma und meine Mom haben seit Jahren nicht mehr miteinander geredet«, sagt Jane. »Schon komisch, was der Tod so bewirkt.«

»Ja«, sage ich. »Beerdigungen heilen alte Wunden schneller als Entschuldigungen.«

Zur Trauerfeier wollte Jane nicht gehen. Sie meinte, es würde sich nicht richtig anfühlen, so als würde man ein intimes Gespräch belauschen. Trauerfeiern sind für die Lebenden, nicht für die Toten. Aber verabschieden wollte sie sich doch.

Die Polizei hat ihren Leichnam in einem abgelegenen Abschnitt des Topanga Canyon gefunden. Es war ein Hinweis auf einen Wanderer eingegangen, dessen Beschreibung zu Jordan passte. Für die Hellseher war es dann ein Leichtes, anhand von Jordans Blut in der Gasse die Toten aufzuspüren. Neben Jane waren noch sechs andere begraben, junge Frauen und Männer, die vermisst wurden und deren Wunden sich alle auf das Messer zurückführen ließen, das Jordan bei seinem Tod in der Hand hielt. Marcus besaß keine Familie, die ihn hätte bestatten können, aber er war einer von uns. Wir brachten ihn ins Krematorium und Ilia verstreute seine Asche im Meer.

Ich sehe Isaac, der wie ich dunkle Jeans und ein schwarzes Hemd trägt und mit Macy und Delilah zusammensteht. Macy schenkt mir ein kleines Winken, das ich erwidere. Wir gehen nächste Woche einen Kaffee trinken und ich werde sie Priscilla vorstellen. Deda ist da, mit der Sauerstoffflasche an seiner Seite und begleitet von Ilia und Phillip, die auch ihre Anteilnahme ausdrücken wollten. Deda sieht an mir vorbei zu Jane und bedenkt sie mit einem ernsten Nicken.

»Ein Trauerzug bringt Glück«, erklärt er uns. »Solange man seinen Weg nicht kreuzt.«

»Glück den Toten oder den Lebenden?«, fragt Jane.

»In diesem Fall vielleicht beiden«, antwortet Deda und Jane lächelt ein bisschen.

Eine hellgrüne Plane umgibt ein offenes Grab, darüber ruht ein glänzender Holzsarg auf einer Metallvorrichtung zum Absenken. Jane holt scharf Luft und ich weiß, dass sie dasselbe gesehen hat wie ich, ihren Namen, der in einen Grabstein eingraviert ist. Jane Morris. Geliebte Tochter und Freundin.

»Hübscher Stein«, sagt jemand und ich muss mich sehr beherrschen, nicht zusammenzufahren. Ich werfe Trevor einen strengen Blick zu, als er sich auf die andere Seite neben Jane stellt, völlig overdressed in einem Smoking.

»Du bist gekommen«, sagt Jane und lächelt ihn an.

»Würd's nicht verpassen wollen, Kleines«, sagt er und legt einen Arm um sie.

Ein Mann in dunklem Anzug ergreift das Wort, spricht die üblichen Zeilen über Erde zu Erde und so weiter, und ich höre nicht länger zu. Dann erklingt eine Art Ächzen und mit einem Rütteln setzt sich der Sarg in Bewegung. Langsam versinkt er in der Erde, das mechanische Brummen hässlich in der Stille dieses Orts.

Janes Mom fängt an zu weinen, das schreckliche, erstickte Schluchzen von jemandem, der seine Tränen zu verbergen versucht. Es klingt, als würde es sie aufreißen und ihr Innerstes käme zum Vorschein. Ihr verwundetes Herz, für alle sichtbar entzweigebrochen. So viel Trauer ertrage ich nicht. Es ist zu intim, zu nah, zu persönlich. Ich muss hier weg, weit weg, bis ich alles aus großer Entfernung sehe, bis Menschen wie Ameisen umherkrabbeln, die Erde eine blaue Murmel im tintenschwarzen All.

Niemand kann wissen, wie viele Sterne es im Universum gibt. Wir können es nur schätzen, anhand der Sterne in unserer eigenen Galaxie, die wir dann mit der Zahl der Galaxien multiplizieren müssten, die wir aber auch nicht kennen. Alles ist reine Spekulation. Es gibt unendlich viele Sterne.

Was ist das Leben angesichts solcher Großartigkeit? Was ist ein Einzelner? Wir sind nicht von Bedeutung für das Universum. Wir sind nichts. Wer anderes glaubt, riskiert nur, dass ihm das Herz zerfetzt wird. Wir sind bloß Staub, Atome, ohne Mikroskop gar nicht zu sehen.

Doch dann ergreift Jane meine Hand und hält sie so fest, dass es fast wehtut. Wie könnte sie nicht von Bedeutung sein, wenn doch ihre Hand warm und echt ist und ihre Fingernägel sich in meine Haut bohren. Es ist unmöglich, das Kleine und Greifbare mit dem Gewaltigen und Kosmischen zu versöhnen. Nichts in den Weiten des Universums kommt an das Hier heran, an das Gewicht in meiner Hand und den Stein in meinem Herzen.

Ich erwidere den Händedruck und lasse nicht los, auch nicht als das Krächzen des Sargs schon lange aufgehört hat.

»Mrs Morris?«

Sie steigt gerade ins Auto, halb von ihrer Mutter gestützt.

»Ich wollte Ihnen noch etwas geben. Jane hat es vor langer Zeit bei mir gelassen.«

Ich halte ihr ein zusammengerolltes Blatt Papier hin, wobei ich darauf achte, dass unsere Finger sich nicht berühren. Sie rollt es schmerzhaft langsam auseinander und ich höre, wie sie nach Luft schnappt, als sie es ansieht.

Es hat gut drei Stunden gedauert, bis Jane meine Hand fertig geleitet hatte, und gegen Ende hatte ich Krämpfe in den Fingern. Es ist eine Zeichnung von Jane und ihrer Mutter, beide lachen und gucken ein bisschen entschuldigend, als würden sie sich über einen Insiderwitz amüsieren.

»Ich fand, das sollten Sie haben«, sage ich und wende den Blick ab vor den Emotionen in ihrem Gesicht.

»Danke«, sagt sie heiser.

Jane drückt meinen Arm und ich wende mich zum Gehen.

»Moment! Bist du ... würdest du mit zu uns kommen?«, fragt Janes Mutter. »Bitte?«

Ich kann es ihr nicht abschlagen und das nicht nur, weil sie mich an ihre Tochter erinnert.

»Ähm, okay. Ich komme.«

»Ich fahre mit ihr«, sagt Jane und lässt mich los. »Wir treffen uns da, okay?«

Ich nicke und blicke dem davonfahrenden Wagen nach. Schließlich bleiben nur mehr Deda und Ilia zurück, sie stehen noch am Grab. Ich gehe zu ihnen, wobei ich versuche möglichst rücksichtsvoll an den anderen Gräbern vorbei zu treten. Es ist ihnen egal. Ich weiß, dass es ihnen egal ist. Für die Toten sind ihre Körper nichts anderes als Fingernagelschnipsel. Etwas, das einmal Teil von ihnen war, aber schon lange keinen Nutzen mehr hat. Trotzdem wage ich es nicht, dorthin zu treten, wo ihre Gesichter sein könnten.

»Zeit zum Aufbruch«, sage ich zu Deda. »Soll ich dich zurückbringen?«

»Jane hat mich zu sich eingeladen«, entgegnet Deda. »Es wäre unhöflich nicht hinzugehen.«

Ich seufze. »Gut. Aber kein salziges Essen, okay?«

Deda macht ein unverbindliches Geräusch und geht Richtung Auto. Ich sehe zu Ilia, der Janes Grabstein betrachtet.

»Willst du mitkommen?«

»Ich glaube nicht«, sagt er. »Ich kann nicht mehr lange bleiben.«

»Wie geht's Urie?«

»Es hat ihn schwer getroffen.« Ilia schüttelt den Kopf. »Das ist alles unter seiner Aufsicht passiert, unter seinen Leuten. Er kann es nicht rückgängig machen. Und ich bin mir ehrlich gesagt nicht sicher, ob er sich davon wieder erholt.«

»Vielleicht wäre das gar nicht so schlimm«, sage ich.

»Wir brauchen aber jemanden, der die Dinge am Laufen hält«, sagt Ilia. »Ich kann die Leitung nicht übernehmen, ich habe keine besonderen Gaben.«

»Na und?«, sage ich. »Keinen interessiert, ob du magische Fähigkeiten hast, Ilia. Du bist einer von uns. Du bist derjenige, an den die anderen sich wenden, wenn es Probleme gibt, nicht Urie. Vielleicht ist es an der Zeit für eine echte Veränderung.«

Ilia lacht rau auf. »Na. Wir werden sehen. Wirst du denn weitermachen?«

»Ach komm, Ilia. Ich bin eine furchtbare Barkeeperin«, sage ich. »Ihr könnt mich eigentlich nicht gebrauchen.«

»Doch, tun wir«, sagt er. »Die Leute vertrauen dir, Lex. Und jetzt bist du eine der *wenigen*, denen die Leute vertrauen. Wenn du willst, dass ich aufsteige, werde ich Hilfe brauchen. Lass mich das nicht alleine machen.«

Ich begegne seinem Blick, sehe den Ansatz von Krähenfüßen.

»Bekomme ich eine Gehaltserhöhung?«

»Wenn du lernst, wie man Drinks mixt«, sagt er mit dem Ansatz eines Lächelns. »Komm schon, was willst du denn sonst machen? Tarotkarten legen?«

Ich verziehe den Mund. »Ich denk drüber nach.«

»M-hm. Viel Spaß dabei.«

Wir erreichen die Autos, ich helfe Deda einzusteigen und schließe die Tür.

»Pass gut auf dich auf, Lex«, sagt Ilia.

»Ja, du auch«, entgegne ich. Dann runzele ich die Stirn. »Habe ich mich schon dafür bedankt, dass du mir das Leben gerettet hast?«

Er lacht überrascht auf. »Nicht, dass ich wüsste.«

»Oh. Tja, wenn ich es nicht gemacht habe, dann vielen Dank.«

Er lächelt mich an und sieht aus wie der Ilia von früher. »Gern geschehen.«

Ich breche bei Jane auf, sobald es möglich ist, ohne unhöflich zu sein. Ich ertrage das Händeschütteln und die Tränen nicht, die Bilder, die von einem Leben zeugen, zu dem ich nie gehören werde.

»Ich hatte meinen Kaffee noch nicht ausgetrunken«, mosert Deda, als ich ihn zurück zum Auto schleife.

Ich fahre nach Norden. Die Luft ist schwül und die Last dieses Tages drückt mich noch tiefer in den Sitz.

»Kaffee gibt's auch im Heim, Deda.«

»Der ist so dünn. Du hast dich auch gar nicht von deiner Freundin verabschiedet.«

Jane hatte sich wie eine Katze zwischen ihrer Mutter und ihrer Großmutter zusammengerollt und wirkte so friedlich, wie ich sie kaum je gesehen habe.

»Sie ist bei ihrer Familie«, sage ich. »Es ist ihr egal, ob ich mich verabschiede.«

»Hast du so eine geringe Meinung von dir? Oder von ihr?«

»Ich dachte, ich soll keine toten Freunde haben.«

»Sie ist ... anders«, sagt Deda. »Du bist ihr wichtig. Sie wünscht sich mehr für dich, ein richtiges Leben. Vielleicht war meine Sorge unberechtigt.«

Ich schlucke schwer, die Wahrheit liegt mir wie ein Stein im Magen. »Das ist jetzt auch egal«, sage ich. »Es ist vorbei. Sie braucht mich nicht mehr.«

»Das klingt nicht nach der Jane, die ich kenne.«

»Du kennst sie doch gar nicht, Deda«, blaffe ich.

»Ich weiß, dass sie dich zum Lächeln bringt. Das habe ich lange nicht mehr erlebt. Ich glaube nicht, dass du das aufgeben solltest.«

Ich presse die Lippen zusammen, weil er es nicht versteht. Sie gehört mir nicht, deshalb ist es auch nicht an mir, sie aufzugeben.

Als ich vor dem Heim vorfahre, dreht er sich zu mir und gibt mir einen Kuss auf die Stirn.

»Ich mache mir nur Sorgen, weil ich dich liebe«, sagt er.

»Ich weiß, Deda.«

»Ich habe ein paar Bücher für dich auf dem Rücksitz gelassen. Vergiss sie nicht.«

»Mache ich nicht. Ich komme dich morgen besuchen, okay?«

Deda nickt und schließt die Tür hinter sich.

»Du bist ein gutes Mädchen, Alexandra«, sagt er durchs offene Fenster. »Du verdienst es glücklich zu sein.«

Ich nehme den langen Weg nach Hause, weil ich es nicht eilig habe, alleine in meiner Wohnung zu hocken, aber ich komme immer noch zu schnell dort an. Ich parke und bleibe eine Weile im Wagen sitzen, lasse die Sonne durch die Windschutzscheibe flammen und das ganze Auto aufheizen. Sie beginnt gerade zu sinken und färbt die Wolken stahlblau.

Mein Körper zuckt und ich schrecke hoch, ehe mir klar wird, dass ich am Einschlafen war. Ich schüttele die Glieder aus und öffne die Fahrertür, spüre die kühle Brise im Gesicht. Nachdem sie die Müdigkeit ein bisschen vertrieben hat, hole ich die Tüte mit den Büchern von hinten und mache mich auf den Weg nach oben. Vielleicht hätte ich mich verabschieden sollen. Aber mich von ihr zu verabschieden hätte mich nur an den endgültigen Abschied erinnert, der uns unausweichlich erwartet, und als ich daran denke, empfinde ich nur eine große Leere.

»Verdammt noch mal, Lexi!«

Ich mache einen Satz und ein Teil von mir fragt sich, ob ich sie mit meinen Gedanken heraufbeschworen habe.

»Du bist einfach *abgehauen*«, beschwert sich Jane. »Ich habe nach dir gesucht und du warst nicht da.«

»Tut mir leid«, sage ich, während ich die Wohnungstür öffne. »Ich war total müde.«

»Na, das hättest du mir wenigstens sagen können«, meint Jane und folgt mir hinein. »Wie auch immer, Trevor wartet unten beim Auto. Er meint, wir sollten in einen Stripclub gehen, weil Menschen nach einer Beerdigung immer Lust auf Sex haben.«

»Das ist doch Quatsch.«

»Hey, das waren seine Worte«, sagt sie grinsend. »Bist du dabei?«

Ich setze mich aufs Bett und schnüre mir die Stiefel auf. Die Wohnung sieht anders aus, jetzt da Janes Zeichnungen an einer Wand hängen. Mehr wie ein richtiges Zuhause.

»Vielleicht ein andermal«, sage ich.

Jane legt den Kopf schief und runzelt die Stirn. »Alles in Ordnung?«

»Wie schon gesagt, ich bin müde.«

»Oh. Okay.« Sie starrt mich einen Moment an und kaut dabei auf ihrer Lippe. »Na, dann guck dir wenigstens noch die Bücher an.«

»Das mache ich morgen.«

»Nein, jetzt«, sagt Jane und zieht an meinem Arm. »Komm schon.«

Ich bücke mich nach der Tüte.

»Wozu die Aufregung, es sind doch nur …«

»Überraschung!«, ruft Jane und hüpft von einem Bein aufs andere.

Mit trockenem Mund greife ich in die Tüte und ziehe einen Laptop mit baumelnden Kabeln heraus.

»Was ist das denn?«, frage ich.

»Das ist mein Computer«, sagt Jane.

»Aber … wie?«

»Ich habe deinem Grandpa gesagt, er soll ihn aus meinem Zimmer holen. Er kann ein ziemliches Schlitzohr sein, wenn er will.«

»Den kannst du mir nicht geben«, erkläre ich. »Wird deine Mom ihn nicht vermissen?«

»Lexi, meine Mom würde nicht mal ihren eigenen Kopf vermissen«, sagt Jane augenrollend. »Glaub mir, der hätte nur Staub angesetzt. Sie weiß weder meine Passwörter noch sonst was. Und jetzt hast du einen Computer.« Sie strahlt mich an. »Du kannst Onlinekurse belegen, wenn du willst, oder Musik hören, und Trevor muss nicht mehr wegen eines Fernsehers rumquengeln.«

»Ich …« Meine Kehle ist wie zugeschnürt. »Das musstest du nicht tun.«

»Ich weiß«, sagt Jane. »Aber ich wollte es gern.«

Ich lege den Laptop vorsichtig aufs Bett und setze mich.

»Gefällt er dir?«

Ich nicke. »Total. Danke, Jane.«

Sie setzt sich neben mich und ich atme ihren Geruch nach zerfransten Drähten und Sonne auf Asphalt ein. Ich schmecke ihn am Gaumen, bewege ihn im Mund. Sie schmeckt wie Blut, wie Leben.

»*Ich* sollte mich bei *dir* bedanken«, sagt sie. »Meine Mutter durfte heute meine sterblichen Überreste begraben. Es ist endlich vorbei.«

Sie schließt die Augen und ich werfe einen verstohlenen Blick auf ihr Profil, auf ihren langen Hals.

»Jane? Geht es dir gut?«, frage ich. »Jetzt, wo es vorbei ist?«

»Ja«, sagt sie und schlägt die Augen wieder auf. »Und nicht nur, weil ich ihn aufhalten wollte. Sondern auch, weil es jetzt keinen Grund gibt, noch länger zu warten.«

Ich wusste, dass es irgendwann so weit sein würde. Ich wusste es, und trotzdem verschlägt es mir die Sprache. Der Schrei rüttelt an seinem Käfig, droht, sich seinen Weg zu bahnen.

»Ich helfe dir«, bringe ich mühevoll hervor. »Sag Bescheid, dann helfe ich dir auf die andere Seite.«

»Das ist es nicht«, sagt sie, »worauf ich gewartet habe.«

Sie schlingt die Finger um meinen Nacken und zieht mein Gesicht an ihres heran. Ihre Lippen öffnen sich und ich reiße mich los, stürze vom Bett.

»Jane ...«

»Es hat nichts damit zu tun, dass ich einsam bin«, sagt sie entschieden. »Es hat nichts damit zu tun, dass ich dich berühren kann. Ich will dich küssen, Lexi, weil *du* es bist.«

Ich bekomme nicht genug Sauerstoff, der Raum ist zu klein, mein Herz zu empfindlich.

»Jane, das wird nicht funktionieren«, sage ich. »Das weißt du.«

»Warum nicht?«

»Du bist ein Geist. Ich nicht. Ich werde irgendwann alt.«

»Gut«, sagt sie. »Wenigstens einer von uns ist das vergönnt.«

»Du wirst mich dann nicht mehr wollen ...«

»Ich werde dich immer wollen«, sagt sie. »Und wenn ich meine Kleidung verändern kann, kann ich auch mein Gesicht verändern. Es ist alles in meinem Kopf, richtig? Wirst du mich denn noch wollen, wenn ich faltig und voller Altersflecken bin?«

»Dir wird langweilig werden«, versuche ich eine andere Strategie. »Jane, selbst wenn du auf dieser Seite bleibst, kannst du gehen, wohin du willst, kannst dir die ganze Welt ansehen. Du willst doch nicht ewig in diesem schäbigen Apartment hängen bleiben.«

Sie stellt sich vor mich und blickt zu mir auf.

»Lexi, ich bleibe lieber die nächsten achtzig Jahre in diesem schäbigen Apartment hängen als auf einer Wolke mit einer Harfe oder was auch immer. Ich sehe dir lieber jeden Morgen beim Pfannkuchenessen zu, als alleine die Pyramiden zu besichtigen.«

Ich schüttele den Kopf. Die Hoffnung auf meiner Zunge schmeckt gefährlich. »Warum?«, frage ich.

Sie nimmt meine Hände und schiebt ihre Finger zwischen meine.

»Du weißt, warum«, sagt sie.

»Aber was, wenn es schiefgeht?«, frage ich, lege alles offen.

Ich kann sie nicht haben und dann wieder verlieren. Dafür bin ich nicht stark genug. Der Schrei in meinem Innern ist zu wild, zu verzweifelt, um so einen Kummer zu überleben.

»Lexi«, sagt sie und ich glaube, ich könnte als glücklicher Mensch sterben, wenn ich sie nur noch einmal so meinen Namen sagen höre. »Ich kann dir nicht versprechen, dass es perfekt wird. Ich bitte dich nur darum, es zu *versuchen*. Sag mir, dass ich gehen soll, und ich gehe. Sag mir, dass ich bleiben soll, und ich bleibe.«

»Jane«, sage ich, weil ihr Name das Einzige ist, woran ich denken kann. Und dann sage ich nichts mehr. Ich beuge mich vor und sie kommt mir auf halbem Weg entgegen. Ihr Mund ist warm, ihr Körper noch wärmer und ihr Kuss glättet etwas Raues in mir. Ich vergrabe meine Finger in ihrem Haar und drücke mich an sie und es ist noch besser, als in meiner Vorstellung, weil es echt ist, weil sie sich auch an mich drückt und in ihrer Kehle diesen Laut macht, und als sie sich schließlich wieder von mir löst, sind ihre Augen von dem dunkelsten Braun, dass ich je gesehen habe.

»Bleib«, sage ich.

Wenn sich zwei Metallstücke im Weltall berühren, verschmelzen sie. Im Vakuum können die Atome nicht erkennen, dass sie zu zwei getrennten Objekten gehören. Sie erkennen sich nur als gleich. Das nennt man Kaltverschweißen. Es spielt keine Rolle, dass sie tot ist und dass ich lebe. Wir tanzen ohne Musik, und mit ihren Armen um meine Taille kann ich nicht erkennen, wo ich aufhöre und wo sie anfängt.

DANKSAGUNG

Mein erster und dringlichster Dank gebührt Martha Mihalick, die mit diesem Buch Schwerstarbeit geleistet hat. Es war mir eine große Ehre, mit dir zu arbeiten, und falls du glaubst, dass ich aufhöre, dir wahllos Unsinn zu mailen, sobald das Buch erschienen ist, denk noch mal nach.

Danke meiner Agentin Heather Flaherty, die mich permanent vor Himmelfahrtskommandos bewahrt und die echten Probleme angepackt hat, damit ich weiter mit dem Kopf in den Wolken unterwegs sein konnte.

Ewige Dankbarkeit gebührt dem fantastischen Greenwillow-Team: Katie Heit und Tim Smith für das versierte Lektorat, Shannon Cox fürs Marketing, Virginia Duncan für die furchtlose Führung und Paul Zakris und Sammy Yuen für die tolle Cover- und Umschlaggestaltung. Ich hätte mir keine besseren Unterstützer wünschen können.

Danke an Hope Cook für die Anmerkungen und dein Geständnis, dass ich dich zum Weinen gebracht habe. Danke an Jen für die umsichtige Kritik und dafür, dass dir meine dummen Tweets gefallen.

Allen, die mein erstes Buch *Devils Unto Dust* gekauft, gelesen, geliehen oder besprochen haben: danke, danke, danke. Ich hätte nie gedacht, dass ich mal ein Buch schreibe, geschweige denn zwei, und die ganze Arbeit, die Revisionen und der Stress sind es wert, wenn mir jemand mailt, dass meine Worte ihn oder sie berührt haben.

Meinen Mädels Adrian, Katherine, Laura und Leah: Ihr wisst, was ihr geleistet habt. Ewige Liebe und Ergebenheit usw.

Graham Norris und Lee Arcuri, danke, dass ihr mich aus dem Haus gezerrt und gezwungen habt, L. A. wirklich zu erleben. Ich liebe euch alle beide; bitte schickt mir mehr Bilder vom Wechselbalg.

Den unglaublichen Schriftsteller-Freunden, die ich über die Jahre gewonnen habe: Ihr seid alle so begabt und großzügig, danke für euren Rat und euer Mitgefühl.

Meinen Freunden in Texas, Kalifornien, Neuseeland und all den Orten dazwischen: Ich bin so dankbar für eure Begeisterung und Ermutigung.

Ich habe den Großteil dieses Buches geschrieben, während ich Frightened Rabbit gehört habe, und ich kann nicht umhin anzuerkennen, welchen Einfluss Scott Hutchisons Musik und Texte auf mich gehabt haben. Ich wüsste keinen anderen Songwriter, der annähernd so gut eingefangen hätte, wie es ist, in meinem Kopf zu leben. Durch Scotts Musik fühlte ich mich gesehen und weniger allein, und ich wünschte, jemand hätte das Gleiche für ihn tun können. Ich wünschte, ich hätte ihm sagen können, dass er in meinem Leben kleine Veränderungen bewirkt hat.

Meiner Familie: Ich danke euch für die bedingungslose Liebe und nahezu fanatische (ich denke an dich, Hill) Unterstützung. Ich werde versuchen öfter nach Hause zu kommen.

Und schließlich: Danke, Monkee, dass du mir zeigst, wann es Zeit ist, vom Computer wegzukommen, und danke Mike, dass du mir immer Kaffee machst. Te quiero.